漂流时代的爱情

海 苹／著

作家出版社

目　录

第一章　亲爱的，让我们就这样绝处重逢

我不再有兴趣去数新生的白发，也不再有热情费尽心机遮掩它们，这就如同随着岁月流逝，我早已忘了自己曾经有所期待什么一样。然而，生活终究还是没有忘记我，没有忘记向我慷慨展示它对我仅剩的情意。

那是个春天第一场扬尘结束后的早晨，天空格外晴朗，清风格外宜人，眼前的一切都显示出良好的兆头，犹如浪子发誓改邪归正回头是岸一样充满希望。我一反常态，早早起身，梳洗打扮。

仔细挑出发缝中两根白发，贴根剪掉。半边脸打上一层粉底，比起另半边，果然大有起色。以往，我从不用粉底这种玩意儿，我肯心甘情愿挥霍在“门面”上的消费，仅限于一瓶“天天见”的大宝。但是今天，为了配合新买的外套，我不得不给自己精心置换一张脸。那是件湛蓝色的针织外套，蓝得就像高原湖泊，蓝得就像高原天空。虽然我很清楚，自己的肤色，早已不适合这种高纯度的冷色，但我还是无法舍弃对它的选择。

那蓝色，始终在我梦里荡漾；那蓝色，始终在那废墟上空飘扬。

将另半边脸也粉饰好，穿上外套，下身一条米白色斜纹布裤子，同色小羊皮短靴。

油油在铺了一地的包装盒袋中绕来转去，东嗅西咬，最后，在一只倒扣的皮鞋盒上，稳稳地卧下，高高地昂起头，严肃中带点担忧地

盯着我。今天是个不同寻常的日子，今天你很不对头，今天会有重要的事情发生，我非常担心，你能否应付得了。

我了解这小子，正如它了解我，我能从它的眼神里，分明读出这一多重含义。

浑身上下挑不出一点毛病，可是感觉仍然不好。盯着镜子里那个已然乔装变脸的女人，无论如何改头换面，她的眼睛里，没有呈现出一丝喜气。这不像是去赴一场期待已久的约会的脸，这更像是一张准备去参加告别仪式的脸。

约会的地点，是医院，一个非同寻常的医院。

朋友间都知道我的一个怪癖：从不上医院探望病人。两年多以前，一个最要好的女友，查出癌症，晚期。做时尚杂志美食版的，偏偏得了胃癌。我曾承蒙她的美意，多次随她出入豪华晚宴，品尝千奇百怪的珍馐；也曾拿着她的贵宾卡，在平素不敢问津的高级餐厅里，吃得行云流水，仪态万方。但尽管如此，得知她住院，我仍然没有前去探视，只是买了一大束以色列玫瑰托快递送去，香槟色，36朵——那恰好是她的年龄——那是她一直希望有个理想中的男人送的那种花。在她生命的最后三个月里，每个月，我都送上同样一束玫瑰。在我正要准备送出第四束玫瑰之前，我收到了她发来的最后一条短信：谢谢你，让我永不凋谢。

可是今天，却截然不同。今天这个探视，或者说约会，我无论如何也无法逃避。这个约会，让我满怀期待；这个约会，让我惴惴不安。无论做了多少心理准备，为多少种设想而彻夜难眠，在出门上路之际，我仍然无法驱散心头那种不知所措的感觉。

公交，地铁，地铁，再地铁。行进在这座城市的地下迷宫里，感觉自已就像是一只听到远处传来隐隐轰鸣声，为未知命运而惶惶不安的旱獭。等待在出口处的，是一声霹雳，一记重击，还是一片草绿花香，阳光明媚?

走过一条临近护城河的大街，拐进一条僻静的胡同，肚子开始鸣叫起来。早餐一个煮鸡蛋，半个苹果，外加一大碗牛奶燕麦片粥，分量比平时要多得多，而此时，还不到十点。这是我的又一个怪癖：心情一紧张，胃就成了无底洞。

一条更加僻静的胡同。两排灰色高墙，夹道两行干枯老槐。没有一扇门窗，没有一个人影，只是高耸的、沉默的墙。

墙一味向前延伸，像一个漫无止境的忍耐。肚子里又传来一阵鸣响。我停下脚步，平息一下走得太急的气喘。无意间回首望去，竦然发现，来处与去处已同样漫长。

假如我就此回头，假如我就此退却，一切该会怎样？我突然闪过此念，突然有一种再不愿迈步向前的欲望。在我不算太短的人生历程中，我曾不止一次面临与此时相似的关口，前景未卜，利害难料，但那些时刻我那孤注一掷的劲头，从不输于一个敢于在任何天气扬帆出海的海盗。而如今，我越歇息，就越觉得腿脚疲软，信念游移。我甚至已经在考虑，我是否还有能力为此行付得起代价。

继续前行，一次次压下想要回望的欲念。

忍耐几近崩溃时，前方冷不防出现一个拐弯。定睛细看，确定那是个三维的而不是画在墙上的平面拐弯。急不可待走上前，拐过去。

如同小说中一段冗长的铺垫之后，总会抖搂出一个惊人的桥段一般：一扇宽阔的铁栅栏门，横亘在拐弯后面！

紧闭的铁栅栏门里，隐隐有一两个人影在晃动。刚眨了下眼，人影又不见了。上下左右反复打量，没有看到任何显示此处为何处的标志。这正是我一路牢记的这地方的特征。

走近前，没来得及碰到门，门就自动弹开一道缝隙，刚好够我闪身进去。再回头，铁门已经闭锁得严丝合缝。

绕过一堵20世纪70年代风格的影壁，迎面一幢灰色六层砖楼。50年代风格的大斜屋顶下，一扇扇窗户拆得只剩丑陋的黑洞。一些失去攀附的爬墙虎枯藤，垂挂在墙体上徒劳地飘来荡去。

转过灰楼，眼前豁然呈现出一个不可思议的世界，跟外面街道上仿佛差了半个季节。这里绿草如茵，幽香氤氲，成排的碧桃开满深深浅浅的粉色繁花，一行行初吐米绿的嫩柳，摇摆着腰肢，招引着鸟儿在上面欢快地歌唱。

经过一座亭台、一道石桥、一条蜿蜒小溪，仍旧不见只人片影，渐行渐深。不知何时，鸟儿鸣唱也已悄然而逝，只剩自己的呼吸，在阒寂中振着颤巍的翅翼。

一种似曾相识感，像黏绿的苔藓，在心头滋长蔓延。

多年前，住在上海的外婆，因为老年痴呆症，被送进一家福利院，那里也如这般亭台楼阁，姹紫嫣红。但是，外婆从不走出她的房间，甚至难得朝窗外望上一眼。那时我去看望她，无论怎么劝她，出去走动走动，看看风景，呼吸呼吸新鲜空气，她却总是抱紧那只咖啡色小皮包说，再好看也是公园，我不能总住在公园里头，我总归要离开的，我总归要回自己家的。那只从我降生以前就跟随外婆的小皮包，里面总是塞着几件换洗衣服，她总是把它放在手边，仿佛随时准备登程归家。那里面的衣服有的是她的，有的则是邻床老太太的。外婆早已弄不清，自己的和别人的衣服有何区别。她记不清弄不清的还有许许多多：记不得两分钟前是否吃过饭；记不得那些自己曾经能够优雅地别在头上的发卡，现在还能派什么用场；弄不清我来自何方，而一直属于她的家又丢失在了哪里。但对于身处之地不是家，这一点，至死，她心怀清醒。

环顾四周，后背不由一阵生寒，瞬间闪过一念：自己不会再也走不出这个地方吧？

又经过一座亭台，两张无人落座的长椅，就见园子尽头冒出一幢孤楼。一截枯冷的青灰，一截与四周春色毫不相干的绝望。

楼上的每一扇窗户，都密密匝匝焊着铁栅。整整五层，没有一扇窗是打开的。楼门，是一整扇密不透风固若金汤的钢板。

在高高的台阶下站定，深吸一口气，想再确定一下，自己是否真的做好了敲开这扇大门的准备。

我一无儿女二无婚姻羁绊，亲爱的外婆早已去往天国，家严家慈远在太平洋彼岸含饴弄孙。这就是说，我在脚下这片祖国大地上做任何事，都可以完全取决于个人意志，有福独享，有难也不至于殃及他人。除了夜晚必须回到油油身边，我实在没有什么可以顾忌的。

就让那股曾经的海盗般的劲头放出鸣金收兵前的最后一次余光吧，只一次，这一生，就完满，就心甘。

坚定地走上台阶最高处，毅然地拍了一下大门，纹丝不动。再拍一下，依旧不动分毫。又用力捶了一下，同时大喊一声，有人吗——

退下台阶，仰头去望那些窗户，每一扇，都不动声色。不由得起疑，这幢大楼里，是否还有生命存在，每一扇窗户后面，是否都不再有一双对人生心怀哪怕一丝热望的眼睛。

四下张望，再无别的形状相似的楼。甩着生疼的双手，抬起腿，狠狠踢了一下大门。绝望的心情，倒像是自己被关在一间牢笼里不得出似的。

喊什么喊哪——砸什么砸啊——想打砸抢还是怎么着啊——一个活像敲击蛀空了的树干发出的声音，震得我差点平地跌跤。我这才发现，大门中央，有一扇巴掌大小的门中门。打开一半的小门里，露出两只咸鱼般的眼珠。今天不是探视日。甩出一句硬邦邦的话来，小门旋即就要关上。我连忙拔步冲上，飞快地向小门里插进一只信封。

那不是红包，那是这家医院院长的亲笔信，写明我要探视的人，是他的老同学，特许我可以在一周里的任何一天，进入此地。

大门迟缓而庄严地移开一条窄缝。

不曾站稳，长着咸鱼眼的女人就指着我的皮包，要我拉开拉链。我不由怒从心起，但旋即就意识到，自己是在什么地方。咸鱼眼对一支圆柱形的细金属管表示出了怀疑，我拔开管子，让她瞧见里面不过是一双不锈钢折叠筷。她又狐疑地翻了我两眼，才从腰间扯出一长串钥匙，拖着脚后跟，走向第二道铁门。

第二道门与第一道门相隔不过三四米。贴着第二道门旁，有间比一张单人床大不了多少的小屋，显然，这里就是可怜的咸鱼眼终日镇守之地。小屋三面透明落地玻璃墙体，一面紧倚铁门。透过玻璃墙体可以看到，小屋里有一部监视器，液晶显示屏上跳动着大约是某个房间的局部画面，一个一动不动的人影，面朝墙角而立，活像个仿真人形衣架。

第二道铁门，在我背后响亮地、无可挽回地关上了。

不知是否隔音极好的缘故，一扇扇紧闭的房门，听不到丁点声响。我尽可能蹑手蹑脚地走着，如同一只白日老鼠。

拐过走廊尽头，又是一排病房。再走到尽头，才看到那个一直默诵的号码。对了三遍，敲门，没有回应。轻轻推门，门无声地滑开去。

探进头去张望，没人。再对了一遍房号。犹在犹豫，人已来到房间中央。

青白的四壁，一张床，一只矮柜，一把椅子，除此之外，再没有其他任何能够显示个人特点的物品。空气很坏。双层真空玻璃窗，隔绝了任何外界声音，只听到自已耳朵里的血液在嗡嗡作响。走到窗前，准备开窗。

毫无征兆的，抬起的手臂突然停在半空，身体骤然变得僵硬，从脖颈，到脊背，直到脚跟，比一只死于最严寒的冬日里的牛羊还要僵硬。

洁净得不见纤毫的窗玻璃，映着我灵魂出窍的脸，映着一个幽灵，一股仿佛刚以最不可思议的速度从地下冒出的青烟。

我极为困难地扭转过身子。是的，那简直就是一个如假包换的幽灵。

一个面如白纸的老男人，顶着一头几乎可以藏得下一窝鸟蛋的花白乱发，站在房间中央。沉甸甸的眼袋，托着两只呈现出一种像是成色不好的琥珀色的眼珠，空洞的，木然的，直视着我，或者说，穿透着我。那一刻，我不由想起了那些森森的牦牛头骨。我仿佛看见那些深不见底的眼窝，正穿过茫茫荒原，越过漫漫岁月之河，向我投来莫可名状的启示。

两道深深的法令纹，带着一股仿佛要撕裂脸颊般的力量，从鼻翼两侧，一直划向嘴角。蓝白条纹病服下面，隐隐显露着单薄的肩膀线条，此外，再看不出其他任何身体轮廓。

这个苍老的、几乎是完全陌生的男人，就这样，如同袒露一段沉重的苦难，将自己一览无余、震撼人心地呈现在我眼前。

直到这时我才注意到，在他身后，有一扇半掩的小门。原来，一进门的左手，有一个洗手间！

几分钟，也许是几十分钟过去了，青白的脸上，仍旧没有任何表情，深陷的眼珠，仍旧没有任何要缩短与我的距离的意思。纸片般的身体，依然铜墙铁壁一般坚硬。

轻轻说一声，你好，是我，我来了；或者，展露出一个微笑；或者，缓缓流下两行泪；再或者，什么也不说，只是上前一步，紧紧抓住对方的手。但是，这些一遍遍预想甚至预演过的场景，一个也没能出现。岁月长河原来如此浩荡，除了临渊惊骇，我已无力去从。

是谁让你来的？木然的眼睛里，倏忽掠过一道寒光，语气比目光更寒，几乎可以说是恶狠狠的。

在此之前，我从未能够想象到，我们时隔二十年的重逢，会在这个地方；而直到此刻我才明白，我对重逢后听到的第一句话的想象，又是多么的贫乏。

十年太短，不够思念往事；三十年又太长，我们可能会完全认不出对方。二十年刚刚好，不太长也不太短；我想，那时你应该风韵犹存，我也不至于面目全非。到那时我们再相见，希望我还会对你说，噢，你看起来一点没变，而你也会有再一次拥抱我的热情。

我又一次听到了当年分别时的话语。那些话我从未忘记，那些话于每一年的某个季节，某些夜晚，都会在我耳畔一如当年一般，清晰地回响起。

我的僵硬的心，僵硬的身体，终于起了反应。我朝后退了两步，努力撑着眼皮，不让那即将涌出的两滴热泪影响视线。是你让我来的，是你二十年前说过，要在二十年后再见到我，要我在这座城市等你归来的。我正准备说出这句足以让我们跨越人生长河的话，蒙地，我的已然不是蒙地的蒙地，那个已然完全陌生的老男人，冷不防向前一扑，紧紧抓住我的手，嘴角向两边猛地一扯，发出一声响亮的狂笑。哈，你的手冰凉！活像个死人！

他的手湿凉黏腻，像一条濒死的鱼，令我一阵鸡皮粟粒从手背直蹿到臂膀。这不是他的手，这完全是一个不知道什么人的手，这甚至就是一个幽灵的手！当年他的手留给我的感觉，那于生死之间抚摸过我的生命、拥抱过我的生命、拯救过我的生命的手，留给我的那种犹如春水入怀的感觉，我从未能够忘却分毫。

他的脸离我咫尺之遥。他的嘴里冒出一股久病者特有的气味，我不得不朝后仰着身子。他将我用力朝跟前一拽，又发出一声狂笑。哈！看来，你万万没想到，我会在这儿！我会变成这副模样！对不对？你害怕了，对不对？你的美梦破灭了，对不对？你感到了恐惧！对不对？你感到了绝望！对不对？

他两颊的肌肉神经质地抽动着，声音一声比一声高，一连串的对不对像一连串的重锤，狠狠砸向我的太阳穴。我的脑袋轰轰作响，继而隐隐作痛，仿佛久违的高原反应再度降下巨掌。

看看你的眼神，好像你面对的是一个幽灵！一个魔鬼！见鬼，你来这里干什么？是不是想看看，能用什么办法将我永远闭锁在这里，不再成为你们的麻烦？你们难堪的丑闻？对，你，你们！我知道，就是你们，你们所有的人，都在想尽办法，掩盖我这个丑闻，将我关进高墙铁网，封锁于密室之中，好避免我回到所谓正常人的生活中去，在光天化日之下给你们丢脸！撕碎你们的体面！

他吼得声嘶力竭，上气不接下气。

不是你说的那样。我们，我，每个人都想帮你，都在帮你。我来看你，就是想帮你早点离开这里。我一面竭力挣脱他的揪扯，一面尽量语气温柔地哄他。实际上我心里想的是，如何让自己早点离开这里。

离开这里——那么，你能带我去——那里吗？他重重地咬着“那里”两个字，仿佛要咬出两口血痕来，神情也随之陡然一变，眼里的疯狂瞬间消失无痕。他松开手，将脸转向窗子。

我揉了揉手背，走过去打开窗。挟裹着青草香气的新鲜空气汹涌而入，帮我稍稍恢复了镇定。

每当春天来临，花儿开放，鸟儿歌唱，我就会感到有无数只锋利的爪子在撕扯我的大脑，有一个声音在不屈不挠地钻进我的耳朵，对我说：你为什么还在这里？你为什么还不走？你知不知道，那个地方已经等你太久了？你知不知道，你再不作出决定，就永远也没有能力作出决定了？

蒙地上前几步，抓住窗栅，面朝春天，神情凄惶。一串隐约的鸟儿鸣唱，从他的话音里穿过。

那个春天——那个世间最纯洁的地方——那段我生命里最珍贵的日夜——我生命里的全部意义——都永远封冻在了那里——哦，我的记忆已经日益模糊——我的意识正越来越频繁地失去控制——我与命运的对抗已越来越处于下风——我必须重新回到那里——再好好看上一眼——然后——任凭命运，将我推向万丈深渊……

他语气越来越微弱，像是被什么东西噎住了或者扼住了咽喉。

年复一年，我的灵魂就像一头脚步轻盈的黄羊，向着那片高高的、洁白的原野飞奔——可这该死的、沉重的肉体，却坠落在尘世，无法追上灵魂的脚步。生活，生活，生活——肮脏的生活，丑陋的生活，阴险的生活，万恶的生活——包围着我，窒息着我，吞噬着我，毁灭着我！现在，我终于回来了，离踏上往日之路已经越来越近了，想不到，又掉进这个该死的陷阱！陷阱！！！

他语速又开始加快，声音再度升高。他用力摇晃着窗栅，铁栅栏发出吱吱嘎嘎的呻吟，像是随时要崩溃，断裂。我正想去拉开他，他已经一步跳回房间中央。

他挥舞着手臂，咻咻地喘着粗气，血管在太阳穴上暴突着，蹿动着。他整个人就像一根嗞嗞作响、快速燃烧的引信。

但是，我相信，我必定会上路，必定！什么也阻拦不了我！我已经闻到了往日的气息，我已经听到了那片圣洁的土地发出的召唤之音。我要启动，我即将启动。我一旦启动，所有的阻挡，都将轰然坍塌，灰飞烟灭，我将一往无前！

蒙地朝我圆睁双目，高举手臂，食指直指上空，活像一个正以毋庸置疑的神力显灵的神迹。

一往无前!!! 他再次嘶吼一声，一把抓住我的肩膀，将手指深深陷入皮肉，拼命摇晃起我。哈——哈——那是个多么美好的春天，那是个多么迷人的地方，那是这世上最接近天堂的地方——不，那就是天堂之地——回到往日，回到那里，我将注定重生！

我被摇晃得头晕目眩，七零八落。模模糊糊中，透过那张似是而非的脸，我隐约看到了那个远逝的春天。

那个美丽的春天，那个残酷的春天；那个灿烂的春天，那个黑暗的春天；那个我人生中第一个真正的春天，那个我人生中最后的一个春天。那个非凡的春天，那个空前绝后的春天，我一生中的全部勇气，几乎都在那个春天挥霍殆尽。那个春天青春刹那辉煌，美如烟花；那个春天青春刹那凋落，一地灰烬。

肩膀上的手松开了。我像是被一股力量推动着，身体慢慢朝着某个方向移动。我试探着跨出一步，又一步。我在潜意识里相信，只要那么恰好的一步，我就会踩中某个机关，跌入时光隧道。转眼之间，皑皑白雪在我脚下，闪闪冰峰在我眼前，一片片瞬息万变的云朵飘浮于顶，鄂陵湖扎陵湖水碧蓝直接天际；悠扬婉转的牧歌，随着来自作毛那角山麓清寒甘洌的微风，一声声吹进我的耳朵……

四壁坍塌了，迷宫般的城市消失了。医生，我又看见了你；朵拉，我又看见了你。你们年华正好，风华正茂……

窗栅栏让我恰到好处地清醒过来。我揉着额头转过身，就见年老的蒙地，双眼紧闭，两臂向前平伸，嘴角浮着一抹神秘的微笑，表情出离了疯狂。

我相信，这个春天，我一定会如愿以偿——老田，你等得太久了——你寂寞得太久了——亲爱的兄弟，我回来了。这真是难以置信，可是，我到底是回来了……

年老的蒙地慢慢地抬起一条腿，迟疑着，颤抖着，似乎是不能确定，这一脚，应该踏向哪里，才能恰好踩中某个机关。他的身体开始摇晃，我连忙过去扶他。

可是——他一声大喝，眼皮猛地一张，一把推开了我。每年的这个季节，每当风中传来的召唤变得响亮，每当我试图回到往日的念头日益强烈，他们，就会把我送进医院，用各种有毒的药物来摧残我的神经。他们只想让我热血冰凉，激情熄灭，等到春天结束，重新变回一头像他们一样，只会吃喝排泄，在肮脏的生活里打滚的——猪!

年老的蒙地再次陷入了癫狂。如同疾风中的枯枝一样，他朝空中疯狂地挥舞起手臂。猪!!! 他凶狠地盯着我，再次嘶吼了一声。

告诉我，你会不会像他们一样，把我推到泥坑里，再踩上一脚？我又被紧紧抓住，来回摇晃。疯狂的眼神，嘶嘶作响的喘息，再一次撕扯着我几欲断裂的神经。当然不会，我绝对不会和他们一样。此刻，只要能够让我迅速逃离，我可以答应他的任何要求。那什么时候你带我离开这里，回到从前？只要你好好配合治疗，病情一稳定，我就带你离开这儿。哈！落在我脸上的巴掌，和那声笑一样响亮。

病情，我有病情！哈哈，你终于暴露了原形！原来，你不过和他们一样，也在欺骗我，企图逼我承认自己有病，企图让我永远也摆脱不了你们的控制。现在，我才算真正明白了，你所谓的来看我，不过是一个精心设计的圈套的一部分。这世道，人心真是污浊到了极点。所有的人都在编织谎言和骗局，所有的人都在费尽心机算计他人，如果有一个人不甘于这种污浊，那就会被称作病人，就会被用各种毒药来破坏大脑，破坏思维，从肉体到精神，被彻底摧毁，最终变成一个白痴!

衣领死死勒住了我的咽喉，我眼珠暴突，几乎要窒息。

告诉我，你是谁？是谁让你来这里冒充她的？你这个乔装打扮的骗子，滚，快给我滚，永远别再在我眼前出现！

啪，一口痰飞到我脸上。我被狠狠一搡，一个趔趄，差点摔倒在地。

我站稳身子，死死盯着那张五官扭曲的脸。脸上的痰像条软体爬虫，黏腻地向下蠕动。我竭力忍着，不让自己回扇他一个耳光，或者回吐他一口，或者两样同时用上。我忍得浑身直抖，就像在抽风。

年老的蒙地直挺挺地站在房间中央。他两手在胸前以令人眩晕的速度扭动、纠结着，攥起，放开，再攥起，再放开，似乎我只要胆敢往他跟前再靠近半步，这双手就会爆发出一股比雪山崩塌、飞瀑直下还要疯狂的力量，一把要了我的命。

我瞧着那双青筋虬曲、暴力感十足的手，难以置信，它们，曾经是如何地让我迷恋。

我的目光在年老的蒙地眉宇间流连，再一次徒劳地做着搜寻。当年那曾令我醉心的优雅，那种无论置身何种艰难境地，都从未丧失殆尽的优雅，都去了哪里？一颗曾经对生命充满慈悲的心灵，究竟要饱经岁月怎样的摧残，才会变得如此千疮百孔？

我的手还在抖，它很想砸点什么东西。我一遍遍提醒自己，要控制，要镇定，要立即转身离开。但我的身体仿佛和大脑处于分离状态，我依旧直勾勾地望着他。我弄不清自己究竟是在等待什么，还是想宣示什么。

你为什么还不滚？年老的蒙地扑过来，朝着我胸口又是狠狠一掌。我后脑重重地磕在墙上。我疼得像是心磕在了刀尖上。

见鬼，你凭什么这么对我？你以为就你才有痛苦？你以为就凭着自己有痛苦，就可以任意对别人发泄？你从前的意志上哪儿去了？你从前的道德上哪儿去了？你这个懦夫，胆小鬼，我真后悔认识你！我宁愿从不认识你！

歇斯底里终于冲溃了意志的堤坝。我大喊大叫着，朝那只椅子狠狠踢了一脚。椅子訇然滚到他脚下。

你说什么？我，胆小鬼？你再说一遍!!! 他一把抄起椅子，高高举过头顶。

相信如果假以机缘，咸鱼眼一定会成为一名堪称出色的导演，因为她显然懂得如何把握最佳时机，让自己现身于镜头之前，来操控演员的表演分寸。门被恰到好处地撞开，椅子擦着咸鱼眼头顶飞过，重重摔进走廊。咸鱼眼大喝着，两只眼珠子快弹到我脸上。他是病人，你也是病人？你要再撒泼，我马上叫医生给你上电击!

我比你们任何人都正常，该吃药的是你们。你们这些魔鬼——魔鬼——魔鬼……

我踩着响彻整条走廊的喊叫，逃得比一只过街的老鼠、一只亡命的旱獭还要快。

重返熙攘的街头，重新置身大漠流沙般的芸芸众生，耳畔依旧轰响着那最后一声足以碾碎灵魂的喊叫。

在路边长椅上坐下，掏出墨镜戴上。早春的太阳照着我，照着从我面前走过的人，一个成功男人模样的人，一个乞讨者模样的人。

大姐，行行好。乞讨者朝我伸出手来。我面无表情，一动不动。乞讨者狐疑地看了我两眼，缩回手，去追逐前面那个成功模样的男人。

万能的太阳啊，为什么总有一些地方，是你所照不到的？墨镜后面，我泪如雨下。

直到过了很久，我都无法肯定，对于那个叫做特娜的女人，自己抱的究竟是一种什么样的感情。但能够肯定的一点是，假如不是她，那么，在结束了二十年前那场青春狂飙之后，我的生命里，绝不可能再一次掀起拍天惊涛；假如不是她，那么，那个二十年后重逢的相约，必定会带着一层日益温润美好的光泽，结成一颗记忆深处的珍珠。

那是春天第一场扬尘尚未开始前的某个早晨，我刚刚赶写完一篇拖了很久的书评，倒在床上，正要矇眬入睡，就听床头柜上电话铃声訇然大作。通常在家工作，我总是关掉手机。

铃声响完一个回合又一个回合，仿佛即使这房间空无一人，它也要榨出一个灵魂来。我恼怒地暗骂着，起身去看来电显示。是一个陌生的号码。我想我这固定电话号码从未告诉过外人，除了大洋彼岸的父母兄嫂，剩下唯一一个知情的国内人士，就是阿凯。肯定是打错的，这种情况碰到过不止一次。一次是个男人，问这里做不做给酒店服务员穿的马甲；一次是个女人，开口就是，请问您家是不是有刚出生的婴儿，我们公司代理的某某牌婴儿奶粉，是最好的母乳补充剂，绝不含三聚氰胺，不要让孩子输在起跑线喔！还有一次是个年轻女孩，上来就骂，王胖，你手机总关机干吗？你以为我就不敢往你家打吗？告诉你，你就是躲进下水沟里，我也能把你提溜上来。

不理睬，重新躺下。静止了不超过一秒，铃声再次轰隆炸响。我抓起听筒，扔到一边。请问，这里是朵拉家吗？一个温软的、略显迟疑的声音，蛇一样钻入耳朵。我急速翻身坐起，就像后背挨了火烙。

上帝、耶稣基督、我祖佛陀、真主安拉啊，原来，有那么一个人，那么一个名字，竟然还不曾被岁月黄沙掩埋得了无痕迹。

电话那端的女人，显然来自我身处这座城市之外。在这里，没人知道我曾用过这个名字；在这里，我始终在煞费苦心地掩藏自己的过去，就像努力掩藏那些总是奋力想要显示它们的存在的白发一样。在这里，我一直以为，我的掩藏，还算得上是成功的。

您——是朵拉吗？不明来历的女声，继续柔韧不屈地追问着。不安像泼墨一般，沿着我每一根神经洇开。这女人非同小可，这女人究竟是何方神圣？我拼命搜刮着记忆，但对她的声音，实在是毫无印象。

你是谁？找她有什么事？汗毛根根耸立如芒。

您就是她，对吗？敏捷的一击，之后归于静默，让人恐慌的静默，迟早会被一声霹雳击破的静默。

我离开床，下了地，向前走两步，向旁边走两步，又重新退回床边，倚着床沿坐到地下。我就像一只被獒狗或饿狼追赶得惊慌失措乱了方寸的旱獭，搞不清是该逃窜该躲藏，还是干脆就该万念俱灰，坐以待毙。

您，朵拉，还记得一个叫蒙地的人吗？他说，您是他的朋友，他说，您会在这里等他。訇然之间，不是霹雳，而是雪崩，灭顶的雪崩，咆哮着，翻滚着，以摧枯拉朽之势，以力压千城之势，直奔眼前。

蒙地，您的朋友，他回国了——我是他太太，我们回国了。

墙壁坍塌了，房间消失了。我被彻底摧毁了藏身之窟。

这么多年来，蒙地他一直记得您，他常常跟我提起您……

我转动着眼珠，看到桌上有半杯茶水，抓过来，一口喝光。我继续转动眼珠，试图寻找到更多的可供填进嘴里可供寻求依托的东西。

近处，一缕细细的绒毛，在射进窗来的光影中慵懒地舞动；窗台上，油油抱着大腿，蜷成一团，睡得像一只毛绒玩具；隔门望去，外间沙发的一角，扔着一包前几天淘宝网上买来的床品，一套重工抽纱白色四件套。白色抽纱床品，始终是我的最爱，衣柜里已经存了有三套。尽管这只是套租来的一居室小公寓，但我仍然尽量精心营造，让它像一个可以安下心去住的家，一个流血受伤后可以静静舔伤的秘密洞窟。现在，一个令人不安的声音，正在叩响我这秘密洞窟之门。我是打开门，还是置若罔闻？一旦走出这洞窟，我将面对什么样的景象？我还能否平安抽身？

是从哪一年哪一天起，我对此时此刻的满怀期盼，已化作了忐忑，甚至是畏惧？我那充盈着脉脉深情的心愿，究竟是怎样被岁月的风霜一日日剥蚀得血色惨淡，形容枯槁？

油油动了一下身子，将脑袋朝大腿里埋得更深。那缕绒毛，已不知飘落何处，而我，也已来不及回望二十年每一扇四季交迭之窗，细数过往每一个日夜心念的流转。

喂，能听见吗？哦，对不起，刚才线路有些不太好，现在能听清了——那就祝你们——回国探亲愉快。噢——谢谢，不过，我们，不光是回来探亲的。

坚冰压顶般的静默，仿佛双方都深知，在那坚冰之外，密布着一层高压电网，只要自己还不是一条被窒息憋得需要最后一口呼吸的鱼儿，就绝不要轻举妄动，试图冲破这压顶坚冰。

我们，能见一面吗？我是说，就我和您，我们俩，先见一面。另一端的语气骤然急促起来，也硬朗起来。能够感觉得出，对方已经被沉重的窒息压迫得忍无可忍，下了决心，无论在那坚冰之外等待的是什么，是电网，是屠刀，或是一张咆哮的血盆之口，也绝不退缩，要奋力向上，不计头破血流地搏上最后一击。

亲爱的朵拉，我，特娜，需要您的帮助，恳求您的帮助，除了您，我想不到还会有谁，有可能愿意帮助我！

理性的堤坝瞬间溃决。我还没来得及想起来问上一句，需要我做什么样的帮助，我是否有能力帮助，就已经用一个好字，向着叩响洞窟之门的入侵者，举起了白旗。

那天放下电话，服了两粒扑尔敏，才勉强镇静下来。似睡非睡间，一个高鼻长脸、涂着鲜艳口红的女人，游魂似的在我眼前晃来晃去。她颈上围着一条灰茸茸的毛皮围脖，那围脖的前端，是一只鼠兔般的小动物脑袋，那脑袋向下不住地滴着鲜血，一如她的烈焰红唇。

约好见面那天，我比约定时间早一刻钟走进永和豆浆。我想提前一点到达，好占据心理主动。但是，那个穿着紫罗兰色外套的女人，已经稳稳地端坐在那儿了。正如她电话里告诉我的，她颈间围着一条白色丝巾，丝巾下摆绣着一朵折枝梅花。

在向她致以礼节性微笑的同时，我在心中作着判断，她那衬了厚厚垫肩、略显紧绷的外套，是否是件二十年前的旧时尚。

您跟我想象的很不一样。还不曾来得及回以礼节性的微笑，她先夸张地大睁着原本就十分圆鼓的眼睛。抱歉，让你失望了。我慷慨地表示了理解。

哦，我不是这个意思……我的意思是……继美式坦率之后，中式尴尬回到了她脸上。我的意思是，您，不像我想象中的那么……我的意思是说，我原本以为您看上去会很……强悍。她终于困难地恢复了本色。

你的围巾很漂亮。我继续慷慨地为她解围。谢谢，不好意思，它是不是已经过时了？她低头扯了扯围巾，显得有些不安。放下手，冲着我再笑了一笑。其实，我还是不戴围巾的好，对吧？她有自知之明。她的脸庞过于丰腴，脖子又稍显短粗。

我谢绝了她要为我点些点心的好意，我说我早上吃得很饱。这不是事实，而事实是，我能够好好研究她的姿势。

她为自己点了三屉小笼包子，两碟春卷，还有一大碗鸡丝馄饨，那分量足够我在心情最紧张胃口最猖狂时，吃一半打包一半。她说，当她独自一人时，总是喜欢不停地吃，让食物来充填心灵空间。她说，尽管害怕肥胖给自己的心脏带来的危害，但就是克制不住。说这些话时，她向我投来推心置腹的目光。

在等待她将食物消灭一光的时间里，我分明感到，无论我与她想象的距离有多大，无论我的真实意愿又如何，她都已毫不在意。她已经打定主意，要向我倾诉她最难以告人的隐私。当她拿起餐巾纸擦抹嘴角时，她的眼神尚有一丝闪烁；当她放下餐巾纸，目光落定在我眼中那团闪烁不定的光影上时，可以确定，她已经鼓起了足够的勇气。

她的目光明确无误，含着严重的责备意味。您为什么不问我，蒙地他，怎么不跟我一起来？

你会告诉我的。我仍旧保持着镇静，宛若千年冰山。她揪了一下裹在脖颈上的丝巾，像是让我的话给噎住了似的。您，真的跟我想象的不一样。她又揪了一下丝巾，像是让自己的话给噎住了似的。我继续耐心地望着她。

他在医院里！他在医院里已经待了一个多星期了！那圆而鼓的眼睛，向我挥舞着两根大大的惊叹号。

我没有惊讶。这不出我所料。我的心终于完全放了下来，我甚至感到了某种程度的安慰。这是一个可以让人心平气和接受的结果，一个称得上还算不错的结果。他活着，我活着，我们都还活着，这就好，生命的全部意义，无过于此。

我轻轻点了下头。好的，我会抽时间去看他。

对面的眼神终于变得忍无可忍。您可真出乎我的想象……他在精—神—病—院里！

最后那一声压得很低很低，几乎是完全压在嗓子眼里的，但足以将我的脑袋一下子轰开了花。

油，笼，麦，浆，小，焦，甜，包，条，烧，豆，咸，酱。点餐单上的字，变成一堆四下乱爬的蚂蚁。

这就是说，他已经失去了正常的思维能力，他之所以为他的特质，已经消失。今日的他尚在，往日的他已不存在。他是另外一个他，他不是那一个他……蚂蚁密密麻麻爬满我的胸口。

二十年来，他无数次向我提到您，以至于我不知道除了您，还有谁能让我信任……一只春天最早醒来的苍蝇，在窗缝里嗡嗡地舞动手脚。每年春天，花园里的苹果树开出第一朵花时，他都要跟我说起那些往事，说不再见到您，不再去一趟那片高原，他就死不瞑目。那时候，我就看着疯狂像潮水一样冲上他的眼睛。接着，他就开始拒绝吃药。等到苹果花开得像雪一样，他大脑里的血清素就彻底失去了平衡。他变得不吃不喝不眠不休，只反反复复说着同样的话：我要摆脱魔掌，我要逃离魔窟。他甚至会趁我不备，冲出家门，在外面乱走。那时我就只得打电话报警，把他强制送进医院。二十年来，我几乎不记得有哪个春天，我们不是这样度过的……

邻座传来妖娆的说笑声。窗缝里的苍蝇在继续嗡嗡嘤嘤。今年春天还没开始时，我就想，我一定要带他回来，一定要满足他的心愿，不然的话，很可能，他就再也没有机会了……

我木然地瞪着，听着。声音越来越遥远，梅花越来越漂移，身躯丰满的女人，在整个向后退缩而去，越来越渺小，越来越模糊，像是要从我的视野里游离开去，彻底消失。突然之间，我的视线一下子又重新找到焦点。

紧贴着她脖颈的围巾有些下滑，上端露出一小截丑陋的疤痕印，那就像只蚯蚓的头。

她敏捷地察觉到了什么，飞快地向上扯了扯丝巾，表情显出一丝不自然。噢，你这围巾真的很漂亮。我竭力让自己的口气听上去无比真诚，单纯，就像一个不谙人世的少女。

在这个女人的身上和心头，还留有多少我看不见的伤痕？这个女人，曾经承受了多少难以想象的苦难甚至凶险？面对这个长得有几分像拉斐尔笔下圣母的女人，这个起初我带有深深抗拒感的女人，我第一次产生了敬意。

难道你，就从没想过去寻找新的生活？我本意是想说，你可真了不起，但心中刚刚涌起的真诚，已彻底压倒了伪善。

瞧您说的——我怎么能背弃我的誓言？我曾经在主面前发过誓：不管生活里发生什么，只要我活一天，我就要对蒙地不弃不离。主爱他的每一只羔羊，只是他需要关怀的羔羊太多了。当我主他一有机会跟我沟通时，就会给我安慰，赐予我超脱苦难的力量，让我鼓起勇气，继续坚持下去。

圣母般的女人头朝后仰去，用一种像看一个怪物一般的眼神看着我，放在桌上的两手紧紧交握着，手背上每一根凸起的筋脉，都在向我显示着历久弥坚的意志。只要我活着，我就会坚持。她用力点了下头，唯恐我信服得还不够五体投地似的。

但是看来，你的主的力量还是有限，所以你还是需要寻求我的帮助。我在心里对自己说。

您不想知道我是怎么得到您的电话号码的吗？对面女人换了个表情，紧握的两手也放松开来。那要看你的意思了。我尽力保持镇静，坚守越益飘摇的从容。她无可奈何地耸耸肩。

我先是以蒙地的名义，在本地晚报上登了条寻人启事。可是，快一个月过去了，没有任何音信。我就想，这么多年过去，谁的生活不会发生变化呢？谁的意愿不会发生变化呢？也许，您早就离开这里去了别处，您早就把蒙地的影子从自己的生活中驱散得一干二净。我不得不寻找各种理由，去敷衍蒙地，由此他变得越来越焦躁，很快，又开始拒绝吃药。就在我把他送进医院的第二天，我接到了一位先生的电话。那位先生说，他认识我要找的人，但据他了解，您从来不看晚报，所以，根本不会发现这个启事。他告诉了我您的电话号码。尽管我一再追问，但这位好心的先生还是不肯留下自己的姓名。当然，我别无选择。

真得谢谢那位先生，否则，你还得在茫茫人海中继续寻寻觅觅呢。我言不由衷地强笑着。

亲爱的朵拉，我希望我们两人成为朋友，我迫切需要你的帮助。我希望你能去看望蒙地，他一定有许多话要对你说。当然，这并不意味着我想要影响你的生活。我想强调的只是，无论我曾经怎样想象过你，有一点我始终不会想象错：你，值得我信赖。

几乎是顺理成章的，极为自然的，"您"被换成了"你"。

我望着那结结实实投向我的目光，有一种被捕鼠夹击中了一般的感觉。

那些怀抱婴儿的妇女，开始在街头出没。我抹了抹脸，离开长椅，走向地铁。

下班高峰已经过去，能看得清车厢里的每一张脸。几个神情漠然的小白领，在座椅上摇来晃去，似盹非盹，那脸上全都写着一句话：烦着呢，别理我。

我挨个打量那一张张惨淡的脸，心想，假如碰巧置身当年那节奔向未知荒原的车厢，置身那片凭借个人之力无法生存的高原，这些陌生男女中的任何一对，是否也会如同我跟蒙地一样，上演一出感天动地酷似爱情的故事？而我和蒙地，假如不过遭逢此处，除了能是两只各奔其途的城市老鼠，还能是别的什么？

即便是置身那片冰寒高原，我，蒙地，也不过是从城市老鼠摇身变成了鼠兔。我们，始终是两只在争斗与依存中蹒跚向前的鼠辈。鼠辈，是我们终结一生都无法改变的身份。

快要到站了。我走向车门。

面朝车门，摘下墨镜。我清晰地看出，那件鲜艳的水蓝色外套，有多么不适合我。我几乎无法相信，青春如同初升朝阳般的活力，曾在那张苍凉毕现的脸上留下过痕迹。

第二章　向远方，同船渡

无论对自己的想象力有着多么狂妄的估量，但在198×年那个春色渐浓的4月里，女孩朵拉也不可能意识到，在这个春天随后一段日子里发生的一切，会给自己此后一生带来怎样令人惊惧的影响。

那年春天里某个看似寻常干燥的午后，中原腹地Z城空中，隐隐飘动着一股尘埃的气味，还有一股让人去意坚决的气味。

那些初绽新绿的马樱花树，枝头淡粉红色的小伞，还将要在未来季节的某些日子里，一朵朵蓬蓬绽开，释放出年复一年流淌在这座城市上空那缱绻人心的甜香。不过，这些都不是女孩朵拉在这个年代的这个季节里，有兴趣关心的事。那些淡粉红色的小伞，是否还能在她头顶再次开放，她已毫不在意。

最后一遍汽笛响过，Z城在女孩朵拉眼前的一切无可挽回地向后退去。

送别的人群在月台上挥着手，男人们在喊着一路平安，为国争光，为民族争光，祝你们凯旋归来；女人们则在抹泪，喊着多保重，还有女人在追着车跑。

女孩朵拉靠在窗边，托着腮，不动声色地望着月台。那里没有送她的人，她心中也没有丝毫离愁别绪，她有的只是满心窃喜。终于在路上了，终于没有任何力量可以逆转她的脚步了。一场以漂流为名义的冒险，眼见的仿佛正成为只为她一个人设计的一场疯狂逃亡之旅。

列车加快了速度，灰蒙蒙的Z城被迅速抛在身后。青翠的麦田在眼前绵延，一排排钻天杨向着天空舒展臂膀。万物蓬勃生长，大地充满希望。朵拉朝着玻璃上的女孩做了个鬼脸，心中窃语，愿前路绵绵无尽，愿归来永远遥远。

姑娘，这么快就想家了？队长老田从身后经过。她回过头，冲着他的背影又做了个鬼脸。

这是一节专门增挂的车厢，除了十五名探险队员、十二名记者，再没有其他乘客。本来记者中除了朵拉，还有一位女性，是一家晚报的，朵拉见过，和自己一样，也是个三毛迷，聊起三毛，聊起走向神秘而广袤的远方，那劲头活像三毛附体。但就在昨天晚上，她得到消息，那女记者的行李被她丈夫藏起来了。据说那男人还扬言，要上他老婆单位，去痛揍那个决定派他老婆参加这场采访的领导。如此，顺理成章的，那女记者来不了了。沮丧之余，朵拉不由又暗自庆幸：幸亏自己没掉进婚姻的泥潭；转而又想，即使自己结了婚，宗一要胆敢干涉她的任何决定，她也有本事立刻让他去见鬼。

车厢中央一片红光，一片喧哗，那是些被月台上欢呼的人们和媒体称作英雄的男人们。朵拉一个一个辨认过去。统一的服装下，包裹着的是形形色色不一样的身份：炼钢厂工人，肉联厂工人，货车司机，民办教师，经营水产的个体户，甚至还有两个有过前科的无业游民。队长老田，一眼看去就是这些人里最为醒目、最为出类拔萃的。高大的身材，堂堂的仪表，称得上不凡的谈吐。凭这一切，最初就连朵拉也完全想象不出，他不过是一个区文化馆的小职员。早前朵拉去采访他，他从办公桌后面站起来向她伸出手时，她就眼看他头顶天花板上一张蜘蛛网，一连晃了几晃。

那场采访，朵拉除了对老田和他的生存环境留下深刻印象外，还对他的馆长上司——一个眉眼委琐、个头比她还矮的老家伙，留下了难以磨灭的印象。在她跟老田谈话的一个多钟头里，那老家伙不停地咳嗽、吐痰、擤鼻涕，弄出各种令人作呕的响动，弄得朵拉结束采访后，不得不向他致意：我看您还是别再带病坚持工作了，还是赶紧提前退休的好，我相信老田一定能把您未竟的事业完成得更为出色。

一片嘈杂中，老田的声音力压群雄。

自古时势造英雄。古往今来，有多少好男儿，一腔热血，满怀抱负，只可惜生不逢时，空怀遗恨。毫无疑问，我们错过了一些好年华，但我们还是应该感谢时代，终于又给了我们这么一个能够充分展现自我的机会。是幸运，是侥幸，是千载难逢的良机。不错，我们没有精良的设备、充足的资金，但我们有满腔热血和充足的勇气，这是我们最为宝贵的财富。当然，我们每个参加者，所怀动机可能不尽相同，但我希望，我们每个人能够借此机会，努力向社会、向世人展示自己最精彩、最闪光的一面。俗话说，好花还要绿叶扶，好汉还要众人帮，在此，我再次希望各路媒体，能够大力为我们造势，让这场探险行动的意义深入人心，让这场探险行动的影响广为流传。当然，我更希望我们的小女记者，能多为我们拍些宝贵的画面。各位不要小看她，我们的一切行为，她都有可能记录下来，日后铁证如山！

老田说着，抬臂朝朵拉这边一指，众人目光齐齐投射过来。有人吹了一声口哨。鬼子姜，你小子——老田朝某个队员瞪起眼。

就算漂完又怎样？英雄？嘿，笑话！不过就是一场游戏，游戏一结束，我们还得回家继续当小老百姓。你老田大概能靠这趟出个名，混上馆长的宝座。我没别的门路，还得接着干我的个体户。酸溜溜的口气，是那叫鬼子姜的。

馆长？哈，你以为我田某人的眼皮子浅得就跟条阴沟一样吗？只要我还活着，我是绝对不会再回那个活棺材了。雄关漫道真如铁，而今漂流从头越。我要将自己的名字，永远铭刻在一条又一条滔滔奔腾的大河波涛之中。抛开人间万般烦恼丝，唯有那从远古而来、往永恒而去的大河，才是我田某人愿意付出后半生血肉去激情拥抱，去从每一朵浪花里寻找永生真谛的大舞台。国内国外的大河，我都排好队了，每年一条，挨着个儿来。只要这趟名声出去，以后就不用发愁经费物资了，那赞助商还不得打破头的往前冲？弟兄们，有愿意追随的，现在就开始预订——明年，密西西比河！

好啊！跟着大哥一起干哪！人生能有几回漂啊，漂了一回少一回啊！呐喊声此起彼伏。

朵拉仔细看着手头的一份名单，一一核对着队员名字。数来数去，她总觉得少了个人。有一个名字，她怎么也找不到相对应的人。她将在场的队员看过来又看过去，确定没有一个人能够和这个名字对应上。出发前有过一次集会，每个队员她都见过，有印象，但叫这个名字的人，她肯定没见过。先前她曾听说，有一名来自北京的队员，要在出发当天才能赶到，那说的就是这个人了吧。难道这人也临阵当了逃兵？一个北京人，一个伟大首都的骄子，哼！

午餐有木须肉片、蒜薹炒香肠、海米冬瓜、西红柿鸡蛋汤———一个悦耳的女声，带着此种场合所特有的徐缓节奏，在车厢上空流淌开来。那声音柔软黏稠，每一个字的尾音与下一个字的前音纠结缠绵，如同一道滑溜溜的、入口鲜香的汤汁。尽管这声音所指向的那实际入口的饭菜，极有可能要比一位厨艺最糟糕的大妈做的还要难以下咽，但仅仅凭这声音，就足以使男人们抛开一切理想与抱负，不假思索头也不回地按照肉体本能的指引而去。转眼之间，慷慨激昂的豪杰们，消失得无影无踪。

朵拉坐着没动。她包里带的有茶叶蛋和苹果，这是昨天宗一为她准备的。她这倒不是要为公家节约，而是多少年来，出门上路，她只习惯于吃这两样东西。

从十一岁起，每年暑假，她都要跟铁道线打两遍交道。Z城，上海；父母家，外婆家，两点之间一千多公里，将近二十小时的旅途中，心寻找不到安全感。十一岁前，她以为外婆家就是自己家。十一岁后，结束了下放的父母亲，努力试着让她明白，那只是她短暂的错觉；只有回到Z城，和他们在一起，才叫回到自己的家。可要让她真正接受这一点，已不那么容易。从此，她便像一根身不由己的钟摆，每年暑假，从北到南，从南到北，在漫长的铁道线上，不停地往返摆荡，不知道属于自己的真正归属，究竟在哪一个点上。年复一年地奔波，以至于她渐渐觉得，自己的真正归属，也许，就在路上，不在任何一个瞬间的静止之点。直到如今，她都可以准确地说出，那趟她坐了几十遍的火车，所经过的每一个大小站点的名字，以及准点停靠每一个站点的时刻。

我要回家。不，她从不会像其他小姑娘那样这么说。我得回我父母家，或者，回我外婆家。她从来都是这么跟人说。

炎炎夏日，充满着汗馊味的车厢，是她最痛恨也最摆脱不掉的场所。每次离开父母时，她总是说，不要为她准备任何食品，她就吃火车上的盒饭。这样，他们就会塞给她五元钱。他们其实不知道，她一闻盒饭的气味，就想吐。一路上，她最多只会给自己买两只苹果和两只茶叶蛋，这样下来，五元钱里差不多可以省下四元，到了目的地后，她就把剩余的钱全数交给外婆。等到离开外婆家时，外婆也总是会为她准备好最大的茶叶蛋和最红最圆的苹果。苹果、茶叶蛋，陪伴她由童年跨入少年，再由少年迈向青年，面对岁月流逝，面对年复一年的孤独和动荡，唯有它们，能够给予她最熨帖、最忠实的陪伴。

车厢静得像散戏后的剧场。朵拉从背包里摸出一只苹果。圆润鲜艳的苹果，漂亮得几乎像假的，让人舍不得吃。放回去，再摸了摸装在一只塑料袋里的茶叶蛋，尚有余温。临走前，宗一做了一大锅油汪汪的卤面，吃得她直到现在肚子还有点撑。父母恰巧都出差了，帮她准备行囊送她出门的，只有宗一。真该感谢这个绝好的机会，不然的话，父母一定会大加阻拦此行。虽然他们自己都是在十四五岁上跟家人不辞而别，加入抗美援朝大军，但是为人父母者，通常总是会毫不例外轻而易举地忘记自己曾经患过的青春狂热症，而对同样正值青春年华的儿女，有着一万零一个不放心。

在她的坚决反对下，宗一最终答应不来车站送行。她从来都讨厌戏剧化的送别场面，假如他再当众洒上几滴眼泪，或者仅仅眼圈发红，她就会无地自容。独自上路，她早就习惯了这一生活必需方式。另外，潜意识里，她是不是也不愿让更多的人知道，她有这样一位男友？这一点，她也无法或者也不愿去肯定。总之，当宗一按照她的要求，站在窗后目送她离开时，她连一下头也没回。

她开始摆弄起自己那台16毫米手提式摄影机。这个八斤半重的小家伙，是她这趟随行采访的工作伙伴。去年毕业分配到电视台，实习期间，男生们一人一台摄像机，而她，领到的却是一架早已被淘汰的红旗牌16毫米摄影机。领导说，照顾她是女生，用轻便的拍方便。领导的话没错，不过，拿着这么个土包子出去，男生们总是报之以嘲笑，“高举红旗向前进”，他们总喜欢这么冲她喊。只是他们万万没想到，这台小土包子，竟成了这次竞争采访机会中她的撒手锏。考虑到又笨重又需要电源的摄像机，在高原恶劣条件下，使用起来多有不便，那些平日里威风八面的男记者们，不得不被领导剔除在人选之外。

我相信我的决定。力排众议确定最终人选之后，台长望着她，神情庄严地说。我从不怀疑你的能力。台长重重地拍着她的肩。还有意志！她仰着脖子，也一脸庄严地说。

刚刚工作半年，就成为台里最年轻的全省好新闻一等奖获得者，这显然是一个比会操纵16毫米红旗摄影机更关键的胜出因素。尽管此前做梦也未想过要从事新闻记者这一行当，但某种连朵拉自己都无从意识到的潜在天赋，让她的鼻子一旦有机会嗅起新闻苗头来，比一只闻腥而动的猫儿还要灵敏。

朵拉站起来，举起摄影机，眼睛贴近取景孔，移动起镜头来。

窗外，车厢内，空镜头，还是空镜头。但是，不知怎地，一种不安的感觉，雾一般地在她心头弥漫开去。尽管它无声无色，难以察觉边际，但她确确实实感觉到了。她甚至弯下腰，朝两边卧铺底下望了望。

镜头对着每一个铺位，一小部分一小部分拉近，特写。露出一角介绍黄河的书籍的背包，望远镜，墨镜，军用水壶，倒扣的地图册，简易小相册，插在相册里的相片：幼小的孩童，年轻的少妇、姑娘，苍老的母亲……

镜头从相册上移开，画面里突然闯进一个人，一个朵拉从未见过的人。一眼看去，偏于单薄的身材，和其他队员比起来，有着明显的差异。再看一眼，就能看出，实际上，不仅仅是身材，还有一种说不清道不明、不知藏于躯体何处却又分明向外散发的东西，使得他跟那些队员泾渭分明。

这人是从车厢连接处冒出来的吗？可以肯定，刚才数人时，没见过他。那么，他就是一直隐身的那个人！他该不会一直置身洗手间或者厕所吧？要不就是一直躲在车厢连接处看风景？朵拉一面藏在镜头后面观察，一面琢磨着。

这个男人有张略显清癯的脸，和一只分明显得犀利的鼻子，一绺垂在额前的头发，遮挡得眼神有些捉摸不清。三十？还是三十多？总之，肯定不是大学刚毕业的小男生。三十岁以上的年纪，对朵拉而言，是个遥远的年龄层，那个年龄层的人，大都有着她难以完全捕捉的内心世界。这支队伍里，跟她年龄相仿的，只有两名队员。那二十出头的青涩，是一眼望去就能看出的，就像脑门上那些怎么也遮掩不住的青春痘。

身材单薄而挺、鼻梁也削薄而挺的男人，在离自己最近的铺位旁站定，从一边口袋里掏出一只苹果，又从另一边口袋里摸出一把水果刀，开始削皮。

他神情专注地盯着手中的活计，就像是在进行一场精细的外科手术。几乎不见刀动，只见苹果一圈圈旋转，果皮始终紧贴果肉，纹丝不动。朵拉入迷地看着，一种熟悉的亲切感油然而生。她对着那双手，拉了一个特写。

童年时代，那些远房表哥里，最年长最英俊的一位，常爱向她表演这套把戏。那时她还不满十岁，盯着二十出头的表哥想，再过十二年，自己长到他这么大，就要跟他结婚，可是十二年，实在太漫长了，他一定会等不及的。这么想着，心头就会生出远远超出她的年龄所能承受的悲哀。去年夏天大学毕业，利用报到前一段空闲时间，她又回了一趟上海，见到了大表哥，见到大表哥身边，多了位精明漂亮的表嫂。表嫂热情地请她吃点心水果。她没有动那昂贵的荔枝，仍只挑了最普通的苹果。大表哥又一次为她表演了完美的削皮把戏。那时她盯着他那修长的手指，将一把锋利的小刀操纵得轻盈如飞，而果皮则一如既往地紧贴果肉，纹丝不动，心中幽幽地想，只是那只苹果的疼，没有谁会知道吧。

告别的前夜，大表哥寻找机会拥抱了她，或者换句话说，她用某种眼神，诱使他拥抱了她。

在生命中那些被吊诡而动荡的时代像银河一样划开了母爱和父爱的时光里，是外婆，为小朵拉扮演了近乎母亲般的角色，而作为父亲的阳性角色，却并没有一个与外婆相衬的亲人来扮演。于是，家族里那些能够最为容易接近的年长的单身异性，就成为一个天性敏感的小姑娘别无选择的亲近的对象。尽管她无法像其他小伙伴那样，以骄傲的口气宣称，阿拉姆妈怎样怎样，阿拉阿爸怎样怎样，但她至少可以把阿拉外婆、阿拉大表哥这样的称呼，常常挂在嘴上，让自己也仿佛拥有了一种有着坚实家庭后盾的感觉。

她曾无数次地接受过大表哥的拥抱。每当她哭闹耍赖，他都会用拥抱来使她安静，让她坐在自己的腿上，为她讲故事。比起他那些只能骗骗没头脑的小把戏，简单得听了开头就能猜得到结尾的故事来，他讲故事时的手势其实更为吸引人。无论他的故事有多么不吸引人，她总是能够忍着，不去戳破，只是一味盯着他做着比画的手，为那些修长白净的手指而深深入迷。不过很快，大表哥就不再主动抱起她，让她坐在自己腿上了。记得某一次，她又想往他腿上坐时，他笑着说，你都这么大这么重了，我的腿已经承受不住了。那一次，她有些尴尬，能感到，自己的脸有些热，一定也有些红。接下来又有一次，两人打闹胳肢，大表哥的手无意间碰到了她的胸脯，她那小小的、刚刚开始发育的乳房，一下子就像中了电击一样。那一次，她还没来得及意识到自己脸红时，就看到，大表哥的脸先红了。自那以后，她开始意识到，自己无忧无虑的年代，是真正结束了。

而在去年那次，在她走出大学校园、准备踏入社会的前夜，她那已经完全成熟的乳房，隔着夏日轻薄的衣衫，在一个完全成熟的男人手中，第一次体会到了真正的、如烈火燎身一般的情欲，尽管它短暂得仿若蜻蜓点水。你怎么不戴胸罩？那时大表哥一面抹着头上的汗，一面气喘吁吁地问。哎哟，刚洗完澡，忘了呀。她回答得无比自然。你会让每一个碰到你的男人不得安宁。大表哥最后用这句话，作为送别她走向新生活的赠言。

重新对准焦距，再去看镜头里面那个男人，苹果还在他手里精致而缓慢地旋转着，果皮和果肉缠绵难舍。朵拉想，这人不过是在给自己削，并不为了让谁观赏，竟还如此讲究，真是不可思议到了古怪的地步。和大表哥一样，这人同样有双修长洁净的手，并且，更为细腻。干净圆润的指甲，透着健康的粉红色，像一只只精美的小贝壳。从懂得对男人感兴趣起，她就一直喜欢有着这样一双手的人。长着这样一双手的人，一定有着一颗无比细腻的内心，一定懂得如何温柔地抚摸女性。这么想着，朵拉的耳廓不觉就有些发起热来。

苹果终于削好了。又像大表哥一样，那人提起果皮顶端，轻轻一抖。果皮完整地脱落下来，呈现出一条美妙的螺旋曲线，而那颗苹果，也像一个让睡裙完美滑落的女体，闪着微黄而均匀的光泽，优雅而坦然地裸裎着。

那人端详了一番果皮，似乎感到了满意，随后，将果皮托在一只手中，开始吃起另一只手中的苹果。他小口啃，细细嚼，不露一点牙齿。将果核啃得小到不能再小之后，放进托着果皮的那只手，从口袋里掏出一条叠得方方正正的手帕，打开，用内侧在嘴边轻轻按了按，再单手轻抖，折回原样，放进原处。

一套精致的表演，加上最后这幕完美的尾声，让朵拉看得几乎要呆过去。她始终喜欢会用手帕的男人，但就连她的大表哥，也不曾精致绝伦到这般地步。

从懂事起，外婆就教导小朵拉认识到，手帕，是一种无论男人和女人，维持优雅品位必不可少的配件。南京路上第十百货公司，外婆总叫它先施公司的，一楼的手帕柜台上，那像小型旋转屏风的手帕展示架，是她和外婆每次走进这家公司店门时，必然要过去鉴赏一番的。历年下来，朵拉已攒有十几条花色不同的手帕，用来搭配不同季节不同质地的衣服。记得宗一生日时，她曾送过他一条有着漂亮条纹的高支纱男式手帕，但很快她就发现，它被一大堆鼻涕搞得恶形恶状，比一块最丑陋的墩布还要令人恶心。那让她不得不进一步怀疑：自己与这个同龄男孩，到底能走多远。

男人转身走出镜头。再回来时，就见他两手远远地垂在身体两侧，前后不停地摆动着。

朵拉不由想起上小学时的一段经历。那时她有一个非常要好的女同学，她常去她家玩。每次总能见到那女同学的妈妈，站在后天井的水龙头下，没完没了地洗手，一根手指一根手指地洗，一根手指与一根手指之间缝隙地洗。洗完了，两手远远地垂在身子两边，前后不停地摆动，那样子，总是让朵拉想起外婆家厨房窗口晾着的咸鱼干。慢慢地，这个有着两只风干咸鱼般手的女人，变得连看人的眼神，都像一条咸鱼。后来，听说有天夜里，她拿菜刀把她丈夫给砍了。再后来，听说她进了一家医院，常年住在那里。对于那医院的性质，大人们之间总是用一种既模糊不清又足以令人会意得直要意味深长地点头使眼色的语词来表述，而班上一些品学兼劣的男生，则会十分干脆无耻地说，那女人住的是神经病医院。很快，那些不学好的家伙们，开始叫那个可怜的女同学“小神经”。最后，那个女同学也从大家的视野里消失了，连慈祥得就像是全班同学外婆的班主任老师，也不知道她去了哪儿。

手晾干了。那人甩了下头发，露出了眼睛。他的眼珠泛着一层褐黄色，亮亮地一闪，像是琥珀一般。这种颜色的眼睛朵拉还很少见到，这让他看起来有几分异族人的味道。眼神飘移了一会儿，突然，毫无征兆的，朝她这边转来。她赶紧放下摄影机，准备侧过身去挡一下，遮掩住，但动作还是晚了一步。

他朝她走来。他的眼神让她紧张，冷冷的，有一种被窥视后的不快。他一定会指责她，她无法为自己辩护。她这行为就是窥视，偷窥，算不得光彩。

他在她面前站定。一臂之远，他投过来的眼神，是一种仿佛离着十几、几十米的感觉，是一种列车在向前，而他在向后退去的感觉，但那眼神里却有一股力量，或者说气场，让她感觉自己正在变成一只三叶虫，在迎头滴下的松脂里，一点点凝固了须爪，不得动弹。不过，就在下一刹那，就见远处那冷傲的眼神忽然闪了一闪，释放出一丝带有善意的笑，将距离神速地缩短到了咫尺。早知道你在拍我，我会让自己的举止更加完美些。这意想不到的、富有幽默意味的话，让朵拉一下子放松下来。她不由也释然一笑，差点脱口而出：我这机器里没装胶片。

你已经很完美了，瞧瞧你让手变干的方式，完美得有多么讲究，多么科学。情不自禁的，朵拉也摆出一副戏谑的口吻。但在心里，她却为自己居然敢于如此放肆而深感惊讶。从学会独自上路时起，在陌生人面前，她就练就了处处小心事事防备的本事。以后，虽然从事了以跟形形色色人等打交道为职业的工作，但只要不是出于采访需要，她通常仍旧不喜欢主动跟人开口说话。更多的是用眼睛去观察，只有看得准，才能出言狠，一语中的。这是她潜意识里，给自己立的话语法则。

那人在她对面坐下，眼神一沉，脸上又恢复了最初那种若有所思的表情。他似乎丝毫没有听出她话里的戏谑意味。他举起已经晾干的手看了看，小心剔除了手背上某个微乎其微的如同不存在一样的斑点。其实，我也很清楚，我有些习惯是有些过分。我总是容易被生活的诸般细节所困扰，对此我也感到烦恼，但是，要改变它，不是件轻而易举的事……

一个讲究生活细节的人，是有品位的人，生活中，这样的人已经越来越少了，能够坚持的都是……嗯，最后的贵族。面前这人身上散发出来的那种糅合着几分古怪的天真，让朵拉想要逗弄他的兴致越来越无法遏制。

虽然我对生活过于挑剔，可我明白，尽善尽美是不可能的，就像无论我怎样反复洗手，那上面其实还是会存在无数个细菌一样。那人继续盯着自己的手指，语气冷冷的，眼神冷冷的，仿佛那不是长在自己身上的手，而是一只无影灯下的、别的什么人的手。

尊敬的先生，我想你一定很清楚，我们这是前往什么地方，我们很快就没有可以如此讲究地洗手的机会了。不知你是否知道，勤劳勇敢的藏族人民，就连洗碗都是用的干牛粪。朵拉强忍着，不让自己笑出声来。此刻她感觉到，犹如被一股神奇的力量推拥着，自己深藏内心轻易秘不示人的聪明和智慧，正欢快地打着小呼哨，争先恐后连蹦带跳地向外挥洒。

那人朝着列车行进的方向扬起头，那琥珀一般的眼睛，一下子变得异常的晶亮，语气里也充溢起一股暖意。噢，那里啊——那是个可以清洁灵魂的地方，那是个离天堂最近的地方，肮脏在那里无法生存，丑陋在那里荡然无存，洗手的问题，还算什么呢——当然，假如——他目光又落回到自己手上——有必要的话，我可以用酒精棉，我带了足够给一团人消毒用的酒精棉。

你可真是太……太有意思了。朵拉终于忍不住笑出声来。你是干什么的？艺术家？诗人？演员？老师？还是任何一种形而上工作的从业者？啊哈，看来我们这支队伍的成分，正变得超乎想象的丰富多彩！

那人目光比从窗外掠过的杨树还要迅捷地朝她脸上一扫，而那一扫的犀利程度，让朵拉感觉，就像一把锋利的手术刀紧贴她的脸颊划过，她脸颊上的每一根汗毛都开始簌簌发抖。那人语气随之也骤然一变，重新恢复了冷冷的腔调。行了，够了，别把我当成傻瓜了，我早就明白，你在拿我寻开心，对吗？小姑娘。他伸出食指，在她鼻子前面点着。不过，你很快就会清楚，取笑一个医生，会有什么样的后果。别看你现在神气活现，到了海拔四五千米，会有你好看的。到时你能否上源头，完全取决于我的判断。知道吗？我是队医！

那人挺直颈背，目光严峻地瞪着她，派头完全像是一个正要走上手术台的真正的医生。

朵拉愣怔了半天才反应过来。嘿，你是队医不错，可我不是队员，明白吗？你管不着我！

自称是医生的男人，伸手拿过她的小红旗，举到眼前。

我当然知道你不是队员，因为我相信，老田队长就是闭着眼，也不会收下你这个小丫头。但无论你是什么，我的初出茅庐的小女记者，你也只是一个吃五谷杂粮的血肉之躯，严酷的高原环境对你不会比对别人多开半点恩，到时候，你的弱势只有更加显而易见。走着瞧吧，你让人头疼的时候多着呢。在一个医生眼里，只要不是外星人、机器人，就都是病人，都有需要医生的时候……

自称是医生的男人，躲在摄影机后面，不慌不忙地、念咒一般地说着。

在一个记者眼里——请记住，是记者！任何一个有弱点的人，无论将自己包裹得多严，迟早都会有被一双记者的眼睛看穿、被一只记者的手指捅到软肋的一天……

没等朵拉的舌饶完，她的声音就淹没在一片嘻哈声浪中，去餐车的人们抹着嘴回来了。

嘿，这俩人原来躲在这儿呢，有意思！

第三章　哭泣的影像

麦田居然染了发，居然戴了副墨镜。我差点视而不见，擦身而过。

分手后，我们还不时保持联系，问候一下近况，偶尔为点事情见个面，为对方帮个无伤大雅的小忙。最初一两年，他依然故我，看不出有什么变化，可最近一年来，他明显变得有些反常，每次见面，都要搞出点新花样。两个月前那次，竟然喷了足以熏死一头成年大象的香水。

记得刚同居那会儿，第一次为他过生日，我特意送了他一瓶范思哲男士香水，他却连正眼都不瞧一下，说只有雄性荷尔蒙分泌不足的家伙才用那玩意儿，气得我一把将那香水从十八层楼上扔下去。当然，后来我还是悄悄下楼去又捡了回来。香水瓶幸好摔在草坪上。这瓶命运多舛的香水后来让我送给了阿凯，作为见面礼。阿凯的反应和麦田截然不同，当时他立刻打开包装，朝身上轻轻喷了一下，随后笑嘻嘻地看着我说，我很喜欢这个味道，它让我显得更加成熟。那一刻，望着那个高高的、年轻得像一匹正准备奔向任何一个未知前方的骏马般的年轻人，我的感觉是，真可惜，我不能再年轻二十岁。

麦田与阿凯，是多么的不同啊。将一切富有理想主义色彩的东西解构，这是麦田最令人望尘莫及叹为观止的本事。起初，当我对他认识尚浅，他这特质在我眼前只是偶露峥嵘时，我像任何一个恋爱中的蠢女人一样，把这当做幽默有趣，当做一种黑色智慧。而当我日复一日年复一年，看着他将生活里一切称得上美好的东西全都嗤之以鼻、戏弄于唇齿间时，我才意识到，他是把这当做为自己浑浑噩噩的生活态度开脱的一剂良方。和他在一起那几年里，我们从未一同看过一场文艺演出，无论多精彩的演出，无论何方大师抑或新秀，在他那里都有着充分的被不屑一顾甚至被批驳得体无完肤再踏上三只脚的理由。假如他有三只脚的话，他一定不会让那第三只闲着。当然，不用说，我们更是从未一同向这座城市之外出游过。飞机会坠毁，火车会出轨，汽车会翻沟，再不就是山体会滑坡，桥梁会断裂，公路会塌陷，旅行社全都是骗子，自助游一定会遇到奸商。在这些方面，他从不缺乏想象力。结果就是，我也变得心灵越来越迟滞，腿脚越来越锈蚀，看什么都麻木不仁，听什么都无动于衷。

回顾我们在一起那些年，我内心深处始终不曾以为，这座城市就是我最后的、注定要终老的家，可要我离开它一步，似又有万难。

归根结底，麦田，就像一股能令人中枢神经慢性麻痹的烟雾，不知不觉，侵入他身旁亲近者的肌体和神经，不知不觉，让人与他一同在浑噩的泥潭里躺倒，伸懒腰，打盹儿，梦周公。我承认，我骨子里，其实同样不过是个无所热爱过一天算一天的人，但有所不同的是，在我大脑里，还另有一个声音，总会在一年里的某些时刻嗡然作响，敲击我，警醒我：你还不能就这样放下自己，你还有重要使命没有完成；无论这座城市是否是你最后终结之地，无论你是否还情愿再在这人间经受心路流徙，你都还有迢遥之途要去踏行；你不属于任何人，你甚至不属于你自己，你只属于那段源自那片高原之上隐约不绝的传说。

事实上，这在我大脑里嗡然作响的声音，就连麦田也能感受到它所传递出的那种无形无色，但却足以令人在一年之中的某些时刻心绪不宁的磁场般的效应。因此，当我决定从他那里搬离时，正如我决定搬入他那里时一样，不曾给他的生活里带去多么非比寻常的冲击。

你以为自己是王家卫吗？我硬着头皮在麦田面前坐下。那一刻，我觉得整间餐厅的客人都朝我们这里投来目光。我瞟见邻桌一个客人拿起手机，作势打电话，我能看出，那姿势分明是在偷拍。明天某门户网站上，大有可能会贴出一组图片：疑似某过气明星，偷会一身份不明半老徐娘。

嘘——我这是……做了个美容手术，刚拆线，怕感染。麦田鬼鬼祟祟说着，摘下墨镜。怎么样，是不是精神了点？托一个熟人的熟人给做的，打八折，三千八。

我连忙用力撑住桌面。他脸上原来有眼袋的地方，现在紧绷发亮，再配上泼墨一般的头发，那脑袋简直就像是中了哪个神医的掉包术。想怎么整自己你有自由，但随便在公众场合出来吓人，就违反治安管理条例了。我低声警告着。嘿嘿，在我知迟而后勇奋力追求美的道路上，你我都是要付出点代价的，等过段时间完全恢复后，你就该惊艳了。麦田一面嬉皮笑脸，一面赶紧重新戴上墨镜。

你这又是想博谁的欢心，把自己扭曲成了这样？嗨嗨，刚交了个小女友，为了协调美呗。老兄，奉劝你一句，小心别又让激情冲昏了头，现在的女孩子，道行可都绝不在你我之下。嘿嘿，达令，有你这碗酒垫底，什么样的酒，我全能对付。

菜上来了。麦田分外殷勤，从四个开胃小碟到四道热菜，每样都要给我夹上一筷。哎哎，这个虫草鸭煲你多吃点，这可是大补，补肾虚。我肾不虚，我看是你心虚。痛快说吧，找我到底什么事，我这可是百忙之中，晚间安排还繁忙着呢。我搁下筷子，盯着藏在墨镜后面那值三千八的闪烁不定的眼睛。

嘿嘿，真是心有灵犀一点通啊。是这样，最近呢，缺点钱，想卖件古董。问了几个朋友，倒是都想要，可惜手头都紧。不知你的高朋里面，有没有愿意收藏的主。你是知道的，就是那件康熙年间粉彩斗花釉碗。我哼了一声，怎么，那准备传世的宝物，打算生前就败掉了？咳，眼前急茬要紧，身后事，管他娘的。你编的那《像乌鸦一样歌唱》呢？上上一回不是听你说，能卖个十万八万册的，赚个十来万的不成问题吗？呸，别提了。又让市场这潭浑水给呛了一回，赔到姥姥家了。

墨镜虽然遮住了麦田上半张脸，但是下半张依旧生动得不输往日。我端详着他：他的头发一定是他自己染的——本着败大钱省小钱的原则，呈现出最具黑色喜剧般的效果：鬓角处头皮黑了一片，活像长了块胎记。从前他可是声称，将来死活都不会染，这一辈子一定要坚持以真实面目示人。现在好了，到底不得不向岁月屈服了。看着这个蹉跎半生的男人，都已过了知天命，却还把自己的面貌和生活搞得左支右绌，真是让人不知心该酸，还是心该痛。我忽然想起自己头上那几丝新生的白发，不禁顿时就有种芒刺在顶的感觉。迟早，它们也会让我藏不胜藏，剪不胜剪，不得不食言而染的吧？生活恐怕就是这样，在它坚不可摧的铜墙铁壁前，任何人类的意志，最终都只得弯下自认高贵的腰。

麦田还在唠叨那只宝碗，说据他估算，至少值个三万应该没问题。

为那只破碗生气，已经是很久以前的事了。那时，他一个经营酒店的金兰兄弟，声称资金运转困难，要忍痛将这只收藏多年的宝碗，以一万元的放血价出让给他。当时他存折上只剩一万多点，他就立刻要取钱给人家。我知道他这金兰兄弟一贯巧嘴滑舌，坑蒙成性，认识他的人里没几个没吃过他的亏，就连自己老婆都摸不清他身家。我就赶紧开导麦田，你这把兄凭什么就说这碗值一万啊？它要值十万的话，咱这不是乘人之危了吗？你还是让他赶紧去找真正识货的主吧，可别明珠暗投了。但无论我怎么费尽口舌，麦田还是喊着跳着非要去中招而后快。最后，终于让他把那只假得无可争议的破碗给请了回来，摆进他那赝品充斥的博古架。我们在一起那几年，眼看着他那金兰兄弟，前后拿各种假玩意儿，把他辛苦赚得的血汗钱几乎给骗了个精光。而最最可气的是，每次我要不劝说，他就眼瞅着准备去上当受骗；我要一劝说，他便以百倍的疯狂与速度，流星赶月般跑着颠着去上当受骗。从那时起我不禁日益看清一条真理：假如我此生有幸身为一条好汉，与麦田的情分一定会战无不胜颠扑不破。

算我发慈悲，免费给你支一高招：干脆卖回给你那开酒店的金兰兄弟不成吗？等什么时候你手头宽裕了，再赎回来不得了？这也叫肥水不流外人田嘛。那小子，哼，躲得俩月不见影了，上门要债的把他店里的桌椅板凳都给扛光了，听说正要上法庭起诉他呢。这回我可绝对不蹚他那潭浑水了。麦田摆出一副前所未有的情断义绝的嘴脸。我琢磨着，自己都这把年纪了，也该替自己好好盘算盘算了。我卖古董，是想筹点经费，趁着身板还硬朗，好好周游一下列国，饱览一番地球村风光，同时深刻反思一下自己的人生，为下一步闭关写作做个准备。西边的太阳快要落山了，老裁缝为他人做了那么多年嫁衣裳，也该到了对镜给自己贴贴花黄，朝世人推销推销自己的时候了。当然，文体还没有最后确定，不过，不能是小制作，即便不是长篇小说，也得弄个电视连续剧本子。等着瞧吧，我会写出值得你拍案惊奇的东西。

我瞧着那张被墨镜遮得云山雾罩的脸，琢磨着他这些话到底有几分真实。我已不是初识他的时候了，他那大话西游的本事，在过去共处的日子里，早被我领教得淋漓尽致。

老兄，省掉亲自周游列国这一劳民伤财环节，直接在你那十八层云端里闭门神游深刻反思不好吗？你不总说，跟在一举小旗的导游屁股后面，夹在一群老头老太太中间，有多丢人现眼多痛不欲生多滑天下之大稽吗？你这人生信条难道要不攻自破？你难道真有勇气搬起石头亲自砸自己的脚？嘿嘿，达令，你说得可大错特错了，我可不是要参加那恶俗不堪的夕阳游，我是想来一次空前绝后的欧亚大陆自驾游，就看经费筹措情况了。我希望尽可能走得远，走得长，信马由缰，随心所欲，让自己的人生来一次痛痛快快的大释放。

一粒菜渣有力地击中了我的鼻尖。

人生啊，悔之已觉他姥姥的太晚矣！麦田仰头长叹。墨镜一滑，三千八的眼睛不慎又露出端倪，让我瞥见一丝仿若真正的忧伤。这些日子我越来越感悟到，这半辈子蝇营狗苟为他人做嫁衣裳，是多么毁坏我本鲜活不羁的灵性啊！我是该抛开一切世俗得失之念，推倒那掩埋真我心性的他人之书墙，迈开腿脚，向外面的世界做一次有力的冲击了，振聋发聩的一次，然后，心平气和地坐看秋风起，黄花落，点青灯，写孤卷……

一颗米粒再一次有力地击中了我的鼻尖。

祝你心想事成，无奈我是心有余而力不足，只能赠你一计，上典当行！我实在按捺不住了，推开碗筷，站起身。

那地方可去不得，那地方简直就是抢劫！明火执仗地——哎，哎，留步，留步！麦田慌得伸过手来拉我。不行的话，问问你那海外归来的老情人……他一急，声音大了起来。邻桌食客齐齐扭过头来。

潜意识里的答案终于被始作俑者亲口证实。这就是你给我设的鸿门宴是不？你这……我朝地下狠狠啐了一口，甩开拉扯，冲出酒楼。

除了收藏假古董，伪文物，麦田还有一个癖好，就是读本地晚报，其忠实程度犹如胡同大爷每日遛弯儿纵论国家大事，年年必订，天天必读，从时政要闻、市井花边到分类广告，一个字儿都不放过。特别是那些征婚、寻人启事之类，他最能读得津津有味。我说读，不说看，是因为他总爱将自己觉得有趣的市井花边、分类广告大声朗读出来，再辅之以添油加醋，让旁人与他共享。寥寥几行文字，经过他的生花妙口，就完全能敷衍编排出一篇可以登到《故事会》头条上去的东西。我那时总说，他完全可以独自操办发行一册把《故事会》彻底搞垮的《故事大王会》。

就像此前结识诸多男友一样，初识麦田时，我同样不免向他稍稍吹嘘过，自己当年在那片高原之上的不凡经历。当然，即便是在一种一个女人有可能变得最为愚蠢的情形下，我的智商仍然尚存最低底线，我对与人交往所天然具有的警惕性，从未荡然无存。对于在那片高原上所经历的日日夜夜，我在对外公开的描述里，只将其设定为一个勇敢率性的女中英杰，磨炼精神意志和肉体承受极限的涅槃之旅，凡有可能会对我的情感世界产生暧昧猜疑的情节、人物，我统统让他们石沉心海。但我相信，凭借那一肚子从惯编的通俗小说中汇集来的桥段，从特娜登的那寥寥几行的寻人启事里，麦田完全能够敷衍出一篇足以胜过最热播言情剧的传奇。

在第二个红绿灯口，麦田赶上了我。他坚持要送我一程，我自顾自走着，不理睬他。他脑袋几乎要从副驾座旁的窗口探出来，不停地向我道歉，说自己实在是无计可施，考虑再三，才不得已出此下策，我要真帮不上他的忙就算了，大不了周游列国的计划再朝后推一推，他可以考虑先写个通俗电视剧本子找地方卖卖，试试挣点钱看，反正爱情不在友情在，犯不着为点蝇头小利，伤害了两人之间的和谐关系。我瞟了他和他那辆捷达一眼，你家阿凯那么高薪，干吗不朝他借？合着我是旁人。所以这和谐关系就不怕伤害？唉哟，别提那小子了，又辞了职，跟几个狐朋狗友跑出去疯了，我就是想朝他借，这会儿也不知上哪儿抓影呢。那就把这车先抵押了呗。这可使不得，人穷哪儿都不能穷脸面，这可是我说得舌头都打了补丁才从阿凯那儿借来的哪，就为了在小女友面前给自己壮壮门面——唉，现在的女孩，虚荣心都大着呢，真不如你来得实在……

我无心再跟他纠缠，加快步速。哎哎，小心电线杆子。你想想，要不是我看到那个广告，打了电话过去，很可能，你就会错失跟老友重逢的良机。其实说心里话，在这事上我没有半点恶意。你是知道的，我这人一向嘴上无德，心中有善，一斤鸭子七两嘴，吃亏全在嘴上了，还望你多多包涵。我做梦都盼你佳人有约，鸳梦重温，人生再谱最新最美的篇章……

不得不承认，麦田这家伙确实是一粒蒸不烂、煮不熟、捶不扁、炒不爆、响当当的铜豌豆，随着年岁见长，越发历久弥坚。你闭不闭嘴？想让我打110吗？我作势去摁手机，他这才赶紧收回脑袋和舌头。

抄近路拐进一条胡同。

一排四合院外墙上，几个大大的“拆”字，即便是在夜色中，也仍然莹白触目。

这是一条著名的文物集散街，字画店、古玩铺林立。刚认识麦田时，我常喜欢跟他到这一片来淘宝，看他如何兴致勃勃地满足自己那良莠不分的收藏癖。那时我来北京不久，对于这座城市的一切，还像一名寻常的外省文艺青年一样，抱有强烈的好奇心。我那时甚至还曾起意，想把即将拆除的老建筑一一拍下来，做成一本画册，后来听麦田说，这主意早有专业摄影家完全彻底、毫不手软地实现过了，才算悻悻作罢。很快，我就意识到，无论我有什么样的念头，即便不用麦田点化，自己迟早也会偃旗息鼓。随着岁月流逝，我正看到，太阳底下无新奇，无论怎样自命不凡的外省才子，来到这座消纳力强大的城市，多数最终都只能成为一粒微不足道的尘埃。我开始对这座城市的一切习以为常，熟视无睹。拆也好，建也好，申奥也好，后奥运也好，都无关我身心痛痒。我对自己会在这座旧城楼与“大裤衩”交相辉映，让老北京人日益趋近于河北、让腰缠黑金的煤矿主日益成为城中豪宅新贵的城市停留的时日，越来越没有把握。我一天比一天接近于坚定地认为，这座足以让任何一位繁衍了三代以上的本地人找不着北的现代迷宫，迟早会成为我不明里程的人生旅途又一个中转站。而在离开麦田之后，我则开始变得比任何时候都更频繁地怀念起那正日渐离我远去的出生地，那些不比一件旗袍更宽的弄堂，那些三五日晾不干衣服的霏霏梅雨天，那些比霏霏梅雨还要淅沥缠绵牵丝攀藤的吴侬软语，当然，还有那些精致小巧软糯甜腻的点心。呼吸在这座既繁华喧嚣又备感形影孑然的首善之都里，我常常会为想起一碗酒酿圆子、一碗黑芝麻糊或者一碗荠菜馄饨而热泪盈眶。我在本地的所谓上海菜馆子里，怎么也找不到一口地道的滋味。我开始想，这是否就是，无法抗拒的血缘力量，也许比来自于世间任何一种血缘之外的情感力量更强大，它这是在召唤着我，驱赶着我，要我这口音混杂得几乎没人能听得出出自何方的神圣，洗尘归根了？

前两年，房价还便宜时，身边不少朋友都买了房子。现在，我成了他们集体怜悯的对象，见到我就说，看看你，早不下手，现在望楼兴叹了吧？我嘴上打着哈哈说那是那是，聪明一世糊涂一时，然而私下里却不时会看看上海的二手房广告。去年秋天回去，还专门找中介带着看了几套房，结果当然都不满意。不是嫌价钱太贵，就是嫌房屋结构不好，地段不好，商业配套不好。陪我一起看房的大表哥说，我早看出来了，就算是价钱便宜格局方正位置又好，买下来，你住不长久，还是会不耐烦，还是会不晓得想再搬到哪里去。我看你啊，需要的不是房子，你需要的是从前的时光。外婆不在了，你在这里再也找不到家的感觉了，这地方也就不可能真正留住你的心了。大表哥一向随我的习惯，跟着我叫他那一表三千里的姨外婆为外婆。当时听了他这话，我眼圈不由一热。为了掩饰真实情绪，我赶紧飞了他一眼，一把挽住他的臂弯，哪里，还有你嘛。风采依稀的大表哥干笑一声，谢谢恭维。事实上，不用他点破，连我自己都能听出，我的声音有多么虚伪。大表哥说得对，上海对于我，所有与幸福、快乐有关的点点滴滴，都是和慈爱的外婆联系在一起，有她在的每一个日子，才真正具有归属的意义。当她与我共同呼吸、一道触摸过的那个时代，随她一起远逝之后，所谓的归根之说，更像是一个前往海市蜃楼之谈。我将注定流徙，途中就是归宿，随处即为家园。这是我来到这人间还未睁眼之际，命运就已烙刻在我脑门上的启示。

出了胡同口，公交站眼看就要到了，麦田的车子又紧紧跟了上来。达令，都这么晚了，路上又得一个多钟头晃荡吧？还是别坐公交了，还是给我一个机会，还你一个逍遥吧。

我一面朝一辆正驶进站的公交车追去，一面头也不回地说，你还是省省力气，早回早睡早点做个美梦吧，现在的小姑娘们，耗人体力着呢。

我的这个小窝，任何人都不知道地址。我没请过一位女友来这儿做客，也从没让任何一个男人送我归来。为了保护自己那点脆弱的安全感，我堪称是煞费心机。

借着射进窗来的路灯光，摸到床边躺下，油油尾随着跃上。它先是舔了两下我的手背，接着，两只柔软的小爪子朝我胸口一搭。暗夜里，十斤重的油油，像一桩心事，在我胸前沉沉卧下。

油油原本是外婆收养的流浪猫，生辰不详，在外婆身边待了至少有七八年。那年的春天，外婆因为老年痴呆症加重，被二姨妈送进福利院，大胖小子油油，便在一夜之间失了宠，活动地盘立刻从三房两厅，降为阴暗狭小的卫生间，顿顿高级猫粮、鱼罐头，也换成了残炙冷饭。生性讨厌猫的二姨妈说，谁都不要有闲话，这个家该我做主了。

外婆的离去比任何人预计的都要突然。在举目无亲的福利院里，在同屋三个症状远比她更为严重的老太之间，她显然没有耐心等到任何一种致命疾病发作了。那年的中秋之夜，她死于一小口坚硬的月饼。

在还不曾进入福利院之前，在那些一段失忆连着另一段失忆之间的短暂清醒中，对于自己的未来，外婆曾经充满忧虑。我那时向她许下过两个承诺：一是给她一个有安全感的家，二是在她生命的最后时刻，陪伴在她身旁，紧紧握住她的手。因此，尽管最后我对麦田已经萌生去意，但为了外婆，同时也依稀回想起当年与宗一分手给对方造成的心理伤害，还是下定决心，打算再自欺并欺人一番。我去向麦田提出，我准备掏出私房钱，好好装修一下房子，然后咱们结婚，将我外婆接来。她老人家一定不会赞同我跟你过这种无法可依的生活的，她老人家即便是生了病，那智商也绝不那么容易对付。麦田说，看到顽石终于点头，看到一件利你利我利于社会稳定的多赢好事终于有望实现，我内心有说不出的快意。装修房子钱好说，我可以出一半，以切实落实咱们一向执行的AA制。现在你想要接你外婆来，这当然是件功德无量的善举，可惜我姥姥早死了，那你看我是不是把我老奶奶也接来？

我永远也不可能知道，亲爱的外婆在离开这个人情浇薄的世界之际，是否还记得我那两个承诺，但我记得，此生我将永远记得。因此，在搬离麦田那里另租居处之后，我就以最快的速度，将油油接到身边。我决心将它安养终老，这是我唯一能对自己愧疚的良心做出的安抚之举。

从此每当黄昏降临，我便归心似箭，无论是谁，以什么样的理由，都无法让我在外流连忘返，夜不归宿。无论有多少疲惫，多少烦恼，多少孤独，多少绝望，每当我在床上躺下，油油跳上来偎在枕边，我就清楚，生活，还有必须继续下去的理由。

我把油油抱到一旁，翻了个身，让自己躺得更舒服些。但是，沉甸甸的感觉依旧留滞胸口。

的确，假如没有麦田，很有可能，我和蒙地会错失这次重逢的机会。可是，如此败坏胃口的重逢，对我来说意义又何在？假如他死于当年，让生命定格在最为美好的时刻，对他，对我，是否是一个更好也是最好的选择？

眼前恍惚荧光一闪。我跳起来，打开灯，迅速退守墙边。

屋里只有我，窗外不见片影。除了我自己，没有第二个人窥知我的心思；没有人会扑上来掐住我的脖颈，逼我彻底交代清楚不可告人的腹谤。但我仍然紧张地背靠墙壁，双臂环肩，四下转动着眼珠，像一只受惊蹿出洞窟又不知该如何去从的穴兽。

待在医院的蒙地，此刻，或许已进入梦乡，或许也正陷于往事的追忆，但无论如何，他一定不会梦到，不会想到，那个曾与他共度生死的女人，此刻，会希望他死于当年！难道，这就是生活给予我们的馈赠：让我们活得如此之久，让我们变得如此不堪？

我继续不安地向四下打量。空中似乎存在着某种叵测的电磁波，它控制着我，让我无法移动分毫。

手机铃声突然响起，仿佛是一串警告我限时交代内心隐秘的警铃。我像遭了蜇一样扑向沙发，抓起靠垫，紧紧压住皮包。铃声喑哑下去。这么晚了，会是谁？麦田，特娜，还是某个同样无法入眠的女友？无论是谁，这个时候，我都不想再被惊扰。

铃声终于结束。我松开手，蹑手蹑脚退回床边，躺下，拉过被子，蒙上头。

油油刚钻进一颗脑袋，手机铃声再次响起。一定是麦田，一定是跟我一样，独自难以入眠，还想继续未竟的话题。除了他，这城里没有第二个我所认识的男人，敢有勇气拿出这么股子坚不可摧死不发芽的铜豌豆劲儿来。

我爬起来，再度扑向沙发，抓住皮包，一把拽出手机。

你在干什么？为什么不接电话？竟然是蒙地！

噢，我——我刚才在洗澡。那么，现在洗完了，准备舒舒服服躺下休息了，是吗？明显带着讥讽的口气。不，还不太想睡，再翻会儿书吧。我竭力让语气显得轻松自然。这么晚了，你怎么还不休息？我一面反守为攻，一面飞快揣测着他打来电话的用意。快十一点了，他还没睡，这不能不让我担心。这段时间，他状况还算比较稳定，医生已经说很快就可以出院了。难道，病情又有所反复？听特娜说过，尤其在眼下这个季节，蒙地的病情要比在其他季节更加难以控制；在美国时，就有过在医院里服着药物还久久难以稳定的时候，那时候，也正是春天。

你好好想想，自己丢了什么没有？不怀好意、蕴涵着某种悬念的声音。我的心一忽悠。我能将什么重要东西丢在他那儿呢？就算是不重要的东西，也不可能丢在他那儿呀。我将皮包抖了个底朝天。所有的零碎都在，噢，那个数码录音笔不见了！

每次去医院看蒙地，我都会带上这支笔，悄悄录下我们之间的对话。重逢，然后分别，然后……也许，不会再有然后了。他始终拒绝照相，我连手机都不能当他的面拿出来。我唯一能做的，就是设法留下一点他的声音。难道，昨天离开他那儿时，把这支录音笔落下了？他发现了我的秘密，因此大为发怒？我迅速转动着脑子，想着假如接下来他提到这支录音笔，我该怎么编造借口解释。

你这个蠢女人！我的耳膜差点从左边穿到右边。我看你是把自己的大脑给丢了！昨天我就想提醒你，可是想了又想，还是觉得靠你自己醒悟更好。没想到，你竟然如此无可救药！告诉你，今天是老田和我们最后分手的日子！这么重要的日子，你都能忘个一干二净，情义二字对你来说，还意味着什么？我从沙发上滑到地下。所有的现实声音都从耳边消失，只有来自那片高原大地上的细雪，又一次带着轻微的淅沥声，静静地从天而降，密密地落在我额头上，撩动着我的心绪。

我费心梳理着一片混沌的记忆。我已经弄不清最后和老田分手的那准确的日子，因为随着在那片这一天和下一天几乎看不出有什么区别的土地上所待时日越来越久，我渐渐失去了按照日期来记忆每一天的耐心；而随着岁月这一年和下一年日益了无新意的更迭，我更是越来越愿将那段风雪弥漫生死一线的日夜，搅和成一片高原之上永不凋谢的春天，就像一块将一叶春花整个包凝在内的冰晶剔透的琥珀，收藏进记忆的密室。但我至少还能记得，我们和老田最后的分别，还远远不该是在这个季节。这个季节，这个4月，我们还应该在没到腿肚的积雪中跋涉，寻找着那好似永无迹象的源头。和老田的分手，无论如何，也该是在五月里的某一天，在原野积雪开始有所消融，一场标志春天正式到来的大雨即将降临的前夜，在一些新生的鼠兔已经成长壮大急于出洞，许多如同婴儿小指尖般的鲜嫩草芽正在扎陵湖畔如同点点疮斑一般的褐色土地上，争相发出哔剥心声的日子里。

按照蒙地的记忆，他至少将老田和我们最后分手的日子，提前了一个月，一个季节。但是有关这一点，我又有何能力向他做出提醒？不仅我也说不准那一个具体的日期数字，并且要去帮助理清一个像蒙地这般病症尚不稳定者的思维，想必无异于与拔着自己头发离开大地一样不可思议，或者干脆如蹈火坑一般自取灭亡。况且，我又有何资格提醒他？假如不是他这电话，那即便是在下一个月里，我也肯定不会记起那个在他看来本该被我记得，但却被我像忘记那段日夜里所有清晰日期一样忘记的数字。这二十年里，我不从未在一年中某个特定的日子里，像理应纪念起一个永不复生的亲人一样，记起老田吗？

而再退一步说，一个数字的真实意义究竟又何在？当它能够附着于一个曾经的有机之体上，被作为生命鲜活存在过的标志而记忆时，那即便是它变得模糊不准，悖离真实，但那抚慰人心，甚至标榜道德的意义，何尝又会减弱半分？

可怜的蒙地，人生往事确确实实正以一种渐趋模糊破碎的方式，向你做着一个漫长的、钝刀子割肉冷水煮青蛙似的告别，但只要你还能如此深情地记得老田，任何有关日期的具体数字都不重要，重要的一点仅仅而且必定是，你的以及老田的生命，比起我的来，在过去现在以及将来的任何时候，都要远富于高尚与不朽的意义。

嘈杂的现实重新攫回了我神游的灵魂。电话那端，蒙地还在滔滔不绝地发泄着。他说我如此无情无义，无异于一具行尸走肉；他说他真后悔认识我，为此他感到羞耻，甚至绝望。你为什么没在那时死掉？你手头要是还有当年拍的那些片子，最好再去重放一遍，好好看看那里面的自己，然后再去照照镜子。我宁愿现在怀念你，也胜过再见到你！他用一串咆哮，将我狠狠钉上了耻辱之柱。

我在地下直坐到两腿发麻，才站起来，趔趔趄趄走到壁橱前，打开门，拖出一只式样老旧的小皮箱。

这只小皮箱的年龄远远超过了我。它曾是外公外婆的新婚家当，它跟随外公外婆经历过漫长的逃难路程。它盛载的故事，远比我所能知道的多。逃难开始时，外公外婆轮流提着它，逃难结束时，提它的人就只剩下了外婆。考上大学那年，外婆将它送给了我，她知道我一直喜欢这只外形精致富古典气质的小牛皮箱。乖囡啊，你长大了，会有一些小秘密了，以后你就用它来收藏自己的小秘密吧。从小，外婆就教导我，一个好女孩，除了应该有几方花手帕，以及其他一些与传统大家闺秀相关的精致习性，还应该有一些属于自己的小秘密，不能总是哇啦哇啦把肚子里的一切都告诉别人。我想外婆说得对，没有秘密的女孩，不能算是有魅力的女孩；没有秘密的人生，不能算是真正的人生。那时年方十七的我，就开始十分渴望自己的人生，能够拥有一些不同于一般女孩的秘密，来满足这只不同寻常的小皮箱。

小皮箱在我身边沉默了将近二十年。它忠实地跟随我走南往北，偶尔，我会在翻腾东西时朝它瞥上一眼，在心里对它说，谢谢你，我的朋友，这么多年来，替我辛苦保管一段沉重的青春记忆。总有一天，等我再老一些，等往事距离再远一些，等记忆再模糊一些，我会让你卸下这沉重的负荷。

找来钳子，费了好大力气，夹断锁环。二十年前一锁上，钥匙就被我扔掉了。

一股刺鼻的尘霉味儿扑面而来。一只只报纸包裹的扁圆形小包，依然像当年入住时一般，一排排静静地躺着，做着泛黄的沉梦。每个纸包上面，粗墨笔写的拍摄主题、时间、地点字样，依旧鲜明有力地证实着那段曾如掠过山口的高原疾风一般呼啸不羁的日夜。

我打了一个空前响亮的喷嚏，拿起一个纸包。198×年，7月，松巴，三队员葬礼。纸包窸窸窣窣抖着。

我仿佛再次听到了那场声势浩大的哭泣。那哭泣犹如拍岸惊涛，向着那片惨烈的高原，那个惨烈的春天，发出一阵最后作别的呐喊。

我拿起压在这只纸包下面的那只纸包。

即便是闭着眼，我也能清清楚楚看见，在这只纸包上面，写着的是什么。

废墟。

我永远记得这两个字，就像我永远记得这两个字所意味的一切，就像我永远记得那一场青春的烟花，盛放与毁灭是如何同时在我眼前呈现。

我小心翼翼打开纸包。一卷黑色胶片暴露出来。我抓住片头一拉，就听刺啦一声。我的手开始发抖。我再拉开一截胶片，又是一声刺啦。我的手抖得完全停不下来。我拿起一盘又一盘，拉开一盘又一盘，只听得刺啦声声不绝于耳。

箱子清空了。那些精心收藏的胶片，成了一堆盘根错节的须藤，成了一团挥之不去的噩梦，缠绕着我的灵与肉。我坐在这团噩梦中间动弹不得，如同一个颓坍得不可复生的废墟。

胶片全都粘连了，每一圈都粘得死死的，就像紧紧相拥至死不愿分开的一群生命。每拉开一段，就毁掉一段，全部拉开，全部毁掉。这些被我视为珍宝的收藏，这些不可复制的青春影像，无法忍受来自另一个时代的惊扰，以一种极为壮烈的形式，就此跟我诀别。

我依稀听到一点细小的、类似于咯吱咯吱的声音，想必是那些已遭毁灭的影像，在不甘地发出最后的切齿呢喃。

房间另一头，在我视线不及的地方，在沙发与墙壁间的缝隙里，油油正忙得不可开交。它在起劲地啃着那支录音笔，一副不咬出里面的秘密誓不罢休的劲头。

第四章　江湖之内皆兄弟

到底没能逃过医生的咒语。玛多小城，海拔四千三百米，成了朵拉的第一场噩梦。

脑袋疼得像是颗正被重锤狠砸的核桃，一阵阵恶心在胃里翻腾起伏，搅动得昨晚吃下去的食物一波一波朝上跃跃欲试。想爬起来到外面去吐，身体却硬挺得像僵尸。只得咬紧牙关，拼命忍，忍得胸闷气短，刚要张嘴大口呼吸一下，胃里那团反水差点又要揭竿而起。

阳光从帐篷缝隙钻进来，落在散乱一地的睡袋上，那些睡袋早已空无一人。

昨晚躺下后，朵拉足足有一个多钟头睡不着。吃了一粒医生发的安定片，数羊数到了天边，还是不见睡意。再要了一粒吃下，又过了羊群离天际一步之遥的时间，才朦胧起了些迷糊。睡意正要渐浓，一直隐约的头疼不甘被遗忘，拼了命地攥紧了大脑神经。就这么一阵疼一阵迷糊半睡半醒挨到夜半，不光头疼得越来越厉害，就连浑身每一块骨头都疼了起来，人活像躺在刀刃上。想翻身也是万难，胸口有如压上了一块巨石。小小的帐篷里，一个挨一个挤得紧紧的，有高有低的呻吟声不时传来，朵拉只有紧紧咬着睡袋边缘，不让自己也发出声来。呻吟不会减轻什么，呻吟只会将难受拉得更加漫长难挨。

望着那缕越来越强烈的阳光，朵拉再次深深吸了口气，压下胃里想要造反的东西。都怪自己昨天不听劝，不然不会反应这么强烈。昨天实在是有点太得意忘形了。只有此刻，独自一人时，她那点从不向人低头的骄傲，才不得不耷拉下自以为是的脑袋。

经过了两天五百公里的颠簸，昨天黄昏，朵拉跳下东风卡车，踏着小城皑皑白雪，望着天边火烧般的晚霞，望着那座渺小又赫然的黄河第一桥，兴奋得忘乎所以，又唱又跳。瞧见了吗？这叫如履平地，这叫闲庭信步，你的预言破产了，你眼前正呈现出一个意想不到的奇迹。那时她在医生面前转来转去，挑衅般地展示着自己曾被低估甚至藐视的能量。

别高兴得太早，这些都是假象，等天亮时你就知道高原反应的厉害——不用等天亮，你再这么大喊大叫，半夜就会尝到苦头。医生不为所动，依旧像一个真正的医生一样，一本正经地伸出食指，点着她的鼻子警告她。

为了击溃医生的咒语，精神抖擞地迎接高原第一个早晨，晚餐朵拉吃得格外多。两块方便面，一袋牦牛肉干，一整块巧克力；最后，她又抓过一个队员手里的青稞酒，灌了一大口。这中间医生不止一次提醒她，别吃得太多，以免第二天吐得太狠。可他越说，她就吃得越快越多。你别想暗算我，别想叫我明天早上饿得没力气起来，小姑奶奶绝不会中你的奸计。她一边将方便面袋里最后一点残渣倒进嘴，一边从袋子豁口处朝医生投去不无敌意的眼神。要不是医生抢得快，她还会再去撕开一袋牛肉干。

这会儿，医生一定在外面等着看自己的笑话呢吧。朵拉摁着好似一松手就会噼啪开裂的脑袋，不敢再多想下去。此刻，多转一点念头，脑仁就分明多增加一份绞痛。最好什么也别想，别让一丝一毫的思想绳索再来勒紧自己的大脑神经，这可不是个靠形而上生存的地方。可什么也不想，就又会昏昏沉沉继续迷糊下去。继续迷糊下去，外面那些男人们，可就未必愿意继续向自己显示他们的仁厚……朵拉又想迷糊，又不敢迷糊，又想停下思想，思想却又不肯放过她，脑袋疼得让她直想一锤子砸碎一了百了。

外面传来一阵嘈杂的人声，有人伸进头来。行吗？不行的话就下去吧，车待会儿就回西宁。朵拉心中陡然一急，使劲向上欠了欠身子。这一动，后脑轰然喷射开一片剧烈的刺痛，勾得胃里一阵强烈反涌，一股酸液直冲嗓子眼。她连忙捂紧嘴，拼命朝下咽唾液。

能起来吃点东西了吗？医生进来了。他端着一只冒着热气的茶缸，朵拉嗅到了那股方便面特有的气味。现在这气味可不像昨晚那么诱人了，现在这简直就是能要她命的毒气。

医生在她身边蹲下。头很疼吗？她强作镇定，摇了摇头。这一摇，脑袋里立刻又放出一束疼痛的射线，直牵得眼眶四周、鼻梁根部的神经都疼得蹦蹦直跳。那就赶快起来吃点东西吧，待会儿大伙就该继续朝上走了。见还不动，噢，对了，你昨天不是说，要拍下高原第一个早晨的朝霞吗？现在可都快日上三竿了。听起来有点挖苦的意思。

胃里又是一阵恶潮汹涌。朵拉屏着呼吸，想说快把茶缸拿开，又不敢张嘴。你不是喜欢吃方便面吗？瞧，我还特意给你放了点榨菜丝进去。医生将茶缸朝她鼻子底下又伸了伸。别——刚吐出一个字，胃的闸门就彻底失掉了控制。医生赶紧扶她欠起身子。

没等坐直，昨晚下肚的东西，连带着黄绿色的胆汁，就一股脑儿全回到医生手上、身上。这一场大吐，直吐得朵拉三魂悠悠，七魄荡荡，肺腑犹如遭了荡涤，人轻飘得失掉了质感，再躺下去好似不是躺在地上。

医生出去整理干净自己，再回来时，就见他手中捏着一只体温计。我没发烧，别给我量，我不下去。如同见到举着刑具的刽子手一般，朵拉忙不迭地抗拒。躺好，别动。医生毫不理会她的意志，只使劲搓了搓手，然后将手伸进她的领口，手指在她胸前迅捷地一掠，体温计便滑到了她腋下。

这不是对你的特别关照。今天早晨，每个人都要量一下基础体温，测一下脉搏，我要做个数据记录。边说，边把她放有体温计的胳膊拢紧，再为她拉严衣领口。

朵拉闭上眼，不再关心医生在说什么，只是尽可能回味刚才他的手指短暂滑过自己胸口肌肤的感觉。特意搓热的手，留下的那种温软细腻的触感，让她的身体起了一阵轻微的酥颤。她恍惚想起了来自大表哥的那些抚摸。比起那些火热焚身的抚摸，这抚摸如同蝉翼掠过树梢，但正因为它若有若无，正因为它来自一个几乎还算得上是陌生的男人，一个职业应该给予人安全感而人却还让她多少有点不安全感的男人，所以带给她的感觉，才格外撩动心房。她感觉自己的心跟身体，同时被一层薄薄的酥颤包裹，如同一小滴蜜滴在上面，渐渐向四下润开一样。

她嗅到一股清爽的棉织物特有的气味。她知道，医生是在用自己的手帕为她擦拭嘴角。她朝睡袋里缩着脑袋。你走吧，我这样子太难看了。嘿，小脑袋里想得还挺多的。什么好不好看的，我当医生的，什么样的没见过。一面嘲弄着，一面抓住她的手腕。手指在她手腕上来回摸索半天，又松开去。这么细的脉搏，也不知道当初体检时，医生是怎么让你给蒙混过去的。要是我负责体检，无论如何也不会放你这只小虾米过关。嘟囔着，就又去解开一点她的外衣，将一小块凉凉的东西放进她胸口。

凉凉的小圆块沉沉地压着她，他的手指沉沉地压着她。尽管隔着一层内衣，她的胸口仍然能够感受到他的手指每一下最细微的触动。她还分明感觉到了自己的心跳，那疯狂的、像是要撞破胸膛的心跳。她努力做着深呼吸，以平缓心跳，不让它跳得这么急促，这么不体面，但是，无济于事。

一百一十五下。医生抽出手。什么？她吃了一惊，张开眼。别担心，在这里，只要不超过一分钟一百二十下，就都算正常。医生收起听诊器，整理好她的衣服，然后轻轻拍了下她的脸颊，安慰般地笑了笑，小虾米，算你走运。

她别过脸去。她忽然感到有些愤怒。她不喜欢他这种对待自己的方式，这种披着一层关怀糖衣的鄙薄，已经让她分明尝到了一口耻辱的滋味。她觉得他骨子里其实一点都瞧不起自己，压根儿不打算尊重自己。小虾米——哼，你真当我一上了高原就丢了大螯吗？等我恢复力气，有朝你重新咔嚓咔嚓挥舞大螯的时候。她甚至对自己也变得愤怒起来，为自己刚才居然生出那些为他的手指所撩动的情绪，而愤怒得不愿再正眼瞧他一眼。

外面传来焦急的喊叫，在喊着医生。医生起身跑了出去。

朵拉拿出夹了有一会儿的体温计看了看，数值正常，她心里对自己有了底。看看漏进帐篷来的光影又移动了一点位置，心中的焦急愈加火烧火燎。她深深呼吸了两口，为即将到来的奋勇而起做着准备。

医生再次钻进来。这次他的脸上不像刚才了，这次他的脸上完完全全呈现着凝重。旁边那帐篷里有个队员反应严重，已经休克了，得马上送下去。你要感觉实在不行，这是唯一一次可以下去的机会。

不行就让这小姑奶奶下去算了，真是人小麻烦大，没有她，老爷们儿干什么事都还方便些。外面传来响亮的声音，显然是故意说给她听的。怎么样？真的不行吗？医生去拿她放在脚头的摄影机。

你给我放下！朵拉大嚷一声，一用力，坐了起来。由于起得太猛，眼前一黑，差点又朝后栽去，医生连忙抱住她。

走开，不用你管，小姑奶奶我自己能起来。她推了他一把，就像条刚被焐热过来的蛇一样，坚定有力地吐出信子。

穿好衣服，抱起摄影机，腾云驾雾出了帐篷。

耀眼的金光乱箭一般，刺得朵拉一阵天旋地转，晃了好几晃才定住身。

昨天黄昏的那座桥，还在那里。桥对面，是隐约的小城玛多，桥这边，离自己这顶帐篷不远处，散布着一群羊儿，白中夹杂着点点黑斑。牧人不知去向，羊儿们自顾自一团云似的移动着。向阳处的地面，有小片积雪已经消退，钻出零星赤红色草芽。羊儿们碰到这种地方，就停下来，慢慢啃啮着。

朵拉举起摄影机，对准一只生着黑色脸颊的小羊羔。镜头从小羊清亮的黑眼睛摇到天空，湛蓝的天空上，飘浮着一朵朵形状各异的云朵，有一朵，活像一只人手，正伸出一根手指，做着一个含义不明的手势。镜头摇到远处雪峰。那里一处山坡上，星星点点分布着大片黑色斑点。拉近来看，是一群牦牛。它们有的低着头，专注地刨着脚下的积雪与冻土；有的凛然昂首，凝望远方，做着千古难解的沉思。

镜头再摇。一只灰茸茸的鼠兔，从地面上迅捷地一蹿而过，消失在某个地洞中。

朵拉兴奋地不停地摇着镜头。头疼暂时被忘记了，愤怒暂时被忘记了，呕吐之后隐约还在难受的五脏六腑，也一时不知去向。

小时候，她可是养过不少动物，鸡、鸭、鹅、狗、兔、猫、金花鼠、刺猬……除了水生的和飞行的，差不多能迈腿走进家门的，她都养过。水生的她不屑于养，飞行的她不忍心养。那些毛茸茸的小家伙，先后陪伴她度过了孤独的童年和形单影只的少年，为她带来过许多温暖柔软的时光。她甚至曾梦想过，长大后去动物园当个饲养员。即便是到了现在，她仍然保持着一个不好意思对外人诉说的习惯：喜欢看所有以小动物为主角的动画片，喜欢看那些小家伙们张着温和无辜的大眼，趴伏在一个有着拱形大门的尖顶小木屋前的模样。

身后传来一阵发动机的轰响。她转过头去。她看到了那辆正在发动的东风卡车，还看到了几道闪烁不定的目光。

你确定自己能行吗？随这一声而来的，又是那股毒药般的气味，头疼又一次被结结实实地唤醒了存在。这次，朵拉没再犹豫，她屏住呼吸，接过递来的茶缸，一口气呼噜下去一大半。医生再递给她两粒止疼片，叮嘱说，头疼得实在厉害的时候吃。

医生刚一转身，她就将两片药扔进嘴，和着剩下的一点面汤，一口吞下肚去。

直到望着东风卡车驶上桥去，驶过桥去，驶向远处，拐了两道弯，不见了影子，不见了尾烟，朵拉才躲到帐篷后面无人处，蹲下去，双手抱胸，紧压着胸膈膜，拼命做着深呼吸，让刚刚下肚的食物，别再原途返回。

胃里的动静刚刚有所平息，旁边那顶帐篷外面，又传来响亮的动静。

老田，照兄弟我看来，你那只登玛曲一个源头的方案太有局限性了，太缺乏魄力了。照我的意思，理想方案是，卡日曲、玛曲都应该登。原因一个是，卡日曲虽说没被国家正式认定，但从它那儿算起，黄河要长十八公里，从那儿开漂，咱们这一壮举的意义就会显得毋庸置疑的空前绝后，哪怕万一哪年国家再重新认定源头，咱们今天创造的纪录也绝对颠扑不破；这第二呢，由于卡日曲寻找难度大，途中可能会遭遇更多不可抗力因素，所以，为了确保万无一失，登玛曲的计划也不应该放弃。这样一来，咱们这趟登源之行就可以做到双保险。假如老天格外保佑，两个源头都能顺利找到，从两个源头同时下漂，那咱们创造的漂流纪录，就可称得上是惊天地泣鬼神、放之四海传诸后世而再无好汉能出其右了，当然，民族精神炎黄子孙风范更是被彰显得与日月同辉、乾坤同在了。诸位，你们说，兄弟我说得是不是有理？诸位，你们看，咱们是不是该兵分两路，双拳出击？

那正在慷慨激昂的烟酒嗓，是省报“名记”老穆。老穆边说边大幅度地做着手势，配上那矮胖的个头，颇有几分列宁同志的架势。

嘿，你说得倒容易，那另外一队谁当头儿？有人发出质疑。唔……这倒是个问题。大伙看，要是没有更合适的人选，觉得兄弟我怎么样？大报名记，这身份，这资历，也算可以吧？嘿，你这老小子，可是一点都不掩饰肚里那颗狼子野心哪！原来你跑这儿来的真实意图，是想浑水摸鱼偷梁换柱，找机会抢班夺权！人家老田拉起这支队伍容易吗？辛辛苦苦找钱找物找赞助拉队伍，整整忙活了小半年，你老小子倒好，一上来就想靠着条三寸不烂之舌，一分钟内轻松捞个队长当当，天底下哪有这么便宜这么不要脸的事！有人开始捋胳膊瞪眼睛。嗨，嗨，别说那么难听，别以小人之心度君子之腹，我这纯粹是发扬重在参与精神，一心为整个队伍的大局荣誉考虑，不信你去问老田，看他觉得我说得有理没理。老穆发觉自己的声望还远远无法与老田匹敌，赶紧以守为攻。

行了行了，别吵了，别万里长征还没开始第一步，就弄得跟一盘散沙似的。一直不出声的老田终于发了话。不过我琢磨，老穆说的分两路这主意，确实也有他的道理。照我看，既然你老穆有意，要是大伙也有一半人不反对的话，我很愿意成全你当另外一支分队头儿的愿望。我身体素质好些，就带人去找卡日曲，你老穆带人上容易找的玛曲好了。到了这片蛮荒之地上，咱们也别分什么队员记者了，就能者多劳，和衷共济吧。大家看怎么样？要不现在就先自由组合一下，橡皮船一队一只，物资装备统统平分。

老田话音刚落，人们就吵闹成一片。老田，我们哥儿几个坚决跟你走，保证死心塌地听你指挥，前面就是刀山也跟着上，火海也跟着跳。老田，你可是我们唯一认可的大哥，哪怕你说黄河向西流，我们也坚决捍卫你的权威。老穆这小子，是不怎么地道，不过能跟着上玛曲，倒也不是什么坏事，起码能快点登源，快点下漂，少吃点高原缺氧的苦，我现在脑袋疼得就跟有一帮小鬼在里面耍大刀似的！

枪！那咱们那杆枪怎么分？劈两半？有人犹如大梦初醒，忽地高叫起来。

不用费事劈两半了，嘿嘿，在我这儿哪！

是鬼子姜。他站在吵嚷得一锅糨糊似的人群外面，挥舞着队里那唯一一杆猎枪，正一脸的得意忘形。这杆枪，是队里上来路上途经花石峡时，老田花重金从当地牧民手中买来的，外带二十发子弹。

好你个一肚子鬼心眼的鬼子姜，原来你小子早算计上了。抓阄，抓阄才能算数。我们这一路还有老田呢，你他妈别眼长屁股上不识好歹。有人咒骂着，要扑上去夺枪。

别动，我这家伙里可是有子弹的！鬼子姜摆出一副要扳动枪栓的架势。赶快放下，混账东西，你黄汤灌多了是不？老田高声呵斥着。

尊敬的老田队长，我说了你可别不高兴，现在谁有枪谁就是山大王，枪杆子里面出政权！想要枪的就跟我一路。我要上好走的玛曲，我可不想上那个九曲十八弯进去出不来的卡日曲。鬼子姜晃动着枪筒，毫不示弱。但他顾头不顾尾，丝毫没有察觉身后的动静。

朵拉慢慢挪动着，向他靠近。眼看离他一步之遥了，鬼子姜似有所觉，正想扭头朝后望，她急忙向前一扑，奋力抡起摄影机，照着他的肩膀狠砸下去。

随着一声怪叫，鬼子姜一头栽倒在地，枪也甩出去老远。与惨叫声同时响起的，还有一声枪响。鬼子姜顾不上肩膀，只抱着脚满地打滚，号叫连天。老田捡起枪，过来看了看他的脚，大骂，你小子装什么大头蒜哪？仔细看看你那狗脚，不在狗腿上好好长着呢吗？鬼子姜一听，立刻停止呼号，翻身坐了起来。

不远处地面上，一个小洞钻透了海绵般的积雪，咝咝地冒着一缕青烟。鬼子姜一眼瞧见，元气立刻重新附体。奶奶的，这是哪个遭天杀的？老子非跟他拼了。边骂，边跳起来。一转身，看见朵拉正拎着摄影机，叉着腰瞪着他，一下子愣住了。咹，是你？咹，你个丫头片子，你个小姑奶奶，你不是让车给拉回西宁去了吗？说着，手就朝腰间摸去。朵拉也急忙朝腰间摸去。

还是在花石峡的时候，大伙结伴去铁器铺买刀具。那里摆放的各式刀具，不光男人们看得直咽口水，就连朵拉也两眼放光。她在那些做工精美的刀鞘里看来看去，都快看花了眼，还拿不定主意该选哪一把。鬼子姜那把长近一米的佩刀，是那些刀里规模最大的。多数人最后都买了实用的弹簧匕首，她却相中了一把长不足半尺宽仅一指的迷你型小刀。姑娘，这是给小孩子玩的，防不了身。店老板拿眼扫着她身旁的男人们，小声提醒。她不听，放下五元钱，抓起刀就走。哼，有这么多男人，碰上野兽还怕没人英雄救美？等回到内地，夏天穿裙子时，腰间配上这把小刀当装饰，还不得让那帮女朋友羡慕死。当时她摆弄着那有着精美彩石镶嵌的刀鞘，心里别提有多美滋滋了。

现在，看着鬼子姜腰间晃荡的那把大家伙，她才意识到，厮杀，也许不见得要等到大自然里的野兽光顾。不过，还没等到她的手摸到那把玩具般的小刀鞘，几名队员就已蜂拥而上，飞快地卸了鬼子姜的武装，把他架到一旁。

不简单，小姑娘，行，有两下子！老田走过来，笑嘻嘻地拍着她的肩膀。刚才我还让医生劝你搭车回去呢，现在看来，我是小看你了。回头你就跟我一路吧，也好让我多些机会在镜头前面亮亮相，让广大关注我们漂流事业的人民群众精神好好高涨高涨。

老田带着队员押着鬼子姜去帐篷里开会了，剩下一帮记者围上朵拉，七嘴八舌发泄起醋意来。

嘿，手里有门小钢炮，就跟俺们抡秃笔的待遇不一样，看把老田给激动的。难怪平时采访省里会议，领导光见我们到了还不行，还得问上一句，电视台的来了没有，都成口头禅了。有一回，电视台一个小子晚来了半个多钟头，领导就硬是等了半个多钟头才宣布开会，让俺们真是备受鸟气。

你们这帮鸟人，这会儿跑出来满嘴喷鸟粪来了，刚才枪口面前，鸟头都缩哪儿去啦？朵拉咬牙切齿地骂着。哎哟哟，这小姑奶奶的嘴皮子可够厉害的，真是个狠角色，活赛孙二娘，以后还是躲远点吧！哼，有医生关照就行了，咱们别去惹什么臊了！遭了痛击的男人们聒噪着，悻悻地散开去。

朵拉捡起自己刚才吃过面条的茶缸，朝远处河岸走去。她早就注意到医生坐在那儿，身边放着队里煮食用的那口大铁锅。他低着头，像是在打盹儿，又像是在看一本书，总之，完全沉浸在自己的世界里，身后闹得快出人命了，他那儿连头都没有回一下。

河流靠近岸边的地方，已经有窄窄的一小部分解冻，刺目地耀着阳光，如同流动的金沙。走到岸边，不过五六十米的样子，朵拉就停下来歇息了足有七八回不止。

仅仅为这只小小的沾了点剩面条渣的茶缸，她根本不愿也走不动这么长这么久的路。十几分钟还是二十几分钟，还是半个钟头，她弄不清。她本来戴着表的，但昨晚躺下时，觉得勒得脉搏格外难受，便摘下来塞进了背包。现在的她，恨不得将身上任何一件有可能多余的东西都去除掉，让自己少一丝负荷，多一丝轻松。就连盘在头上的长发，此刻她都觉得是个负担，顶在头上沉若磨盘，走一步，颠一下，震得头也格外的疼一下。

医生始终专注地低着头，活像入了定。好奇，让朵拉刚才因他而生的那些愤怒，就像掌心的一片薄冰，早已融化无形。

“长征”终于到了头。站在医生身后，朵拉才发现，他看的居然是本英文书。她有些泄气，她的英文可从来就不怎么样。

她在他一旁蹲下。河水清亮碧透，河床上的鹅卵石粒粒分明。她将茶缸浸入水中。手指刚一触水，立刻就像挨了针刺似的。她连忙缩回手，带得水哗啦一声脆响，医生仍然没有反应。倒是河里有了反应，落入水中的零星面条屑，招来几条鱼儿。那些鱼儿身上没有一片鳞片，光溜溜的浅褐色皮肤上，只分布着一朵朵深褐色花斑，比她见过的任何淡水鱼儿都要漂亮。鱼儿们个头都不大，最大的看上去也就一斤来重模样。

医生的目光仍旧没有从书上移开。朵拉实在按捺不住了，伸手拨拉了一下书页。嘿，什么有意思的书，这么忘我？医生一抬眼，吃了一惊，飞快地合上书，就朝怀里塞。她只来得及瞟见书名最后一个词“TRIP”，还有一些仿若火焰般向上升腾的金色卷须。是旅游书吧？都介绍哪些好玩的地方？喔，NO。眼神里滑过不易觉察的一丝犹豫之后，医生还是用肯定的口气，推翻了她的猜测，再将书又朝怀里掖了掖。专业书，你不会感兴趣的。专业？噢，对了，我还不知道你的专业是什么呢。这话激发了朵拉更多的好奇心，她认真研究起医生的脸。内科外科五官皮肤科？中医儿科心脑血管神经内外科？看看没有回应，歪着脑袋，又换了一种煞有介事的目光，盯着那对泛着一层琥珀般光泽的眼睛。总不会是……妇产科吧？

真拿你没办法，真是天生的记者。医生一脸无奈地摇了摇头，眼神游移着，像是在犹豫，是否该满足她的好奇心，又像是在衡量，满足她的好奇心，会给自己带来什么样的后果。是专给人的……他指了指自己的头——这里看病的。噢，脑科啊！医生不动声色，继续用那像是隔着很远距离的眼神望着她。朵拉的心忽地向上一悠，紧接着又一沉。你的意思不会是说……你是精神病医生吧？一瞬间，她想起了那位小学同学的妈妈，那双风干咸鱼般的手，和那双风干咸鱼般的眼睛。她不觉朝后闪了闪身子。

干吗这么紧张？就算你真的是面对一个精神病医生，也不用这样紧张嘛，就好像我是个精神病人一样。医生一边嘴角一挑，露出一丝不知是嘲弄谁的笑。其实，很多精神病人不像你想象的那么可怕，控制得好的话，平时一般人根本看不出来。他那异族人般的眼珠，略显诡异地闪动着，仿佛在向她暗示，他就是个控制得让人不易觉察的精神病患者。不过这眼神稍纵即逝，他迅速又恢复了职业医生那种多见不怪从容镇静的常态。何况，精神科医生也没什么可怕的，精神病又不传染，不是鼠疫，不是霍乱，不是肺结核。似乎是诚心要考验她的神经似的，医生一口气再抛出一串骇人的名词。

朵拉忙不迭地给自己找台阶。呃，当然，我明白，它甚至连感冒都不如，它甚至不比一个喷嚏的危害更大。现在就算是真有个精神病人在我面前，也不能把我怎么样，也不会把我传染成一个小精神病人，我也不是没见过精神病人，谁也不敢保证自己这辈子就肯定不会得上精神病……看看医生的眼神仿佛又有点异样，自己也察觉出嘴巴的不对劲，把话题扯豁了边，赶紧再朝回拉。哎，哎，我的意思是说，我只不过是对你从事的职业充满惊奇罢了，以前，我还从没碰到过干你这行的……

噢，我的小女记者，你还这么年轻，没碰到过的事和人还多着呢，这能算得了什么。医生那仿佛异样的表情，瞬间收拾了起来。不过，可惜的是，成为一名精神科医生，目前还仅仅是我的理想，眼下，我只不过是个心理医生。心理医生嘛，哼。医生皱了一下鼻子，轻轻眯了一下眼，那动作为他的脸增添了一种愤世嫉俗的意味。这一行目前在国内还很不吃香，大多数人根本不愿意承认自己有心理疾病，他们总是把心理疾病和精神疾病画等号，觉得只有精神不正常的人才会去心理门诊看病，觉得那是件丢人现眼的事。所以，我那个科室，在我们院里，基本上就是个聋子耳朵。

心理病和精神病，到底有什么不同？朵拉又被勾起新一轮兴趣。那当然是两回事，完全不同的两回事……哎，我看你现在精神好起来了，是不是？咳，都怪刚才吃多了，不转移点注意力，肚里的食就老想往上返。那好吧，我就花点精力，帮你转移一下注意力，压压食吧。医生再次掖了掖朵拉已经看不见的那本书，好似那是块让他不放心的心病似的。然后，他挺直腰背，两手交握胸前，摆出一副给学生上课的模样。应该这么说，精神疾病，不是每个人都会得的，而心理疾病，每个人的一生里，都或多或少会产生；心理疾病如果严重到一定程度得不到缓解，就有可能会转化为精神疾病，但精神疾病的产生，并不一定就跟心理疾病有关，它有可能是后天的，也有可能是先天的。

朵拉又一次想起了那个可怜的小学女同学。这么说，有可能是会遗传的？医生点点头，交握着的两手仿佛有些痉挛。

河水发出响亮的一声“噗”，一条鱼儿朝一片浮在水面上的面条渣发起攻击。

那照你刚才那么说，我，还有你，就都应该有心理问题啦？医生从身边的锅里抠了点面条渣，朝水里扔去。几条鱼儿同时冲过来，其中一条几乎整个身子跃出水面。除了圣人和死人，只要是人，或多或少都会有心理问题。我们不是圣人，也不是死人，当然，毫不例外。医生盯着重新交叉在一起的手指，断然地说着。那有力交叉着的手指，仿佛在进一步坚定地强调着，他这一论断的不容辩驳性。

交叉的手指松开。医生开始两手手指轮替着，剔起指甲缝来。他的指甲缝其实每一道都很干净，但他还是一丝不苟地剔着。

那要照这么说，咱们这些跑到这儿来的人，就像社会上一些流言说的，放着好好的日子不过，非要到这儿来找刺激、找罪受的人，就都是些有严重心理问题的人啦？朵拉瞧着医生那强迫症似的剔指甲的动作，有一种不立刻去剔一剔自己的指甲也很难受的感觉。不过她很清楚，自己的指甲可真的不干净，她可不想这会儿让医生注意到。

医生没有立刻回答，只是盯着自己的手，停止了剔。

头顶只剩下了一朵云。那朵状若佛手的云，继续静静地浮游在湛蓝的天河，作着某种神秘的启示。远远飘来一阵歌声。一位年轻的女歌者。轻灵的声音，比最薄的雾还要绵软，比最清亮的河水还要剔透。医生转向苍空的眼睛，眼神慢慢迷离起来，出离了现世一般。这世间，没有哪里比这儿更干净了。多少肮脏被隔绝，多少欲望被过滤，人，只需要带着一个婴儿般的头脑，就能简简单单从从容容地活着。我们能够有幸置身这里，我相信，许多心理疾病都会减轻，甚至消失。我真羡慕那些世代生长在这儿的人，比起我们这些来自所谓文明社会的人，他们是离幸福最近的人。可是，不是所有人都会像你这样想的吧，比如老穆那样的，比如鬼子姜那样的。朵拉瞧着他那神志不清般的模样，大不以为然。医生对她的反驳置若罔闻，只是望着那朵悠悠白云，脸上继续浮着一缕有些发傻的笑，神游在既封闭坚固又漫无边际的自我世界里。再说，你又怎么能肯定，这儿的人，会不羡慕我们这些来自下面花花世界的人呢？假如他们去过内地，享受过那儿的物质文明，说不定，一个个也都乐不思蜀了呢。子非鱼，安知鱼是否真乐。朵拉对自己的见解被漠视有些愤然，再次放出一根芒刺，捅着医生。可医生面朝那朵佛手般的云，嘴角只一味挂着不舍离去的微笑，如同中了魔怔。

哼，这就叫：生活永远在别处。朵拉嘟囔着，悻悻地拿起茶缸，浸进河水中去。

嘿，这儿的鱼可真天真！她惊叫了一声。这一声，总算把医生的眼神从化外世界给拉了回来。原来，是一条大胆的鱼，半个身子钻进茶缸，啄起内壁上沾着的面条渣。朵拉将食指伸进水里，拨弄着鱼儿的尾巴，那鱼儿一扭身，竟朝她的手指啄了一口。嘿，太好玩了，这儿的鱼太傻了！咱们抓几条回去炖汤吃吧。她嘬着被冰水刺痛又被鱼儿啄得发痒的手指，兴高采烈地嚷嚷着。

唾液涌上了舌根，朵拉的舌尖几乎已经咂到了鲜香的鱼汤滋味。没有葱没关系，没有姜也没关系，新鲜的鱼，只要放点盐，不，不放盐，白水煮都行，味道就足够美妙。她的胃终于真正动了欲望。来一碗热腾腾香喷喷的鱼汤，保证能把我的头疼彻底治好。她一面嚷着，一面抓过医生身边的铁锅，放进河中。撒落进水里的面条渣，立刻招引来更多的鱼儿。它们争相吞食着，又轮番钻进锅里，向锅底锅壁进攻。别光顾着看，快帮我提一下呀！朵拉催促着医生。铁锅很大，空着都很沉，别说再装满一锅水和鱼了。

我看，咱们还是——放了它们吧。一直不动声色望着朵拉忙活的医生，忽然冷不丁来了这么一句。朵拉一愣，手上劲儿一懈，锅差点脱手。你说这些鱼傻，那是因为它们从没遭受过侵害。当地人不吃鱼——为什么不吃鱼，大概你也清楚——再说以前这儿也很少有内地人来骚扰。所以，它们不知道害怕，不懂得防范，对人类这种未知生物充满了好奇，甚至无比信任。它们生活在这里，因为自然条件的恶劣获得了宝贵的世代安宁，而此刻，我们只要稍稍一动手，一条延续了千百年的优美而又脆弱的生物链，就会因为我们的行径，打上丑恶的烙印。

朵拉目瞪口呆地望着医生那副神魔也难奈何的模样，完全忘了手上的刺痛。

我知道，你很想吃鱼，当然，我也喜欢吃；一锅热腾腾的鱼汤……嗯，那滋味一定不错。但是，你看，我们这才刚到高原，自带干粮还很充足。我们现在还完全可以克制一下口腹之欲，尽量减少对这片伊甸园的破坏……

疼痛从指关节直蹿心尖。朵拉松开了手。锅晃荡着，慢慢朝水下沉去。几条吃饱喝足的鱼，迅速钻出锅，甩了几串漂亮的水花，摇头摆尾游远了。医生急忙探身去抓锅。哎，别走啊，咱俩抬锅水回去。

你当医生太可惜了，你真该去当牧师。朵拉气哼哼地扔下一句话，转身就走。

一场内讧让老田终于看清，分两路的主意，有多么的馊。

放弃玛曲，全力以赴冲击卡日曲！哪个对此决定有意见，现在就请便，我绝不拦着。一旦上路，就得通通听我指挥。只要我活着，这支队伍的队长就没有二人。老田的坚决表态，让老穆的另立中央梦碎。

经过一番赌咒发誓，鬼子姜总算求得老田不开除，但也不能跟随队伍继续前进。老田要他留守此地，跟另外一名队员一起，看守大本营，为大伙搞好后援。

两天后，筹备够了食物，又雇了一名当地小伙子做向导，队伍准备起程。雇那小伙子当向导的原因是，他说他曾给一帮来这里拍纪录片的日本人带过路，带他们到过卡日曲，还在那里留下过标记。对他这话，大伙普遍将信将疑，但除他之外，队里也别无选择。接触过的另外两个声称到过源头年纪大些的牧民，表示坚决不肯在这个季节上那个地方去。这个时候，曲麻莱曲麻莱，进去出不来嘛。那两人异口同声地提到了这个流传甚广的顺口溜。

临出发那天，为表将功折罪，鬼子姜捕来满满一锅无鳞湟鱼。大伙围着热气腾腾的鱼锅，大快朵颐了一顿。医生不肯吃，只在一旁啃他的压缩饼干，老田去喊也不过来。

朵拉犹豫了一会儿，还是盛了一茶缸鱼汤，走到医生面前，递过去。不吃鱼，那就喝点汤吧，别太特立独行了，前面的路还长着呢，老这样大伙会对你有看法的，以后还有那么多的日子要相处呢。说完自己也觉得口气有点不妥，怎么像是教训小孩子似的，担心医生会反唇相讥。谢谢你关心，我知道自己该怎么做。医生语气倒还平静，但并没有接过茶缸，依旧用力啃他的压缩饼干。

身后传来一阵哄笑。

当着医生的面，朵拉将那茶缸鱼汤通通倒在了地上。

第五章　呢喃的杏树

蒙地终于出院了。

特娜说，希望你常来陪他。特娜说，同样的话，我说，还是你说，在他那儿反应就不一样，还是你的话他更能听进去些，你能来陪他多说说话，就是帮了我的大忙。我尽力而为吧。我心口不一地敷衍着。

特娜那特有的、跟拉斐尔笔下的圣母相差无几的眼神，总是比她的言词更加让人难以拒绝，但我的内心并不总像我的外表看上去那么受用。因此，当她提出，让我干脆搬到蒙家大院，大家互相照应更方便些，我立刻一口回绝。我说，我有一只猫，每天晚上它必须与我同床共枕，并且，它已经很老了，不适应再换新地方。

上帝！听了我的形容，特娜尖叫一声，本就圆鼓的眼珠，变得更加凸出。一只猫！跟你睡在一张床上!？这简直太不可思议了！从前，蒙地就喜欢让巴布睡在卧室里，他甚至为它在我们的床边摆放了一张婴儿床——巴布，那是他捡来的一条流浪狗，那眼神，那模样，不像狗，简直像条狼——你知道，对我来说，这实在太过分了。我可是从小就害怕任何带毛的动物，一见到它们，我就有一种无法克制的心理以至生理反应。所以，自从那条像狼一样的狗住进了卧室，我就没有一个夜晚能够睡好过，心脏负担也因此加重。后来，趁着蒙地住院，我赶紧把那条肮脏的小东西送进了流浪动物收容所，一场噩梦才算结束。从那以后，我再也不允许他把任何动物弄进家门。

我张口结舌地望着这个曾被我视为圣母化身的女人，那感觉就好像看着穿戴华丽庄严的圣母，光天化日之下，当众脱落了裙衩。

鼓楼大街附近，一条拐了几道弯的胡同尽头，一座年久失修的四合院。

即便是在白天，这里也给人一种森然之感。屋瓦上，野蒿抖着超过一百岁的长须，院子里，杂草从每一条砖缝向外猖狂地挣扎。一架歪歪斜斜的葡萄架，几根颤巍巍的干枯老藤。一些糟朽的门窗，一些不明来处的吱嘎声，一些摇摇欲坠的墙皮，一些从墙头倏忽蹿过的壁虎，一些尘霉的气味，一些摇曳不定的阴影……

唯有靠近西厢房那半棵繁花满枝的杏树，给这院落添了一抹肃杀中的凄艳。说它半棵，是因为这树被砍去了半边，呈现出一种古怪的不对称状态。

蒙地站在树下，望着树；我站在他身旁，一会儿望着树，一会儿望着他。

蒙地说，这处院子原是他家祖宅。房子发还时，他已经出国，是他姐姐接收的。姐姐没钱翻修，再说一个人住着也害怕，索性仍旧住在单位宿舍，让这院子荒着。再后来，姐姐找了个澳洲老华侨嫁了，这地方就彻底归了飞鸟和走兽。蒙地拿脚一下下踹着树。这房子以后也不会有人回来住了，等有时间我把它挂牌卖掉，反正我对它也没什么感情。小时候在这儿住过几年，总断不了生病。再后来，这房子给一个有权势的大人物占了，把我们全家赶了出去。听说这家大人物后来没少倒霉，老的小的，挨整的挨批的跳河的，连遭横祸。我父亲活着时就总跟我说，这房就算有发还那一天，也得卖，住不得，妨人。

树被踹得扑簌簌往下直掉花瓣。我伸手想抓住一片，却都抓了空。

这树可很有些年头了，听说是我那得癫病的太爷的元配种的。从前人不懂那么多，只把躁郁症叫做癫病，发病就叫做发癫。听我父亲说，太爷一发病，就要去戏园子里唱戏，他想唱哪出，戏班子就得跟他配哪出，人家要不愿意，他就大把拿银子砸人。据说，他最爱唱旦角戏，他扮起女人来，那可真叫标致，连跟去的老仆人都认不出来。后来家道败了，太爷去不起戏园子了，就在自家院里唱，全副披挂，不吃不喝，直唱得天昏地暗，月上树梢，家里上上下下每个人，还都必须垂手在一旁看着，不住声地叫着好。太老夫人实在没辙，花了笔钱，请了个风水大师来测风水。大师说，原来那些树种的方位不对，招邪气，必须把原来那些石榴海棠玉兰什么的通通砍光，就在这个位置，重新种棵杏树，才可以驱魔辟邪，保佑主人善终，保佑后代免遭同样厄运。但是，太爷最后是否善终，我父亲并不清楚，因为我爷爷从来没告诉他，而且，就连我爷爷是否善终，我父亲也不清楚。据我父亲说，我那爷爷，戏园子是不爱去了，爱去的是电影院，平生最爱的就是看电影，给女明星写信，还总说，有一天，他会自已拍电影，自己当男主角，找最喜欢的女明星来演女主角。可是，眼看都快到抱孙子的年龄，他那宏伟抱负离实现还一点影儿都没呢。爷爷五十六岁生日那天，几房儿女全都到齐，只恭候他老人家从电影院回来，寿宴就好开席。那天一早，他说要去看一部他最爱看的老片子。据说那片子他都看了十来回了。他还坚决不让下人跟着，自己叫了包车去的。结果，大家左等右等，直等到掌灯时分，也不见他老人家踪影。最后还是奶奶在他书房卧榻的褥子底下，发现一张纸条，说他要去当男主角，去追那个女主角了，谁也别来找他，谁也别想找着他，迟早有一天，大伙会在银幕上看到他的。父亲说，当时奶奶一看完这个，立马抄起菜刀就去砍这树，疯了似的砍，谁都拦不住，谁拦她就要砍谁，最后，还是奶奶一向最信服的老管家赶上去，说奶奶仔细手闪了，他来替奶奶好好地砍，奶奶这才罢了手，昏了过去。

从那以后，家里人谁都没再见过爷爷他老人家，包括在银幕上，在任何一部最不入流的影片里。蒙地朝着树又狠狠踹了一脚。希望他最后能够如愿见到心中那个女明星。他朝着满树的花惨然一笑。我们家，一连三代，都没能给上一辈送终。

我的心像是被狠狠踹了一脚。

说起来，这棵树还算是给我父亲带来了好运。他死于心脏病突发——他可真算是有福。蒙地朝着我惨然一笑。我那可怜的父亲，在我记忆里，一辈子都在忧心忡忡，害怕自己得跟祖辈一样的病，害怕自己下落不明，结局悲惨，一直害怕到那颗可怜的心脏不堪重负。他死那年，正好也是五十六岁。等我和我姐姐一路站了几十小时火车，从广阔天地赶回来，我父亲已经在那个冰冷的小铁盒里躺了整三天。

树不停地抖簌着，花瓣雪片一般纷纷落下，落得蒙地满头满肩，却一片也不肯朝我身上落。

所以后来我学医，就下决心要专攻精神科。我想彻底了解我家族这种病症的根源，想设法让自己避开它。蒙地抓住一片花瓣，摊开手，盯着出神。可悲的是，我学了那么多理论，治了那么多病人，最终明白的一点是，基因的力量强大无比，谁也无法抗拒。我所能做的唯一一件有意义的事情就是，不再让谬种流传。

他朝手心吹了口气。那片花瓣晃晃悠悠向上飘起，越飘越高，直到打了个旋，越过墙头。墙那头，随即传来似有若无的一声呻吟。我后背一阵绷紧。要是没记错的话，蒙地他，今年也刚好五十六岁！一想到此，我不由头皮也绷紧起来。

除了无法驱散的孤独，除了无法驱散的担忧，在我心头，最终还能剩下什么？蒙地朝着已经没有花瓣的手心，又吹了一口气。

我跟你，我们两个，还不是都一样？我们是同命人。我们的灵魂都只属于孤独。我们都将孤独地生，孤独地往。当年，我第一眼见到你时，就有这种感觉，就闻到了这股气息。我声轻如落花，安慰着他，也安慰着自己。这让我恍惚之间，有一点不再那么孤独、有一点温暖入怀的感觉。

不，我和你可不一样。蒙地奋力提高声音，毫不迟疑地反驳。

他朝后退去一步，仿佛是避开我，又仿佛是为了更好地看清我。看看你的眼睛——那是一双对人世缺乏真诚与热爱的眼睛，那是双时刻准备抛下一切、逃离一切的眼睛。我的孤独，是满怀真诚与热爱无处安放，而你的孤独，却是根本没有真诚与热爱。想想看，你连老田跟我们分手的日子，都能忘得干干净净，我不知道你心里究竟还能记住什么，究竟还觉得有什么是值得记住的。我和你，只不过是碰巧在命运的安排下，在某一个时间某一个地点偶然相遇，两个怀着完全不同性质孤独的人，在当时当地那种境地里，除了相互依存，还能有别的什么选择？

如同遭遇一个技艺娴熟的名医，举起一柄锋利的小刀，以一种极为精确的手法，照准我的心口，嗖的一下扎了进去。无法抵挡，无法闪避，当疼痛开始扩散时，甚至看不到肌体上有一丝血痕涌现。

我望着那张被岁月剥蚀得几乎只剩筋骨的脸，不得不再次沉痛地认识到，今生今世，所有与我相遇的男人，没有谁，能够像他一样，如此深入神髓地懂得我，如此残酷得让人无从舔舐血痕地刺伤我。

蒙地弯腰抓起一大把花瓣。我很清楚，无论我怎样追寻，过去的一切，其实都早已消失。有一天，我也会消失，并且，很有可能，在肉体消失之前，精神上的消失，会提前一步到来。到那时，所有的灵与肉的苦苦追寻，会就此终止，所有的灵与肉的痛苦，会就此化为乌有，生命的历程如同雪后的原野，那些跋涉过、挣扎过的痕迹，从此掩埋无形……

蒙地分明紧握拳头，但我却眼看着那些花瓣，从他指缝中一片片落下。当他松开手时，我看到他掌心已一无所有。我有些摇晃，仿佛脚下土地变得松软，朝下陷去。我抓住他的手臂。宽大的袖子下面，那手臂是那么细瘦，几乎感觉不到肌肉的弹性。当年，这手臂曾一次次抱紧我，一次次从危难中拯救我，现在，它们是不是在最充满激情的时候，也只愿意举起一把椅子？

你说得不全对。一个丝毫没有热情的人，是无法活到今天的。此时此刻，我还能够站在你面前，这就是我对生命还没有完全丧失热爱的证明。我用一只手轻轻抚摸着蒙地的脸颊。我的手心几乎没有感受到肌肉的滋润，只触到了颧骨的生硬。他面无表情，目不转睛，不知是在忍耐我的抚摸，还是期待我的再次抚摸。你先好好安心调养一段时间，等我处理完手头杂务，一定陪你重返那片高原，好吗？我再伸出另一只手，双手捧起他的脸颊。那瘦削的脸颊被两只手这么一遮，几乎就只剩下一对深陷的眼窝——两个深不可测的洞窟。

特娜不在家。每次我一来，她就总是千方百计寻找理由离开。你可来了，我可有机会放松一下了，我得出去转转，好歹透一口气。她总是这么说。她的口气听上去总是毋庸置疑的恳切，她的表情看上去总是毋庸置疑的真诚，我也总是不得不做出毋庸置疑的相信她的样子。

深陷的眼窝里，干涩的、像成色不好的琥珀般的眼珠，在慢慢转动。虽然我们相距如此之近，但那眼神却像是从遥远的地方投射过来，茫然地寻找着聚焦点。渐渐地，脸部线条发生了变化，露出了似曾相识的那种嘲讽般的表情。由于皮肤和肌肉的松弛，这种表情看起来不再像从前那样鲜明、锐利，然而，我还是准确地体察到了那些嘴角纹路的细微变化，领会到了那些眉梢轻颤所表达的全部含义。

可惜，我回来得太晚了。也许，我只是空怀激情，白日做梦。瞧瞧我这副躯壳，高原反应会一下子把我击倒……他再次朝后退去，避开我的抚摸。他背倚杏树，不住地摇着头，像是和内心最后一道顽固的不肯离去的幻梦，做着痛苦的抵抗。这足以让我最后一点理智，像最后一片失去附着之力的花瓣一样，瞬间从神经的枝头凋落。那我就抱着你，躺在雪地里，一起等待命运的召唤。岁月早已从我身上夺走的那些天真，愚蠢，自作聪明，不知畏惧，一霎间，通通重新附体。

蒙地惊讶地望着我，眼神在我两耳之间不住飘移，仿佛我是个让他找不准焦点的幻影似的，随即，下颏一扬，一边嘴角朝下一扯，脸上浮出一个辛酸得让人不忍正视的笑。太晚了，我已经不需要谁的拥抱了。无论我多么不情愿，我都很清楚，我这又老又病的躯壳，不会再给人以丝毫美感。假如你再次拥抱我，我相信，除了怜悯，或者是强忍的厌恶，不会再有任何其他感觉。停了停，闭了一下眼，仿佛要将我从眼前抹去似的。再一睁，那眼神一变，闪出两道犀利之光，焦点结结实实地落在我脸上，脚步再向前一跨，顿时让我觉得，自己正成为一粒显微镜下的微生物，脸上每一根最细微的纹路，每一粒最渺小的斑点，全都无处可遁。

想想看，两个像我们这般年纪的男人和女人，拥抱着，躺在雪地里，那情景，有多么……不堪！他下颏再次向上一扬，那无声而辛酸的笑，一下子变得响亮。不堪!！哈哈!！他再一次重复着这个词，显得为自己能够找出一个如此准确有力的词而备感骄傲。

这么两个男人女人，要演一出感天动地的爱情戏，哈！哈哈!！除了不堪，我不知道还能用其他什么词来形容——噢，不堪至极!!！哈哈哈!!！

大笑声震耳欲聋，充满了整个院子上空，回荡在每一处最隐秘的角落。歪脖子杏树摇晃着，吱嘎着；整座院子里的所有门和窗，都在摇晃着，吱嘎着。

几只受了惊吓的麻雀，尖叫着逃离枝头。花瓣大雪一般纷纷落下，落得蒙地满头满肩，落得我满头满肩，像是要将我们彻底掩埋。

那天离开蒙家大院之后整整一个星期，我都难以集中精力做好任何一件事情。夜晚来临，我久久无法入眠；白天时分，我长时间躺在床上，对着天花板发呆，任凭油油急得不是抓挠床沿，就是啃烂某本书刊。

我开始对自己和蒙地之间的过往，产生了比从前任何时候都要深刻的怀疑。

曾经，随着离开那片高原的时间越来越久远，随着对那段青春岁月的细节记忆越来越模糊，我开始越来越愿意告诉自己，我和他，曾经刻骨铭心地相爱过，拥有过一段感天动地的爱情故事，共同谱写过一首无法复制的生死绝唱。特别是最近几年，每个月圆之夜，我总是对着浩渺星空，对自己说，尽管我这一生还有不明里程的路要走，但除了他，再不会有第二个真正的爱人；假如抹去他，我这一生将化作一条毫无生机的盐湖。我这么做的结果，几乎就使自己成功地忘记了往事的真相。只是，在偶尔的刹那，我会如流星追月一般闪过一念：为了抚慰日益苍凉的内心，我已将记忆粉饰得离开真相有多远？难道，随着时光的无情流逝，人将注定变得如此脆弱不堪？

时间果然可以改变一切，不论或长或短。经过了4月末气温骤起骤落如坐过山车般的一周，凋败的蒙家大院，终于呈现出一派欣欣向荣的气象。

当我又一次走进那座垂暮的老宅，就看到院子里已打扫得干干净净，杂草鸟屎无影无踪，门窗、葡萄架整修一新，点点嫩芽从虬曲的老藤上密密爆出，谢尽春花的杏树枝头，正一派绿意盎然。曾经如同荒冢的宅院，已经体面得完全可以迎接一位亲王。

那时我眼前的蒙地，正身穿一套白细布中式裤褂，在洒满整个院落的阳光下，操练着一套自编拳术。他大声呼嗨着，腾挪着，宽大的衫裤在清癯的身上猎猎摆荡。

特娜眉开眼笑地迎着我。瞧瞧这些变化，都是他干的。这都得归功于你，归功于你对他的鼓励。能够认识你，我真是太幸运了。这么多年来，从没有谁能像你这样，给我如此重要的帮助。我真后悔没早几年带他回来。她紧紧挽着我的胳膊，像是与我情同同胞姐妹。

这个春天不只蒙地意念丛生，不只与我时常谋面的人们意念丛生。很久没有音信的阿凯，忽然来了电话，说前一阵去了趟香格里拉，那里举目无涯的生机，比起此时京城如同上帝慷慨倾洒别处之后恩赐几滴残余甘露的景色，要迷人不知多少百倍。他说他拍回不少照片，要举办一个“小范围的展示会”，想请我发发雅兴，光临一下。

阿凯总是这样不断给人惊奇。每次电话，不是跟我说跳了槽，就是告诉我又对一样什么新事物发生了兴趣。从英国回来三四年，他跳了不止三四次槽，业余时间还跟朋友合伙开过养鸡、养狗、养马场，办过购物网站，当然每次的结局也都同样：一败涂地，赔钱了事。挣的薪水除了填肚子，剩下的基本都填了窟窿。我曾说过他，你跟你老爸是一样的命，甭管怎么折腾，这辈子注定发不了横财，原因都是缺乏理性，热情一上来，头脑就发昏，想要玩兴趣，还是适合玩点形而上的。

我对他说，你精力可真够旺盛的啊，你那大中华地区营销总监的业务那么繁忙，还能挤出闲空去玩艺术。阿凯说，那是因为我不用再挤出闲空了，闲空已经像空气一样充斥在我四周，我可以随时大把挥霍了。我说，噢，我想起来了，听说你把公司给炒了。阿凯说，Yes，我过够了那种像一台发疯运转的赚钱机器般的日子，我打算要好好地游手好闲上两年，充分享受一下无拘无束的感觉，等钱花差不多了，再重新去挣，反正我一人吃饱，全家不饿。我说，那你女朋友呢？不反对吗？他说，嗯哼，她当然反对，所以她把我给炒了。听那喜不自禁的口气，倒像是他把对方给炒了似的。我又问，那你老爸怎么评价你这行为？他高兴吗？他那抱孙计划不又得遥遥无期了吗？阿凯正高涨的情绪立刻一股青烟一般嗞跑了。嘿，尔平姐，我得再次提醒一下你我的身份。你以为我还是未成年人吗？你干吗总爱拿这副师奶腔教训我？你不就跟我老爸像两股道上跑的车那样并行了两年吗？没名没分，无法可依。你怎么就不能端正一下我们之间的关系，心平气和地用平起平坐的口气跟我探讨人生？我冷笑一声，感谢你异想天开，我一个国内草根大学毕业的，凭什么去跟留英博士平起平坐啊？你那“小范围的展示会”要有了我，你还不得身价倍跌啊？

好了好了，尔平姐，你大人别计小人过了，都怪我刚才一时舌头跑偏，都是年轻气盛给闹的。我这不是深刻领会了你对我的评价，适合玩形而上的，所以才捡起摄影机来的吗？这说明你对我的影响还是不可估量的嘛！阿凯一看我要晾他场子，急忙给自己找坡下。尔平姐，其实你来不来捧场，我无所谓。我知道你见多识广，一般玩意儿打动不了你，我这初级水平的摄影，更加不入你的法眼。我只不过想帮你拓宽一下社交面。我这都是为你好，老这么独往独来，对心理健康不宜。多接触一些时尚潮人，往大里说，那就不说了，往小里说，也可以永葆青春嘛。

我被他教训得不耐烦起来。行了，行了，阿凯老弟，你不用变着法儿提醒我的年龄，除了刘晓庆奶奶，谁都不能永葆青春。迄今为止，我的心理状态十分健康，无聊的交流未必就能提升我的精神内涵，跟你那个年龄层的人话说多了，我倒担心自己会变得更蠢。阿凯说，你不要曲解我的意思，说实话，我是想，现在不是流行姐弟恋吗？我这是诚心诚意地希望给你创造点姐弟恋的机会。我说，你就别做这个春梦了，我从不喜欢比我小的男人，哪怕小一个钟头都不行。阿凯说，可你跟我老爸不也没能长久吗？我长叹一口气，阿凯，从我的话里你竟然引申出这么个结论，只能说明你确实够蠢，蠢得你尔平姐不得不决定前去光临一下你的展示会，顺便看看能不能费心再往高处点化一下你。

出院后这段时间，蒙地还没出过一次门，整天窝在家里，不是练他的天马行空拳，就是关在他自己那间小厢房里，捣腾那些祖传陈年旧书。我和特娜几次提出带他出去转转，观光一下新北京新气象，都被他一口回绝。他说他对这座城市的一切毫无兴趣，无论是拆是建，都和他无关，当年离开之后他从未怀念过这里，现在也绝不会动半点落叶归根之心。这次，我去敲门说，有个年轻人，去香格里拉游历了一番，拍了些照片，想请我们去看看。他立刻从门缝中探出脑袋，急切地问，那年轻人在哪儿？我真想马上跟他聊聊，那一定很有趣。没想到，我事先准备好的一大套说词，居然一下子就省了用武之地。特娜知道后也很高兴，说她正好可以趁此机会放个小假，去看看久违的大学同学，说这一天照顾蒙地就全靠我一臂之力了。她说得是那般情真意切，让我觉得唯有全力以赴，以对得起她的信任。

阿凯提到的展示会，位于城中一处著名时尚艺术领地。那里曾是一个废弃的工厂区，我虽久闻其名，却从未亲临其境，而我那些资深小资女友，无不造访过N次以上。有位美艳不可方物的女友，甚至在那儿一家咖啡馆中，钓到了一位风流倜傥的意大利男友，一度要追随他走进不知是藏北无人区还是塔克拉玛干大沙漠。可惜，就在成行前夜，她那拉丁情人失踪了，从此杳无音信。等到事隔将近一年，那女友在城中另一角的一间酒吧，再次见到那帅哥的身影，发现他已插到一位中年女富婆的“牛粪”上，正擎着香槟酒杯，与那肥姐热烈讨论着前往北非撒哈拉的宏图大计。

来到时尚艺术之城，走进入口处胡同不远，迎面就见几尊男女半身雕像矗在路边。那些男女个个面露痴笑，臂匝红箍，身上一律上世纪60年代中晚期流行的军绿色。蒙地紧蹙眉头望着。你那时也是红卫兵吧？哼，我倒是想当，可惜人家觉得我不配。

他在一尊硕大的男像前停下来，摸了摸那道红箍。我那时想参加都快想疯了，可是因为家庭出身，人家根本不要。后来我就想法儿弄了套旧军服，又让我姐姐做了副红袖标，躲在家里，偷偷穿戴上过一过干瘾。再后来，到底还是忍不住，有天半夜，庆祝“号外”发表，我穿上这套行头，混在游行队伍里跟着欢呼。结果让一个半熟脸的同校男生看出破绽，叫上一帮人，追着打了几条街，回到家，躺床上整整一星期没起来。

蒙地轻蔑地瞧着那尊雕像。瞧那傻笑，跟我当年穿上军服照镜子时的嘴脸一模一样，简直太传神了，嘿嘿，嘿嘿嘿……他嘴角神经质地抽搐着，发出一串让我直起鸡皮疙瘩的冷笑。

那是个发昏的时代，人人都身不由己，我还当过红小兵呢……我试图宽解他。不，这不仅仅是时代的问题，不要全部归罪于时代，即便在那时，也不是人人都在发昏；而在那个时代结束之后，更不是人人都还在继续发昏……从某种意义上讲，这更多的是基因的问题，一些疯狂的、深入骨髓的基因，一些来自于我的某个远祖、绵延不绝的基因……无论在任何时代，过去，现在，还是将来，我身上的理想主义歇斯底里综合征都无法根除，不是发作，就是潜伏着，伺机再次发作……

蒙地走近前去搭着雕像的肩膀，面朝我，突然摆出一脸跟雕像一样的痴笑。青天白日里，我差点吓出一脑门子的冷汗。那笑让他完全变了一个人，那笑完全像是躲藏在他身体里的一个什么幽灵发出的。

这片先前的厂区很大，一条条道路纵横交织，犹如迷宫，我们绕来拐去，有两次都拐回同一路口。街面相当冷清，除了我和蒙地，偶尔可见三两个身背背囊前来“朝圣”的外地文艺青年模样的人。道路两旁的厂房，呈现出上世纪50年代的建筑风格。一些外墙上涂着花里胡哨的鸦；一些经过改装的门面，悬挂着“荒野呼唤”、“人之大欲”等等不知所云的匾额。

路边，又是一些满脸蠢相的雕像，只是装束换成黄土高原打扮。两个头戴红星绿帽的老外，对着雕像起劲地按着快门。一阵粗野的笑声，搅碎了缭绕于这片地区上空的小资氛围。

嘎嘎嘎——猪肉一涨价，我老婆就说，多好的减肥机会，你就改吃素吧。这不，我已经一月不闻荤腥了，体重都掉了快十斤，血脂也降了不少，再照这么吃下去，身材很快就赶上普京了——嘎嘎——咱得感谢党和国家，给咱们送来这么好的全民健身机会——嘎嘎嘎——

一间挂着××工厂退休办牌子的门前，几个典型的本地胡同串子型老男人，正捧着大号罐头瓶充作的茶杯，倚着门边，高声说笑。

蒙地望着那几个人，眼中不觉掠过一道柔和的光。当年，我觉得这儿的人俗气，文化俗气，整个城市都透着浓厚的遗老遗少封建土围子气，觉得无法忍受，必须离开，永不回头。可是此刻，我忽然觉得，其实这种文化，也自有它温情的一面。他回过头去，朝那几个胡同串子又望了一眼，仿佛他们是他有着隐约血脉的远房兄弟。我离开人群实在太久了，我为什么没能早点学会从平凡卑微中寻找乐趣，假如我能拥有与他们一样的能力，生活也许完全会是另外一种样子……

正是因为远离，人们才会彼此思念；正是因为远离，所以你才会觉得眼前所见温情；正是因为远离，男人和女人之间的情爱才能一息尚存。我望着那张因为许久不见阳光而显得格外青白的脸，没敢让心底的反驳发出声来，只让胸口什么地方隐隐钝痛着，就像是被一只拳头不轻不重捣了一下。

唉，想想自己这么多年的国外生活，毫无质感，简直如同一场空白，好像生命断裂了长长一截一样。蒙地仰头走着，继续喃喃自语，望向天空的眼中，比头顶那片没有一丝云絮的天空还要空寂。我仍旧没有接话。对此话题，尽管我很想多所了解，但我一向小心翼翼，不敢贸然多问，大略知道的一点，也都是从特娜那儿听来的。

特娜说，当初在国内，蒙地就一直不满意自己所学的心理学专业。出国不到两年，他就以惊人的速度，拿到精神科博士学位，随即又考下行医执照，顺利进入一家知名专科医院。按理说，实现了自己由来已久的理想，应该满意了，但事实并不如此。渐渐地，他开始抱怨，说跟病人打交道时间越长，就越分不清病与非病的界限。有时他会说，有病的不是他们，而是那些断定他们有病的人。有时他甚至还会说，要打开医院的大门，让那些被关在里面的人，通通回归社会，再把那些自以为理所应当主宰这个社会的人们，统统关进来，看一看，这个社会究竟会变得怎样。对这些牢骚，特娜起初并不在意，她觉得这只不过是工作压力下的正常情绪宣泄。她那时正读儿童教育学博士学位，也有自己烦心的问题：等拿下学位是先找工作，还是先生孩子？两人年纪可都不小了。

又一个春天刚刚开始时，特娜明显感到，蒙地的抱怨变得愈加频繁，并且时常对着空中自言自语，说着一些令人费解、难以连缀的奇谈怪论。她想，是该跟他好好商量一下人生大计了，这恐怕是个真正能够改变他的状态的办法。教，他不信，不但不信，还不允许她和教友们在家里聚会；唯一的一次，她和她的教友们以及他们敬爱的主一起，就大大领教了他的厉害。

某个春意绵绵的黄昏，蒙地又在开始长篇大论地陈述病与非病的界限这一纠缠他已久的命题。他说得口沫四溅，面红耳赤，指天戳地，捶胸顿足，语速越来越快，声音越来越响，状态比一个最为狂热的牧师还要势不可当。特娜趁他一个回合与又一个回合之间换气的间隙，小心翼翼地插进一句话去，亲爱的，你看，咱们是不是……该要个孩子了？闭嘴！你这个蠢女人，你就别做这个痴梦了，我对这世间的一切早就忍受够了，我绝不会再去炮制一个新的生命，让他来承受这灾难深重的人生！当时他这么大喊大叫着，暴跳起来，一把将她推倒在地，冲出家门，驾车疾驰而去。

那天小镇警察局出动了七八辆警车，直闹到半夜，才在离家很远一处高速路口，将他拦下。

从此，他成了他自己从业那家医院的病人。

特娜说，起初，药物控制得还比较理想，蒙地病症的发作间隔还相对较长，隔上两三年才进一次医院。但越往后，药效就越差，发作频率就越高。最近几年，甚至一两个月就会复发一次，就得住院。她说，她也不明白这是怎么回事。她说，药可是越用越先进了。她说，也许，不如意的文化和生活环境，是他发病的根本诱因。假如生活合乎理想，比如说，在一个熟悉的、亲近的文化环境里生活，那么很可能，他就会像一个正常人一样生活下去，潜伏在基因里的某种成分，永远不会被诱发。当时默默听她这么说着，我心里却并不以为然。我想的是，对于一个像蒙地这样天生异秉的人来说，合乎理想的生活，永远无处可寻，他人眼里再滋润如意的人生，在他看来，都是一片荒凉，或者干脆如同针毡；像他这样的人的灵魂，生来就是为了追逐悲伤，品味痛楚。而那些潜伏在他血脉里的全部基因，也一定不会浪费它们只为塑造他这一个人而存在的意义。

终于找到阿凯说的地方——“窄门”，一幢大门涂抹得花里胡哨完全看不出本色的厂房。

敞开的门里，晃动着一些装束另类的男女。比起刚才一路经过的门面，这儿算是人气旺盛的。蒙地显然提起了兴致。看来，现在国内跟以前是不一样了，变化到底是有的。这里的生活，确实要比我们那座小城有趣得多。我感觉我有些像个乡巴佬，一个假洋鬼子乡巴佬。他甚至回过头来望着我，罕有地开了句玩笑。

走进大门，立刻闻到一股浓郁的现磨咖啡香气。靠近门边处，一张锈迹斑斑的铁制工具台旁，斜倚着一个长发男人，面前摆着一整套磨、煮咖啡具。有人走过去，丢下一张百元大钞，端走一杯。可真是慈善价啊。我不禁嘀咕了一声。正宗的蓝山。长发男人正眼也不瞧我，不屑地回敬一句。

当我还是一名初来乍到的外省青年时，曾经热衷过一阵城中形形色色的时尚活动。记得是在一个东北籍诗人的诗朗诵会上，第一次喝到现磨咖啡。诗人女友精心炮制的，特级哥伦比亚豆。所有来宾都夸好，唯有我脱口而出，怎么这么酸啊，还没雀巢的味道好呢。诗人女友立刻赏了我一个大号白眼。

我在大厅里东张西望，注意到这儿的展示其实是个大杂烩。标有阿凯名字的摄影图片，只占其中一小部分，另外还陈列着至少三种不同风格的绘画和一些不明所以然的雕塑。除了阿凯的，其余作品下面都贴着价签，最便宜的也得若干个千。

我还没来得及指点，蒙地就有如心灵感应一般，径直朝阿凯的大作走去。他先是驻足凝神细看了两幅，随后便越看越快，仿佛失去了耐心。

你这新欢可算得上是年份久远啊，怎么，非得在老男人这棵树上吊死吗？阿凯阴阳怪气的声音突然从我背后冒出。少胡说，不过是个普通朋友。普通——阿凯吊着眼梢，诡笑着，朝蒙地那儿瞟了两眼——普通朋友，你肯放下矜贵的身段，这么大老远不辞辛苦地陪着来吗？当然，你这朋友气质不俗，内涵一望而知深远，遥想昔日风采，应该相当可观。看来，由于生活阅历多姿多彩，你的鉴赏口味算得上是相当复杂，从这位老朋友到我老爸，这期间跨越力度之大，足令我等毛头小子叹为观止……你先别说，让我猜猜看，他是干什么的。基本上，我觉得首先可以排除他是文化圈的。文化圈里的，那气质，你也知道，净假模假式的，揣着那什么装清高，要不就干脆摆出一副我最那什么我怕谁的嘴脸……

阿凯高论未完，蒙地已经浏览完图片，朝我们这里走来。赶紧闭上你的乌鸦嘴，别让我栽面子。我急忙小声叮嘱阿凯。

这位就是我们大有潜质的摄影新秀，为了能够用第三只眼睛好好看世界，不惜辞掉了一只金光灿烂的饭碗。值此两位英美博士的光环下，我这等闲人物理应退避三寸，恭听高论。我热情地向蒙地介绍着阿凯。我希望他们两人能够度过一段愉快的闲聊时光。我甚至在想，应该去买两杯高贵的咖啡，以助二人谈兴。

年轻人，我很赞赏你的热情，不过依我看，你的视线还仅仅停留在对生活表层的浮光掠影上，表现手法还仅仅停留在感官愉悦上，整个作品缺乏对生活的深层思考，缺乏撼动人心的悲壮力量。我想，这也许是你生活在一个一切来得太容易的时代，所以即便你走了一些地方，浏览了一些风土人情，但你还不懂得如何去探知那些表象下面的幽微大义，还不能够用一种足以让灵魂疼痛的力量，去撕开生活那层光怪陆离、背离本真的外壳。

没想到，蒙地一开口就如此不客气。尽管面对的是一个年龄差不多只有他一半的大男孩，但他的倔犟劲儿发作得毫不含糊。我立刻感到非常尴尬，阿凯看上去也相当不爽。

先生，您是从事什么职业的？作家？美术家？还是评论家？阿凯貌似恭敬的口气里，隐隐带有挑衅的意味。我扯了扯蒙地的袖子。来来，咱们到那边坐下慢慢聊。哎，你们看那件雕塑挺有意思的，那俩老外是不是想买下来？

对身旁这两个男人的情绪，我很清楚，自己负有不可推卸的引导责任。我实在不希望今天这出本该轻松惬意的社交游戏，被一场不合时宜的争执给彻底搞砸。我将两个男人领到靠窗一排沙发旁，那里远离人群，相对安静。

年轻人，我的看法和我的身份有什么关系吗？蒙地站在沙发旁，并不如我示意地坐下。他的思路不但没有被打断，相反，语气中的傲慢变得更加明显，腰背板得格外的直挺，两只垂在身边的手，也开始微微地痉挛起来。

我的神经也格外得绷直起来。

尊敬的先生，我从不反对真知灼见，也誓死捍卫您的话语权，但我还是不得不说，您的审美观念也许太古典了，或者干脆说，太陈旧了。虽说艺术门类不会因时代变化而有爆炸式的增长，但艺术观念日新月异的改变，恐怕是您这一代人所不太容易理解和接受的。据我的判断，您大概不是一位艺术鉴赏方面的专家，您很可能只是一位偶尔对艺术瞥上一眼的好奇者。不过，我会对您的一切看法都持谅解态度，一知半解妄下断语的人，生活里比比皆是，假如我句句都在意的话，大概就什么也别想做了。阿凯像一只受到挑战、抖起翅羽的小公鸡一样，夸张地打起手势，脸色也红涨得如同鸡冠。

有人朝这边张望。我迅速走到咖啡台旁，放下两张百元大钞。

坐坐，咱们边品咖啡，边从容高谈阔论，如何？瞧，沙发这边阳光多好啊！我端着两杯热腾腾、香喷喷的咖啡回来，一面又悄悄瞪了阿凯一眼。

没等阿凯接过我的眼神，蒙地这边又开了口。年轻人，可以告诉你的是，我的确不是艺术鉴赏方面的专家，我所发表的看法只是凭借一点直觉。不过有一点，我却可以以一个医学专家的身份发表一下见解：你的神经太脆弱了，如果你想在你所热爱的领域里有所建树的话，它会大大妨碍你的成功。他眼神忧虑，口气凝重，仿佛正面对一个潜在的病患。

阿凯无比惊讶地望望蒙地，又满怀疑虑地瞟了我一眼。然后，他的眼中重新流露出桀骜不驯的神色。尊敬的先生，我对我神经的健康从不怀疑，我也对我在自己热爱的领域里能否有所建树抱有坚定的信念。顺便提一下，您现在不是在您的诊疗室里，我也不是您的病人。

以前我只知道，阿凯在能说会道上是青出于蓝，现在我才看到，他在不会审时度势见风使舵上，还要远胜于蓝。

朝这儿张望的眼睛越来越多，眼前的两人，却还丝毫没有要安坐下去的意思。两杯高贵的咖啡一直在我手里颤抖，保持着危险的平衡。哎，这么好的咖啡，都快凉了。我绝望地打着岔。

可怜的孩子，这正是问题的所在。正如我见识过的那样，没有哪个病人，愿意承认自己有病，他们总是认为自己正确，错的都是别人和这个世界。唉，我的可怜的孩子。蒙地叹息着，用一种悲天悯人的眼神瞧着阿凯，仿佛他已病入膏肓。

阿凯气急败坏，冷笑连连。哼哼，我今天真走运，免费听了堂神经病专家的课。在您眼里，大概这世界上所有的人都是病人，神经都有问题，但我不知道，您是否给自己的神经也把了一把脉?

阿凯，你太过分了！我呵斥了一声，抬手就要去打他。哗啦，一杯咖啡摔到了地下，汁液溅了我一裙子。我急忙朝后一跳，另外那只手一抖，另一杯咖啡也应声落地，四面开花。

蒙地的浅色裤腿也溅上了一片咖啡，但比那被咖啡毁了的裤子更难看的，是他的脸。一阵苍白，一阵铁青，很快，完全铁青。

我来不及顾及那两杯昂贵的咖啡和昂贵的新裙子，以及所谓的风度。阿凯，你怎么能这么无礼？你必须向我的朋友道歉，否则……

对不起，我没有任何恶意，我只是一下子接受不了您的教训，不，教育……我承认，我有点年轻气盛，不知天高地厚……我诚心诚意……

相信是蒙地的脸色，比我的发作更为有效。

蒙地朝阿凯走近一步。大厅里一片寂静。我紧张地盯着蒙地。我的神经绷得只要再听见一声眼皮的眨动，就会将我砰然弹上半空。然而，蒙地只是冲阿凯轻轻笑了一笑。与其说那是笑，不如说，那只是嘴角一个极力控制着的抽搐而已。年轻人，你不用道歉，因为，你根本不知道你在说些什么。他的声音平静有如空气，但他的手抖得就像中了电击。

蒙地转身朝大门走去，我急忙奔跑着去追赶。

别跟他计较，他不过是个毛孩子。现在的年轻人，都这副德性，狂妄自大，不知天高地厚，更不懂得尊重长辈……

长辈，哈。仿佛我的话是一只用力朝后拽了一下他的手，蒙地放慢了一下步速，朝着前方咧开嘴，狠狠地，几乎是恶狠狠地笑了一下。那两道法令纹，几乎又要将他的脸撕成几瓣。悲伤，无奈，通通顺着那两道深如沟壑的法令纹流淌下来，流过他瘦骨嶙峋的脖颈、肩胛，流过那单薄得如同一片秋叶的胸膛，直达那如果不是因为行走的力度，在宽大的裤腿里几乎就看不出形状的腿脚。看来，我是真的老了，过时了，在这个时代显得那么多余……可是为什么，在从前，在任何时候，我也显得那么多余呢……过去，真的比现在更美好吗……生命，为何如此残酷……

他继续大步急速朝前走去，仿佛要尽可能快地将这片不属于他的世界，远远抛在身后。他行走的速度快得惊人，仿佛身体受着一种超自然力量的支配，不是脚踏大地行走，而像是在空气中游动，我小跑着追赶都很吃力。他两手在身体两侧高频率地往复摆动着，活像两条疾风中的风干鱼。

噢，风干鱼，那该死的风干鱼啊！

谁能告诉我，我是在什么时候，什么地方，因为什么，被生活抛弃的？斑白的头发，交织着断断续续的只言片语，在风中纷乱如麻。

又经过那间退休办。那几个半老男人，依旧倚在门边，依旧捧着罐头瓶子改造的水杯，依旧在贫嘴斗舌。我啊，现在吃的药比吃的饭都多，每顿一大把药下了肚，根本就没地儿再搁饭了。嘿嘿，你这倒好，不是给家里省粮食省银子了吗？吃药医保给报，吃粮食可没地儿给你报啊。所以说不是吗，这人到什么年纪说什么话，到什么牙口吃什么玩意儿；就在头二年，我还跟我们家老太太较劲哪，说我这辈子到死都不会去医院，现在倒好，跑医院跑得就跟有个二奶在那儿等着似的，嘎嘎嘎……

蒙地一阵风似的掠过去，一眼都没瞟他们。

出了厂区，来到街口，阿凯的车刚好也追上来。他再次诚挚地表示歉意，说要送我们回去，但蒙地已经拉开一辆出租车车门。

出门时的兴奋，如同一串降临在久旱之地上的寥落雨滴，还不曾滋润那深壑龟裂的大地，就已蒸发无踪。这一路行去，蒙地始终紧闭着眼，紧闭着嘴。直到车子停下，他的手在我手心里，依旧像一条濒死的鱼。

司机大声报着价钱。我望着窗外一怔。怎么给拉这儿来了？这不就是你上车时说的地儿吗？司机从后视镜里睨着我。我慌慌张张付清车费，赶紧拽着蒙地下车。

蒙地看上去对到了什么地方、走向何处全不在意，只是一言不发，只是一味跟着我走。我完全想不起来，上车时，自己是怎么跟司机说的目的地。我无法确定，自己当时真的是无意识，还是受着某种潜意识的支配。

进了屋，煮上一壶咖啡，端上一小碟饼干，将蒙地在沙发上安顿好，再去准备迟到的午餐。

看了看冰箱里的全部家当，弄一顿说得过去的饭菜还是没问题的。一只很久以前买的绿鸟鸡，拿出来用微波炉解冻，待会儿可以做一道红烧鸡块，然后再来一道蒜泥茄子，一道油焖香菇菜心。蒙地一向喜欢美食，一顿可口的饭菜，应该能让他的心情变得好一些。我做饭水平一向不差，只是很少有兴趣为自己精心做，为别人悉心炮制，也是久违的事了。今天算是一个意外，这样的意外，天晓得何时再有。

将冻鸡放进微波炉解冻，泡上香菇，动手切葱姜。

一声嘶吼传来，我差点将菜刀打翻在脚背上。一步冲进客厅，就见蒙地正蹲在墙角那只小皮箱前。箱盖四敞大开，那些废旧胶片拖得满地都是，如同魇梦的卷须。油油站在不远处，把自己完全拱成了一张弓，怒目圆睁，脊毛高耸，身上的棕黄色斑纹比起平日格外鲜艳，活像一头正蓄势发力，准备展开一场守土厮杀的恶虎。

自从发现珍藏的宝贝成了一堆废品，我就将它们连箱子一起放在了墙角。尽管那些胶片已经失去实际价值，但它们稳稳地待在箱子里，箱子稳稳地待在我的视线范围内，仅仅这种形式，就多少还能给我一丝安慰。那个角落立刻成了油油的最爱，取代了多年来我枕边的宝地。无论是睡是醒，无论白天还是黑夜，它几乎须臾不肯离开那箱子。它常常蹲踞在箱顶，抓挠一阵，沉思一阵，要不就歪着脑袋打量着我出神。有两次趁我不在家，它成功地拱开箱盖，钻进去大翻大挠，将胶片拖得满地都是，害得我一进门差点中了连环绊马套。

我过去小心哄着蒙地。年代太久远了，画面有些受损，等我有时间，找地方看能不能修复一下。

蒙地也不瞧我，只将胶片一盘盘再次卷好，放回箱子，合好箱盖，走回沙发前，重新坐下。

油油迅速冲过来，跳上箱盖，收复失地。

不用骗我了。我的神经有时可能会不太正常，但我的智商从来没问题。我很清楚，它们全完了，那不过是一堆废物罢了。蒙地的眼睛透着难以探底的虚空，犹如两个干涸千年的泉眼。

我靠着他坐下，脑子里一片混沌，眼前所有物体都在向着远处退缩，变小。整个空间仿佛都在离我远去，要将我和身旁这个如同被一阵不明来路之风吹到脚下的一片落叶般的男人，抛弃在一个荒凉的遗忘之墟。

我们，真的有过共同的过去吗？干涸的空洞转向我。我朝他靠得更紧些，以避免和那双眼睛对视。我将手臂绕上他的脖颈，将嘴唇贴近他的耳朵，极力从肌肤相触中为自己寻找着生命的存在感。我们，当然有共同的过去，正因为有，所以此刻，我们才会一同坐在这里，一同寻找往事的影像……

蒙地的头软软地搭在我肩上。我感受到了那些粗硬的、钢针一般的刺扎，它们刺着我的脖颈，也刺着我的大脑神经。

我手头那几张少得可怜的旧照，在一次失火时，全给烧了。说起来，那也不能怪别人。那把火，是我自己点的。当我点起它时，我根本不知道是为了什么。当我明白是怎么回事之后，那些化为灰烬的东西，已经无法复生。现在，你的胶片也毁了。这样一来，关于往事，我们剩下的，就只有大脑里那点可怜的记忆。人会老去，大脑会老去。记忆是靠不住的，它们一年比一年稀薄，一年比一年千疮百孔，一年比一年远离我们……就像是你，迟早也会离开我，此时此刻我们的共同存在，最终也只能成为一段模糊不清、千疮百孔的记忆，成为一截报废的胶片……

蒙地双臂紧紧箍着我，就像一个害怕失去唯一一件玩具的孩子。再收藏也会遗失，再相守也会分离……你迟早会离开我，事实上，你正在离开我……我正在失去和你有关的一切，我正在失去我生命的一部分，不，全部……

干燥的、失去弹性的嘴唇，在我耳根呼着久病之人特有的口气，朝我脸颊缓缓移动。我屏着呼吸，竭力想象着曾经总是呼着清爽好闻口气的那张嘴唇，想象着那个曾经活力洋溢的身体，想象着曾经盛开在废墟之中的那场旷世之爱……

你是谁？就在眼看要贴上我嘴唇那一霎，干燥的嘴唇突然移开，紧箍着的拥抱也一下子松开。

我怎么会在这儿？蒙地身子朝后仰去，用一种无限出离的眼神看着我。这是哪儿？

一股强烈的糊臭味儿，比那久病之人的口气，比那空洞、出离的眼神，还要有效地让我彻底清醒过来。

第六章　摇曳的马樱花

一朵朵淡粉红色伞形小花，在枝头竞相争艳。干燥而带有灰尘气味的空气里，浮动着马樱花特有的甜香。

通往省电视台的那条街，原本一溜儿清爽的灰墙，已经被无数个花花绿绿的小百货店抹去。假如不是高高的马樱花树一如往日地伫立路边，我一定会以为自己走错了路。

最近一次回来，已经是将近十年前的事了。自从父母移居海外，去哥哥那里安度晚年，我就再也没能找出说服自己重返这里的理由。

如同眼下一样，久远以前那些年代，每到初夏，马樱花就会在枝头摇曳，熏染得整条街道一片幽香馥郁。只不过，年少时的我，从未有过足够的心思，细细品味这股气息。久远以前那些年代里，我始终固执着一个念头：这座城市粗糙，乏味，缺少情调，自从来到这里的那天起，我就注定将日益接近离开这里的一天。

在那些马樱花暗香浮动的岁月里，我不曾留恋过这里；在那些马樱花暗香不再浮动的岁月里，我也不曾怀念过这里。但是，当我如今重新闻到这股气息，当我的心因而像枝头那淡粉红色小花一样轻轻摇曳时，我才意识到，无论我离开这座城市多久，将它遗忘多久，它都不会将我视作陌路，不会排斥我，正如它从前不曾轻视过我，不曾吝啬过它所能给予的一样。

那段我曾以为可以抹去的生命痕迹，其实，就像这马樱花的气息一样：它始终氤氲在这城市的街巷间，它从未消失过，也不可能消失。

辗转联系上艾童。

当年我决定离开，永不回头时，她抱着我哭泣，你走了，我可怎么办。我和她是高中同班同学，大学她多考了一年，同系不同届，幸运的是，分配工作又分到了同一个单位。混迹于记者行列那几年光景里，我跟她在一起的时间，比任何一位男友都多，我跟她的私房话，当然也就比跟任何一位男友要多。我带着两件小小行囊起程前往北京的前晚，我们俩同床共枕了一夜。她说，虽然我们的友情这么悠久，虽然我这么不愿意你离开，但我还是留不住你，这就说明，最知心的女朋友，也不可能让人刻骨铭心，甚至敌不过对一个萍水相逢的男人的怀念。我说，再好的女朋友也只是用来谈心的，再知心也不能代替一个男人的身体给人的感觉。听了这话她突然抱紧我，说，那你闭上眼，把我当成男人试试。我说，闭眼也不行，气味就不对。我又说，我一定要走，这儿无论男人还是女人，都留不住我，不过你呢，倒是应该好好找个男人，好好当一回女人了。

我刚喂了一声，那头就大叫一声，宝贝儿，你被男人抛弃了吗？我身下旅馆椅子顿时一阵乒乓乱响。额滴神啊，姐们儿，多年不联系，你的想象力提升得也太让我惊讶了。嘿嘿，嘿嘿。那头干笑了几声。不是想象力的问题，而是除了这种可能，我实在想象不出，你为什么会在十年音信杳然之后突然想起我，哼哼，我想你总不会是想让我相信，你跟我联系的目的，就是为了重叙旧情吧？我不得不满怀愧疚地道歉，亲爱的，我确实不配当你的朋友，所以无怪说，女人的友情，通常是靠不住的。那头又哼了一声，所以你走了以后，我很快就认识到，我确实应该到男人身上寻找安慰。那头忽然压低声音，像是要揭穿一个惊人的秘密。说来你可能不信——宝贝儿，你坐稳了吗？时至今日，我已经打发掉了三任丈夫，现在，第四任非正式的，正在电视机前打呼噜呢。我连忙一迭连声地回答，我信，我信，亲爱的，我绝对相信，时至今日，我早就修炼成对任何事实或传闻都不会吃惊的超级妖精了。我继续慷慨地送上奉承，那就祝福你，达到了一个成功女人的顶峰：在夜晚的某扇窗子里，赢得了一盏为自己守候的灯光。可糟糕的是，宝贝儿——那头的情绪又一泄千丈——问题是，我发觉，我还是没能找到丝毫安慰。你说，这安慰，它们都去了哪里？我情绪也跟着一泄百丈。亲爱的，一只猫咪，或者一只狗儿，它们也许会为你多少解开一点这个困惑。那头长叹一声，可是，气味不对呀。又叹了一声之后，忽然重新变得兴奋起来。算了，不谈我了，还是告诉你一个可能会给你带来安慰的消息吧：宗一，你的宗一，刚刚荣任省委宣传部副部长，还是省委最年轻的副部长呢。不等我这边有所反应，那头一口气说下去。怎么样，惊喜吗？要不要我牵线，找个机会安排你们重逢一下？他现在不光事业成功，风度也修炼得今非昔比不同凡响令人垂涎三尺欲火中烧了呢。

我抓住她稍稍喘息的间歇，毫不迟疑地回答，你能垂涎他我十分高兴，他能令你欲火中烧则更令我无上欣喜，然而对我来说，如今任何男人的风采，对我都已构不成威慑力，包括普京先生。再说，假如真有必要，我完全有勇气去直接面见其人，不必借他人琵琶半遮面。

我望向窗外那摇动的马樱花树冠，嗅着那隐隐袭来的幽幽甜香。亲爱的，让我们把有关男人的话题暂时抛到脑后，言归正传吧。假如你不记恨我多年来的无情无义，那就赶紧替我打听一下，现在台里还保存有二十年前的资料片吗？我想找一找当年我在高原地区拍的那些素材带。我自己保存的全毁了。那头哧了一鼻子，嘿，你这个中风症患者，中了怀旧风……这样吧，我陪你去找主管副台长，你也认识的，咱们老同学，让他给资料室打个招呼。

和老同学副台长的见面，完全被一个意外的话题占据了。刚一寒暄完，不等我说明来意，他就兴致勃勃滔滔不绝起来。

你来得实在太巧了，我正打算发动人力掘地三尺找你呢。早年间你不是参加过那场著名的漂流探险行动报道吗？今年正好是二十周年，我台准备牵头搞一场大型纪念活动。幸存的老队员，国内的，只要是还活着的，都联系上了，当年跟随采访的记者，也都在一一联系中。我们计划再过一个来月，等高原气候达到一年里最好的时候，活动就正式启动。就在今天早上，我还担心，要万一找不到你，该会给这场纪念活动留下一个多么难以弥补的遗憾。没想到，我这心一有所思，你人居然就现身了，真是诚意可动天啊。非常值得一提的是，你知道担任这次活动的顾问是谁吗？猜猜看。嘿嘿，猜不出来吧？那我告诉你吧，省委宣传部宗部长，宗副部长！他代表省委宣传部，给予了这次活动舆论上的大力支持，指示我们要配合当前形势，把这次活动搞得声势浩大，影响深远。活动经费当然不成问题，一些已经上了省内富豪排行榜的老队员，为这次活动砸下了重金。活动形式方面嘛，那当然就是重登源头，重走当年路。自然，是早漂；好汉难过岁月关，水上雄姿是难再现了。沿途走一走，看一看，回访一下当年救助过自己的老百姓、有关部门，抚今追昔一番，畅叙友情一番。报道方面，省内主流媒体全部参加，我台跟踪拍摄纪录片。特别值得一提的是，中央级媒体也表示出了极大关注，准备与我台联合制作专题节目。怎么样，这消息让你激动吗？让你热血沸腾了吗？

看得出，热血已然在老同学的血管里沸腾了。当年报名参加报道，他可是远比今天冷静得多。记得那时他对我说，听说台里就要讨论分房了，我可不能在这个节骨眼上缺席；再说，这次报道跟别的不一样，是有风险的，弄不好会赌上小命的，奉劝你三思。我回答他，你不用担心，我都三三得九思过了，我这人干什么都偏好顶风而上，顶风作案；再说，我跟你不一样，你是结了婚的，我还没这个打算呢，分房关我什么事？

望着老同学那红涨的脸，我想，现在，他的住房一定大到让他备感空虚了吧？听艾童忿忿地说过，台一级领导，住的都是台里统一盖的领导楼，三百多平方米的大复式，只象征性地交个七八万元。

遥想当年了是吗？忆往昔小乔未嫁时，飒爽英姿风华茂，踏雪红梅一枝俏。见我没有立刻作答，老同学拿出往日的油嘴滑舌派头，调侃起来。

得了，别现在嘴头子上卖乖了，你忘了我那时刚回来，你说我怎么变得跟个包公奶奶似的了吗？我反驳着，心里却不免被老同学的话勾起几分悸动。劫难已远，恩怨已远，阅尽沧桑幸存下来的老友，重逢一处，拥抱，流泪，欢笑，叹息，也该是一杯别有滋味的人生下午茶。无论是谁，能在我青春的生命里路过，掠过，留下印痕，就都是今生一段难得的缘。但是蒙地呢？可怜的蒙地，与众不同的蒙地，特立独行的蒙地，有兴致参加这么一场闹哄哄、很可能并不对他胃口的活动吗？

只要工作安排得开，届时一定共襄盛举。我与老同学周旋着。这叫什么话，还留下伏笔了？应该无论如何拨冗前来。十周年错过了，二十周年不来，难道还要再等三十周年？真要到那时，就算你能来，可能今天的某个人，你再也见不到了。

我顿时一阵黯然。十多年前，初到京城不久，食宿无定，饭碗不牢，前程难料，心中除了对生活的担忧，无暇更有旁骛。更何况，十年，还不是一个令人无法释怀的数字，怀旧，还是一件远未列入收藏计划的奢侈品，就连彼岸的蒙地，那时不也还未下定决心回国？如今，与往事的距离，恰正是一个既引人怀念又不至于不良于行的里程。靠着药物和精心照料，蒙地现在应该还能够和老友们坚持共行一程，再等到下一个整年，不要说他的状态，就算是我的状态，谁又敢有把握确定？

老同学看出我眼神的游移，压低嗓门再加一把火。何况，还有宗部长的期待。与此暧昧语气的同时，抛来一个更为暧昧的眼神。这可让我真有些按捺不住了。这一整天里，无论艾童，还是他，都在热衷于向我强调这一点。他们似乎一致认为，宗部长，宗副部长，是一根肥美的胡萝卜，足以令我这头饥饿的驴子，亦步亦趋，垂涎不已。

我是否能参加这场纪念活动，跟有没有宗副部长的期待，毫无关系。能来，我不会不来，不能来，谁也无法勉强，就算是宗正部长宗正省长宗总书记期待也没用。这场活动不会因为我的出现与否增光或减色，就像当年那场探险，不会因为我的参加与否改变分毫价值。我知道我是谁，我明白我的分量，我不承担任何人的期待。

老同学副台长还算有风度，用一连串干笑掩饰了被我抢白的难堪。呵呵呵，好，好，好，还是当年风范，还是那么真性情，真是江山易……哦不，岁月不改巾帼本色啊。我们算是身在江湖身不由己惯了，要都有你这么潇洒就好了。仰起的头落正，无比诚恳地看定我。不过，人生能有几回聚，聚上一回少一回，还是能聚则聚吧。人世茫茫，多少人擦肩而过，多少人奔走陌路永不相交。人跟人千年才能修得同船渡，你们这些老朋友，可是真正同船渡过的啊。呃，对了，听一些老队员说，当年队里还有位队医，北京来的，对他们全心全意的救助，让他们念念不忘，但是这么多年来一直杳无音信。你在京城，消息灵通，看是不是能设法打听一下。

看来，艾童是决心要把促成我和宗一见面进行到底了。她一定要我跟她去参加一个什么文化纪念碑落成剪彩仪式，说到时宗一会到场讲话。我说，你就别煞费苦心了，人生如流水，桃花处处开，总纠缠过去那潭死水，不是我的为人做派。她说，你可别把我看得太没见识了，我绝不是鼓动你纠缠过去，我也知道你从不趋炎附势。我只是记得，你一向喜欢谈论人性、人生，这就算是你的一种人性观察，一种人生体验不行吗？你静静地躲在人群中，好好冷眼观察一下他身上发生的变化，看看这么多年过去，随着地位的升迁，他的人性是升华了还是堕落了，从而丰富你的人生见识。你说这有什么不好？

必须承认，艾童，不愧为我曾经最知心的女友。

仪式在郊外一个风景区举行。

艾童跟我到达时，她的手下，两位先到的年轻人，一名女主持，一名男记者，正在忙着录制介绍背景情况的镜头。女主持过来打招呼，艾童向她介绍我。噢，姐，刚进台时就听说过您的大名，今天见了，真不敢相信，您看上去还这么年轻，岁月一定是把您给遗忘了。端详着那张无比清纯的笑脸，我不由得想，这女孩的人生道路，一定会走得比我更远，更加多姿多彩。

抱着摄像机的小伙子跟我们点了个头，就只顾跟在女主持身后转悠。很明显，他在讨好那女孩，但女孩却十足一副爱搭不理的派头，除了面对镜头，其余时间根本不正眼瞧他。

仪式开始之前，我的目光一直在追随着那两个年轻人，为他们身上散发的那股无法阻挡的青春魅力而沉醉。属于青春的一切，原来从来都如此美丽，即便是骄傲，是错误，是谎言，是欺骗。有关青春的一切，都让我深深眷恋，无限追怀。

当年，和我一起分到省电视台的毕业生，除了我，其余四个都是男生。一个学新闻的，一个学中文的，一个学外语的，剩下一个物理系毕业。学物理的也能当记者？这是我对那个叫宗一的男生说的第一句话。

尽管我当时的口气流露出再明显不过的轻蔑，但那名来自一个小县城的物理系男生毫不在意，只是极其诚恳地回答我，我写文章是不行，要好好向你们学习。后来我才知道，他原是被分配到设备管理处搞设备维修的，只是因为台里集体宿舍床位紧张，领导就让他跟我们几个文科生一起，先下到驻地记者站，实习一阵新闻采访，等什么时候集体宿舍有空床位了，他再回归本行。

在那实习的半年里，有三个月，只要从记者站返回台里送拍摄好的新闻素材片，我就不放过每一次机会，和宗一之外的另外三个男生嘻嘻哈哈，眉来眼去。很快，其中那个外语系毕业的，得到了我的格外青睐，因为他有本事把每一句话都用中文说得机智风趣，让人乐不可支。到了第四个月上，我基本上只跟他一个人聊天了。过生日时，我收到了这名男生的一瓶外国高级香水。他说是他家海外亲戚带回来的，法国名牌。那时我对香水的认识，还仅限于美加净古龙水。古龙水，那是给男人沐浴后剃须后用的。外语系男生对我的无知嗤之以鼻。等到实习期临近结束，他终于向我流露出要去考托福的意思。眼睁睁看着一个满腹经纶的才子在本地大才小用，除了有病的，谁都于心不忍，对吧？他向我陈述得振振有词，声情并茂。我知道出身于外语学院教授家庭、本身又外语系毕业的他，驾驭英文能力与驾驭中文能力堪称并驾齐驱，我相信他要不考托福简直就是不给托福面子。另外一点，我也感同身受地认为，此地水浅不养蛟龙，一个横跨中英两种语言领域的才子想要大发展，离开本地是比铁还硬的道理。所以我就说，对，对一个真正的才子来说，要有青山处处埋忠骨的勇气。

外语系才子前往武汉参加托福考试那天，我正好在工作室里编辑一条片子。那工作室是个套间，我当时并不知道宗一就在里间。这就是他最引人注目的本事：一贯擅长不让人注意到他的存在。如果他和别人同时都在工作室里，只要别人不主动跟他搭话，他会一整天一言不发。

编完片子，天色已近黄昏。我想起报纸上介绍过的一部新上演的法国喜剧片。我决定先到附近小吃店吃一碗凉面，再去看这部德帕迪约主演的影片。我希望能用一部轻松胡闹的片子，来尽快调节好自己的心情。我往电影院打了个电话，问明了晚场开演时间。

等我吃完凉面，捧着一个烤红薯，溜达到电影院门口时，竟然发现，宗一也在那儿徘徊。他过来跟我打招呼说，咦，你怎么也来了？不过，恐怕我们只好等退票，售票处已经没票了。当时我一门心思只想能看上电影，丝毫没有意识到，这一巧遇所会引发的后果。就在我低头啃一口烤红薯的工夫，宗一就从一群人中钻出，举着两张票跟我说，瞧，咱们运气不错。

影片是一个老套的爱情故事，但它还是让我笑了又笑。当电影放映到一半时，我的心情已变得极为愉快，相信生活还有许多精彩机会，相信未来一切都在掌握之中，那个一门心思去考托福的才子，已经被我提前抛到了大洋彼岸。但我同时也察觉，一旁的宗一，几乎就没怎么笑过，几乎就让我忘掉了他的存在。这人心理素质可真不一般。我当时这么闪过一念。

散场后去推自行车，发现后胎瘪了。于是，又顺理成章的，宗一说我独自一人推车走回去不安全，坚持要送我回我父母家。

那一晚，我不记得我们一路都东拉西扯了些什么，但我能记得，没一句是有趣的。我还记得，到了我父母家附近，站在路灯下的宗一，那闪烁不定的眼神。我想他一定是不敢确定，假如拉一下我的手，会遭到什么样的反应。

如今回想起来，宗一应该是我认识的男性里面，唯一具备与我这种人相守白头素质的。假如在二十年后的今天，他的性格一定是我最为赏识的。但在那时，我想要的还远远不是这个。

在以后我们那些共同相处的日子里，无论我怎样心血来潮，突发奇念，他都能毫无怨言，默默承受，一切以我的喜好为转移，一切以我的意志为马首。以至于有一次我对他说，你之所以存在，看来就是为了衬托我有多一意孤行，多不近情理，多为所欲为。他只毫不在意地淡淡一笑，仿佛我所说的一切本该天经地义。我接着说，要不就是为了让我有一天离开你之后，迟早会感到深深的后悔。这一次，他转过脸去，没让我看见表情。

我这一生不经深思熟虑而做出的重大决定，绝非一件，而那唯一的一次结婚和离婚，便是其中的重中之重。

当年，当我走下高原，怀着自以为沧海桑田世事洞明的心情，重新见到宗一时，他望着我，眼睛红红地说，我们结婚吧。我冷冷地说，我不会跟你白头偕老的。他低下头去揉着眼睛说，那也结婚吧。我语气更加寒如千年不化的冰川，不出三年，我们就得拜拜。他抬起头看定了我，那我还是愿意和你结婚。

领完结婚证书那天，我去了艾童那儿。我们俩躺在一张床上，说了一整晚的话。她父亲是个老红军，家里有不止一处房子，她刚一工作，就独享一套两室一厅。直到现在我还记得，她用一副老气横秋的口气对我说，每个女人的一生里，都该有三个不同的男人，第一个是用来爱得死去活来的，第二个是用来共同奋斗打拼的，第三个是用来牵手共看夕阳红的。我问她，宗一算是第几个。第三个。她回答得斩钉截铁。

没过多久，按照对待已婚员工的政策，我和宗一从单位分得了一套两室一厅。与此同时，我也向宗一提出了共同生活的约法若干章，得到了他无条件的认可。

在那套房子里，我们分房而居，度过了基本上互不干涉的三年。说基本上，是因为每当我头疼脑热感冒发烧，那些贴在房门背后的约法若干章，就会暂时被宗一置于脑后。除了端水拿药，他还承包煮汤做饭。他既能煮出一锅炭烧米饭，也能把菜炒得跟腌咸菜一样，但他做的面条却棒极了。他竟然会自己动手和面，擀出又筋又细的面条，那是他最让我崇拜的一样本事。我平时虽不喜吃面食，但每到这时，一定会吃下去一大碗热腾腾香喷喷的打卤面。每当我病怏怏地躺在床上，看着那个忙里忙外的背影，就会想：其实，就这么生活下去，也没什么不可以，能这么活着，就该感恩。只是一旦身体复原，大脑就会迅速恢复常态：不，我还不能就这么生活下去，这种生活迟早会让我发疯，我将注定无可挽回地离开。

和决定结婚时一样，和宗一的分手也来得迅速，顺利。某个空中又飘浮起马樱花的幽香，和让人去意坚决的气味的早晨，我望着那双向来难动声色的眼睛说，我得办理停薪留职手续，我得走；就是不给我办停薪留职手续，我也得走，谁也别想拦我。那双依旧安静如常的眼睛慢慢转向窗外一树摇曳的粉红色小伞，说，我知道，只要是你想做的事，谁都别想阻拦，我只能送你一样我有能力送的礼物：自由，还有祝福。那时，宗一刚刚升迁到专题部副主任的位置，是台里唯一一名不到三十岁的副处级干部。当初实习期间，他敏锐的捕捉新闻的能力给领导留下了深刻印象，实习一结束，他就被从设备管理处调出来，充实到新闻部；没过多久，他又让领导领略到了他在选题策划方面的才智，转入到更能充分发挥才能的专题部。在我心不在焉混日子的那些年里，他始终走得踏踏实实，顺风顺水。因此，到了我决心离开他，离开那座我从未热爱过的城市，去“别处”寻找新的生活时，有关他的一切，已经让我可以完全彻底地放心。

和宗一了结了法律关系，和父母也就彻底闹翻了。母亲说，你会后悔的。父亲说，你二十年后准会后悔的。

席卷了自己那点不多的细软，搬到艾童那里住下。

办完停薪留职手续后，宗一来看了我一次。对我这样义无反顾一走了之，他表示了深深的担忧，而后，他提到了我们唯一一次同去看的那场电影。他说那次他在工作室里间听到我打电话后，特意提前跑到电影院门口等我；他说票也不是当时买的退票，是他将提前买到的两张退票先放在口袋里的。他说我自行车的气门芯是他趁我不注意时松开的；他说当他看到我被影片逗得不停地发笑，而他却一点也不觉得有什么好笑时，就意识到，我们之间的差异，远比他想象的要大。他还说，尽管他觉得我们那段充满后现代色彩的婚姻十分荒唐，但那时他始终认为，只要他有爱心，有耐心，总有一天我会改变想法，重新认识他，愿意和他一同亲密携手为未来的美好生活而奋斗。他最后说，就在我们前去办理离婚手续的路上，他仍然抱有幻想：也许，就在下一个路口，我会突然改变主意，因为这实在切合我的一贯做派。

那一晚，宗一一直不停地说，将我们认识以来所有他说过的话加起来，恐怕都没有那一晚那么多。最后，我看到那双我从未认真注视过的眼睛里，有一些令人心碎的东西在闪耀。谢谢你，能让我在你的生命里停留三年。我不知道你能记得我多久，但我会用我的一生，去记得你。

那时我那颗对他从来麻木不仁的心，空前地生出一阵内疚。我第一次强烈地意识到，我其实从未真正了解他，我肯定很深地伤害了他，今后的岁月里，很可能，我再也不会碰到能够对我有着如此深厚耐心的男人。我看着他放在桌上的手，那是双很普通的手，手指并不特别修长，指缝还算干净。经受了我三年的训导，宗一至少已经学会在公共场合让指甲保持干净这一点。至于别的方面，那双手，除了擀面条时，其余时间就像他的人一样，都只显得笨拙，木讷，难以激起人的别样欲望。但今晚，那双手，却让我有种想再握一下的感觉。握着这双手，静静的，只一小会儿，在展开一场未知的、很有可能危机四伏的生活之前，最后一次感触一下，这座城市在我生命中留下的温度。

喋喋不休的嘴巴终于沉默下来，波光闪耀的眼睛重新回归平复。我凝视着他，期待着某个小小的动作，或者某种微妙的示意。哪怕一个稍纵即逝的眼神，也足够我领会。但是，接下来，我听到的却是一个无比清晰的声音。不说别的，就是为了那套房子，我也不会忘记你，以后什么时候回来了，需要用得着我的话，一定跟我联系。那无比诚实的声音，顿时将我心头感伤的雾霭，吹刮得不见纤毫。我忍不住失声大笑起来。好的，好的，那当然。我清清楚楚地听出，自己的声音有多么轻松愉快，了无牵挂。

那确实是一个与其说是收藏不如说是遗失太久的秘密，就像以后许多年里，偶尔回想起来，宗一的五官轮廓，在我脑海里始终模糊不清一样。我常常怀疑，是否，我们真的结过那次婚。当年结婚，因为决定突然，而我又马上要出差，结婚证上的双人照，是我用两人单人照放在一起翻拍后，自己在台里暗房冲洗的。那也是我们唯一一张"合影"。随着结婚证的消失，我手头再没有宗一的照片。

宗部长，宗部长到了。人群骚动起来。一辆黑色奥迪由远而近。车子停稳，一些人物慌忙趋前，躬腰，胁肩。

让各位久等，部里临时开了个会，抱歉，抱歉。车门开启处，传出响亮、快活的声音。似曾相识的音色，与往日截然不同的气度。

下车后的背影，比那声音里的气度还要出人意料。浅蓝条纹T恤，水洗白牛仔裤。跟过去相比，身材几乎没太大变化。如果一定要说有少许变化，那就是，比从前更挺拔了。

瞧人家宗部长那腰，那才叫腰呢，手里要再拿根高尔夫球杆，那形象就更完美了。什么高尔夫，那多恶俗，多不绿色啊，人家宗部长根本不玩那个，人家只打羽毛球，那身手，矫健极了，简直就是青春美少男。你亲眼所见？岂止，还陪打过一场混双呢，嘻嘻！身边两个女人，肆无忌惮地聒噪着。

副部长大人大步流星，一阵风似的走上临时搭建的主席台。他生活一定很幸福，有个善于相夫教子的好太太。我目光追随着他的身影，这么想着。我觉得自己应该为此念感到十分释然，十分愉快，但不知为何，那释然和愉快却来得有所忸怩，有所缺欠，不那么足够十分。

主席台上没有椅子，所有人物一律站立。一排大同小异的啤酒肚中，唯有副部长大人玉树临风，从五官到形体，不见一丝赘肉。他脸颊比以前稍稍清瘦了些，这使得他的五官线条透出一种以往所没有的俊朗。变化最大的是眼睛。不仅仅是因为脸颊清瘦而显得大了，而是那种眼神。在他身上，变化最大的地方，就是那里。在那双眼睛里，散发出一股历经岁月磨砺之后方锻造出的既清澈透亮，又温润丰厚的光芒，有自信，也有谦和，既充满仁爱，又隐隐蕴涵着权威。宗一，或者说，已不再是那个宗一的这个宗一，昂首挺胸站立在那里，笑盈盈地望着台下，泰然接受着众生的敬仰。即便置身人群最外围，我也能够清晰地感受到，那股中年成功男人散发出的迷人气息，正越过我所能够抵挡的心理防线，逼人而来。

岁月如此有情，向他关上了我这扇小小的窗，又向他打开了另外一扇大大的门。这个我既熟悉又陌生，既了解又不解的男人，在与我分手后的岁月里，都经历了些什么，我不得而知，但显然，那个出生于一个偏远小县城的木讷男孩，业已把自己锤炼得跃然于潮流之上，成为男人眼中的翘楚，女人眼中的宠儿。也许，真得感谢我的离开，假如我还在他身边，他一定不会有今天这般成就，和这般面貌。早年间，曾有“半仙”朋友为我算命，说我命中是个吃独食的人，一生里从不成全别人。当日当时，我对此说嗤之以鼻，今日今时，我方始信服得无以复加。

远远领略着副部长大人的风采，不知不觉间，我内心已经充盈起十分的愉快。

轮到宗一讲话了。他没有用发言稿，完全是即兴道来。他娴熟地把握着语句节奏，声调高低掌控有致，不时穿插的手势，恰到好处地配合着语言表达，提醒听众注意他所强调的要点。我得承认，我根本没听明白他在讲些什么，但这种听和看的过程，绝对是一种赏心悦目的享受。我盯着他，目不转睛，生怕遗漏了哪怕最小的一个动作，最细微的一个表情。渐渐地，我开始感受到了某种来自灵魂深处的不安。我一向自认蔑视权威，从不向官职地位俯首折腰，但我没想到，在宗一的身上，权势和地位竟然能够体现出如此惊人的令人着迷的效果，它几乎让我霎时将人生信条抛诸天外。

副部长大人目光似有触动。我慌忙朝后退了几步，准备掉头离开他的视线范围。当我下决心转过身去之际，我相信，他看到了我。他的表情几乎看不出变化，他只是重复了一遍刚刚说过的一句话。

不仅仅由于艾童的挽留，我留下来参加了仪式结束后的自助餐会。

我先是将自己藏身在满满一盘蔬菜沙拉后面，再把自己安放在一个胖大女人背后。我的眼睛恰好能从她的肩颈缝隙处观察大厅。可敬的副部长大人正被几个小官僚模样的家伙包围着，他们轮番向他表述衷肠，一个个七情上脸，口舌翻飞，而他的目光则越过他们的头顶，在大厅里来回飘移。

大厅里，各路宾客摩肩接踵，各怀心机，各嚼其味，只有我知道，那个看似春风得意的男人，和我一样，无意于盘中美食，无意于官场敷衍。他只想寻找一个人，一个他曾深爱过、和他共同经受过一段青春创伤的女人。我怀着这个秘密，既欣慰又痛楚地注视着他。

噢，见鬼，谁说我命中只吃独食，从不成全他人？眼前的一切，不正体现出仙魔也难估量的我的能量吗：不仅仅能够摧毁生活，也能够成就生活。对，不错，是我造就了你！是我的离开造就了你今天的一切！谢谢你今天向我展示的一切，你让我第一次感到，我的抉择，对于他人生命，原来还能够如此富有意义。我在心底对着那个似曾了解、也许从未了解的男人窃窃私语。

胖大女人转过脸，注意起我。她半个嘴嚼着奶油蛋糕，半个嘴跟我搭讪。你这裙子可真漂亮，哪儿买的？地摊货。视线被她遮挡得一点缝隙也没有，我不由得暗自恼怒。呃——呃。胖女人差点让一口蛋糕噎着。我需要她的遮挡，所以不得不继续正面朝向她，被迫鉴赏她的吃相。你怎么光挑些青菜呀？为了保持身材吗？哎哟，你也太瘦了吧，听说这自助餐合一人二百五呢，不吃白不吃，我就是裤腰扣撑掉了也得吃，还专挑甜的油的吃，没办法，我的胃比我的腰重要，哈哈哈哈——胖女人肆无忌惮地说笑着，慷慨地向我展示着她的鼻孔和扁桃体。哎——我以前好像见过你。她忽然收起笑，盯着我，若有所思。你是不是叫……我不动声色地瞧着她，我是头一次来这儿出差。她讪讪地放下鼻孔，装作对一旁两个老男人的谈话感兴趣的样子，移过去跟他们攀谈起来。

再望去，场景已霍然转换。宗一正笑容可掬地听着一个年轻女人说话。我一下子就认了出来，是艾童手下那个女主持!

可以看清，宗一目光里的飘移已全然消失，神情也不再恍惚。他身体微微前倾，全神贯注地盯着那女孩，仔细聆听她吐出的每一个字，每一个标点符号，每一个短暂的停顿和呼吸。大庭广众之下，他们保持着得体的距离，然而，只有我能看出，他在抚摸她。他用那富于温情的目光，从她柔软乌亮的长发，抚摸到她青春俏丽的面庞，再滑向线条优美的肩膀，以至那丰满迷人的胸脯。他的目光，可说是活力毕现，毫无顾忌。

没有人注意我，没有镜子在映照我，但我能清清楚楚地看到，我，这个偶尔心血来潮经过一番乔装打扮，还自以为风韵犹存的女人，是一个多么愚蠢的存在。

我放下一口未动的餐盘，朝门口走去。宗一和女主持站立的地方离大门不远，他只要稍稍抬一下头，就能看见我，但是他没有。我加快了脚步。

就在跨出门去的那一霎，我听见艾童在喊我。这让我消失得更为迅捷，转眼之间，仿佛雁过无痕。

在台资料库里忙了两个多小时，我用一身臭汗两手黑灰，证明了管理员所言，由于保管不善，丧失了查考价值，上世纪90年代以前的资料带，被销毁得片甲不留。

一段青春血肉，就此失掉了任何影像凭据。

见到蒙地，告诉他要举行二十周年纪念活动的消息。他眼睛先是一亮，迅即又变得暗淡。我想念那些弟兄，我想，他们也会想念我，可是，我不想让他们看见我现在这个模样……

问题是，他们也会变得我们不敢认的，这就是岁月……再说，你不是也让我见到你了吗？我握住他的手。

再见……哼，不如不见。他的声音比他的眼神还要干涩。哦，那些资料片找得怎么样？他换了个语气。我扯了扯嘴角。蒙地打量我片刻，嘴角一扯，也露出一个意味深长的苦笑。

对你这趟去寻找的结果，我其实早就有预感，你不用担心我接受不了。出乎意料，他居然安慰起我来。这样的结局是让人难受，但从某种程度上说，也让人轻松，解脱。假如真的面对当年的画面，我不知道自己的神经会不会承受得了。说心里话，对于过去的影像，我是既想看，又怕看。他将脸再凑近我一些。再好好看看你面对的这张脸吧，好好看看。他重重地吐出每一个字，仿佛跟每一个字都不共戴天。他嘴里散发出的病态口气，重重地扇击着我的脸。不要说你，就连我自己，都无比厌恶。假如重新面对自己风华正茂年代的面目，除了会让我产生一种想要撕碎自己现在这副嘴脸的欲望，我想象不出，还会有别的什么感受。

许多的苦笑撕扯着蒙地的脸，那两道深深的法令纹扭动着，挣扎着，它们让他的脸呈现出一种比毫无笑容更加可怕、足以撕碎人心的力量。

那些画面，只能停留在那个时代，那个空间，一旦离开了那里，毁灭，就是它们最好的结局。这就像你我，此刻站在这里的这个男人，这个女人，其实只不过是两具与往日毫不相干的躯体。从前那两个人，早已随着那段岁月灰飞烟灭，再也不可能复生。

蒙地长长吁出一口气，重新陷入沉郁。阳光透过杏树枝丫洒落下来，他的脸在明暗交织中闪烁不定，一会儿像是他，一会儿又不那么像是他，一会儿又完全不像是他。

不，你说得不对。我们，就像这棵杏树，身体的一半死了，但另一半还在尽最大力量活着。样子不美了，但那股根源还在体内，它还是杏树，不是梨树，不是桃树，不是苹果树，当然也不是一棵枯死的杏树。你和我变得再不美，你还是那个男人，我还是那个女人；除了能是他和她，我们，今生今世，什么别的人都不可能是。

我没有勇气将这些话说出口，我只让它们在心底大声喧哗，我只是盯着那只依旧凌厉如昨的鼻子，抓紧手中的手，紧得就像一个担心将要失去最后一段记忆的痴呆症患者。但我并不能感到多少踏实。我感觉一会儿像是抓着他的手，一会儿又像是只抓着一段虚空。

吹上脸的风，送来一股青杏的清香，然后，是一股尘埃的气味，还有一股仿若某年春天，空气中那股让人去意坚决的气味。这气味如此分明，一阵浓似一阵地袭来，让我在一个浑若往日太阳底下无新奇的时刻里，意识到，我所抓着的，何止是一只不再细腻正在老去的手；我抓着的，是一只我青春的牵引之手，是一条通往我青春的唯一通道。

第七章　跟着你，跟着你

离开麻多乡，队伍又跋涉了整整三天，可是，依旧看不见小向导提到的那个源头标记。按照地图上标示的里程，从途经的源头地区最后一个定居点——麻多乡到卡日曲，假如行走路线正确的话，这会儿大伙早该在下漂途中了。

一直被老田当做宝贝的指南针，像是中了魔法，几天来，呈现出一种极具黑色幽默的效果。无论他何时拿出它比画，它永远会指示，正在行走的方向，就是最正确的方向。雇来的小向导开始越来越不那么自信，面对众人质询，不是支支吾吾答非所问，就是干脆沉默以对。

第四天清晨，暴雪突降，能见度急遽下降，两米开外就完全看不见人影，人就像是走在梦中。

积雪很快没过腿肚。走在队伍最后面的朵拉，接二连三不停地摔跤，花在爬起来上的时间，几乎比走的时间还多。医生跟在旁边一次次拽起她。老穆鼻子里直出冷气，嘿，这倒不错，还有专职跟班的哈。躺在雪地里的朵拉，几次甩掉医生的手。别管我，就让我变成个大雪堆算了。最后一次，医生自己腿也一软，被她带倒在雪地里。

并排躺着，觑着眉毛睫毛上结满冰霜的医生，朵拉忽发奇想：你说，要是大雪就这么把咱俩埋上，过一百年后，再让人挖出来，他们会说什么？会不会猜这俩人是殉情而死？

话一出口，她就知道失言了。医生丝毫没有发笑的意思，并且显然，还十分反感这话，这从他的鼻子上就能看出。

不知是不是由于原本皮肤白皙的原因，医生对紫外线的敏感度明显要比其他人高。这段时间，除了跟大伙一样变得脸黑唇紫外，他嘴角还结了一堆脓痂，鼻尖上爆起一层层干皮。一旦有生气的迹象，那一片片褐色的小鳞片，便立刻显出振翅欲飞的模样，使得原本就显出几分凌厉的鼻子，更加有股威吓人的气势。

爆满褐色干皮的鼻子朝朵拉的脸逼近。你这会儿居然还有心思想这个，你以为这是在拍电影吗？告诉你，不用等一百年，甚至三天都不用，你就会让这儿的饿狼给刨出来，吃得连骨头渣都不剩。

这话比任何力量都管用，朵拉一骨碌就爬了起来，并且在接下来的行走中，再也没有摔过跤。

除了目的地问题，还有一个新的问题在困扰老田：目前这种状况下，不仅大伙体力过度消耗，食物的接续，也正面临严峻局面。按照事先计划，随行所带食物，是足够吃到队伍登源之后再下行到扎陵鄂陵两湖交界流域的，那时再由大本营的队员运送新的食物上来接济。可是现在的行走日程大大超过预计，随行所带食物已经消耗得接近尾声。跟大本营联系，鬼子姜那边倒是表示可以立即送食物上来，但糟糕的是，不光老田，就连向导小伙子，也说不准队伍现在所处方位。

就地寻找新的食物，成了比寻找源头更为迫切的大事。

一夜过去，暴风雪停了，然而意料不到的新不幸又发生了。两头承担全队物资装备重荷的大黑家伙，对这场看起来没完没了的跋涉，终于表明了自己的强硬态度：无论主人怎样呵斥，拉拽，卧伏在地上就是坚若磐石，岿然不动。

午后，吃了点压缩饼干和几把雪，老田宣布，大队人马就地休整，他带上一名队员，出发去寻找猎物。

这决定刺激了由于连日枯燥行走而变得越来越沉郁的人们的想象力。大伙信口抒发着种种臆想。黄羊、斑头雁、麻鸭，这地方野味不少，就是不知道这季节好打不好打。嗨，要是运气好的话，碰到老乡，买几头肥羊回来，那就更好了。医生一本正经地警告，黄羊、斑头雁、赤麻鸭，那可都是国家保护动物，不允许滥捕滥杀的。尊敬的医生，你可真是书生，现在人都快饿死了，你说该先保护谁？谁的命更重要？你就是发慈悲，也得看看时机地点啊。老田的脸色比天色还阴沉。

有几名队员也拿白眼翻医生。这一路走来，朵拉已经分明看出，医生在众人中间，越来越像个异类，大伙起初对他的尊敬，已经有所变质，而他，却似乎毫无觉察，或者说，觉察到了，但根本不在意。

老田带着一名队员走了。留守下来的，多数满怀信心，等待老田很快扛回几只飞禽或走兽，大伙敞开肚皮饕餮一顿；少数不相信老田会在这魔鬼都不肯光临的地方能够有所猎获，或者即便有所猎获，还能在大伙饿死之前赶回并与众人分享。不过，两派有一点是共同的，那就是，实在不行，杀一头牦牛。说到这里，人们不约而同压低了声音，鬼鬼祟祟瞟着牦牛的主人。有人已经开始估算，大伙得凑多大一笔钱，才能买下一头健壮的成年牦牛。

何时找到源头，已经不再是关注焦点，吃，上升为中心话题。人们争相回忆着一生中吃过的最美味的食物，直说得一片吧嗒口水声。

朵拉半阖着眼，靠在背囊上，尽力延续肚子里那块压缩饼干带来的能量。耳边五味杂陈的声音，让她真想立刻再吃一块。她咬牙强忍着。她发现，这实在是一种要比忍耐饥饿更为困难的忍耐。属于她的那份压缩饼干只剩下三块了，新的食物还不知道在哪儿奔跑或者飞翔，她不敢再轻举妄动。现在的她，跟刚上高原时不同了，胃口大得惊人，每顿吃得像个最棒的男劳力，以至于有队员半真半假地冲她发火，嘿，丫头，你吃那么多都上哪儿去了？看看你干的那点活，简直是糟蹋粮食！

吃上说绝了，话题又转了风向。有人开始抱怨，光找一个源头，老田就把大伙折腾得如此够戗，别弄不好，还没真正见了水，这片高原就成了这趟漂流的滑铁卢，给弘扬民族精神的声名蒙羞，也给国际漂流史留下一个天大的笑话。有人在嘟囔，快别提什么弘扬民族精神了，一提这词俺就牙疼，俺本来就是想跟着到河里划划船玩一趟，顺便还能出上一回名，回去领导一重视，八成就不用天天跟那血糊哩啦的肉案子打交道，能找个办公室坐坐，端端茶杯捧捧报了，要早知道这么个法子瞎折腾，那俺可就不来了，俺那位置，还有不少人想占呢——不光俺们一家人，俺爹俺娘俺老丈人一家子，这都多少年了，吃肉不花一分钱。有人在下结论，看来这老田也是徒有其表，豪言壮语唬人本事不小，谋划能力却大大欠缺，连找向导都找个嘴上没毛的小子，真不是当头儿的料。有人干脆提出，不行了等回头大伙投票民选一下，看谁有能耐重新竞争上岗，谁也不能说这头儿就成了山大王，就成了终身制。有人跟着敲边鼓说，要不再选一两个副手辅佐一下老田也行，他老田虽说是筹集粮草招兵买马拉起了队伍，可这也不等于他的智慧就一定在众人之上，他的决定就个个英明盖世，别人只有屁颠屁颠跟着追随的份儿，集体领导总比独裁制好，要顺应历史潮流嘛。

话题越说越敏感，基本处于沉默状态的拥护老田一方叫嚣起来，你们这帮坏良心的，老田去给你们找吃的，你们倒在这儿使心眼，搞阴谋，有本事当老田面倒坏水啊，一窝孬孙！王八蛋！另一方不甘示弱，好小子，你骂人，大爷一不反党二不反社会主义，大爷有言论的自由，大爷是你随便骂的吗？想找打是不是？

一时间，咒骂与唾沫横飞。幸亏肚里热量不足，双方只是挥挥胳膊动动嘴。

这一路，朵拉早已见惯类似这般场景。她继续半阖着眼养神。她从眼缝中留意到，一直坐在靠近帐篷口处没有加入舌战的医生，注意力似乎被外面的什么东西强烈地吸引着。他不时掀开一角门帘，朝外张望一番。等到众人挥霍够了剩余精力，一个个钻进睡袋打起呼噜来，他一头钻了出去。

朵拉立即爬起来，毫不犹豫地跟踪上去。

医生步伐坚定，像是有着明确目标。朵拉蹑手蹑脚尾随着，小心地保持着一段自认安全的距离。医生头也不回，看起来丝毫没有察觉身后的脚步。

朵拉朝远处眺望，试图寻找医生眼中的目标。但是，除了白色，还是白色。地上，偶尔跑过一只鼠兔，途中停下来，瞪着圆溜溜小黑豆一般滑稽的眼睛，好奇地打量他们几秒钟，旋即，一纵身，又钻进积雪下面的某个洞穴，只留下一串浅浅的爪痕。

医生始终昂着头向前走，那模样就像是被一根无形的绳子牵着鼻子。不时地，他会停下来，向前方凝神张望，像是在调校方位。这时，朵拉就会急忙蹲下，紧张地盯着他的背影。尽管她明白，蹲下或者哪怕伏下，也无法真正隐蔽自己。但是，医生竟然一次也不曾回过头来，朝后面望上一眼。好几次，她忍不住好奇心，几乎就想追上他，问他这是去哪里，是去干什么。寻找猎物，他没有枪；寻找人迹，这可能性在他体力耗尽以前，连神都难以相信。他行走的背影，是那么鲜明，又是那么令人费解。不过，可以肯定的一点是，他一定不会希望有人跟踪。显然，他准备独享发现一个重大秘密的惊喜。假如发现她在尾随，他会毫不留情地赶她回去，摆脱她这个只会增添麻烦的小包袱。

就让谜团慢慢发酵吧，看看最后能蹦出个什么馅儿来。她既怀有几分希望，又怀有几分不安地暗想。

那种对任何事情都无法抑制的好奇心，想必，是一种流淌在朵拉血液里的基因，无论它最终将她引向何种境地，她都从不后悔当初的义无反顾。

当她还是一个十一岁小女孩时，某天，她发现外婆家楼上邻居阿香阿姨，领着一个年轻男人，上了楼。

那时外婆家还在原来的老里弄住。那个地方，那个地址，直到它被拆毁，夷平，化为新生的一丛丛广厦石林，她都还记得清清楚楚，就像记得自己手上，哪个指纹是斗，哪个指纹是箕。平凉路1695弄

103号。她此后漫长人生里，所有可称与传奇有关的发展脉络，似乎都与这个地址，这片地方，有着最为原生的血缘关系。

外婆家和阿香阿姨共住的那种一楼一底一排六户的小洋房，原是解放前日本人为自己纱厂高级职员盖的住宅，照现在的叫法就得叫联排别墅了。解放后，原本一楼一底一户的上下两层，分配给了两户人家。小朵拉听外婆说过，阿香阿姨的爸爸妈妈都死了，一个是谁也弄不清怎么死的，另一个是自杀。唯一的姐姐插队落户到了东北，这样一来，楼上两间房，就只阿香阿姨一个人住着。这在那时人们的眼里，可是少有的阔绰。而小朵拉，就得和外婆、姨妈、舅舅、舅妈还有小表妹六口人，挤在楼下前后加起来总共十四五平方米的一个所谓套间里。套间进门处开在本就很小的后间，外婆、未出嫁的二姨妈和她，住大约六平方米有门没窗的后间，她和外婆睡一张大床，二姨妈睡一张小床，这中间隔着一道布帘，然后，又有一幅更大的布帘，再将这两张床整个一遮，给舅舅一家拦出一条通往前间的窄道。

那是一个充满新奇有趣和无穷诱惑的年代。在日后一次次的回忆中，朵拉从未觉得生长于那些日子里的生命，有什么局促，有什么压抑。在那被层层布帘分割的空间里，她成长得聪明、健康，学会了一切该学的，懂得了一切该懂得的，以及一些也许还不该在那时懂得的。

在小朵拉那时印象里，阿香阿姨大概是有什么毛病，跟人说话总是少气无力的样子，一只手还常爱捂着胸口，所以不用去上山下乡，只在街道加工厂织手套，那种劳保用的白纱线手套。但让小朵拉佩服的是，阿香阿姨的毛病又丝毫不影响她对摩登的热爱——哦，摩登，小朵拉是多么喜欢这个词，在她那时小小的脑海里，对摩登这个词最好的解释，就是外婆收藏的旧杂志上穿着细细的高跟鞋和考究的旗袍，化着精致妆容的美女，就是外婆收藏的旧照片上同那些画片上的美女一模一样的年轻时的外婆，这些“封资修”，通常总是躲在阴暗的角落，只偶尔在晴好的天气里，壮起胆子从外婆的箱底溜出来，透一透干爽的空气。

追求摩登的阿香阿姨，只要不是上班，节假日出门，总会打扮得比别人多点花样，比如翻出外衣来的衬衫领子，要比别人的多一道白色镂空花边；到了夏天，短裙下面一定会露出一段膝盖，风一吹，白白的大腿晃得人眼睛睁不开；当然，最不可少的是，她身上总漾着一股让人头晕的香气。那不是花露水的香气，花露水外婆家有，洗完澡小朵拉会拿来抹一点，她的小朋友们家里也都有。阿香阿姨的香气是独一无二的，让人闻了会头晕，会忘记一切，只想跟着她走，非要形容一下的话，那种香气就是“资产阶级的香风毒雾”吧。

阿香阿姨基本上是独往独来，除了跟外婆打打招呼，偶尔说两句闲话，跟其他邻居从不交流。当然，这并不妨碍左邻右舍背后拿阿香阿姨当话题，彼此交流。

直到小朵拉成长为大朵拉，她都一直清楚地记得，那天阿香阿姨带来的那个年轻男人的脸色。那就像一种最薄最细的白纸，白得透出青光，一种让人联想到绝望的青光。是的，正是那张脸，让小朵拉第一次对绝望这个词，有了最为强烈的认识。

那个年轻男人就带着那么一张青白的、绝望的脸，不出半点声息地，随着阿香阿姨飘上了楼。接下来整整一夜又一天，没再见阿香阿姨和那个男人下楼。小朵拉站在房前小花园里，朝楼上张望。整面的落地长窗，让厚厚的帘子遮得严严实实。她感到了十二分的担心，当然，还有对窗帘后面情形的十二分好奇。

通往二楼的木楼梯老旧不堪，时常在无人走动时，都会发出一阵吱嘎声。小朵拉脱了鞋，蹑手蹑脚上了楼。

楼梯尽头那扇门，和楼下外婆家一样，关上后可以从外面挂一把铁锁。如果阿香阿姨不在，门上就会有一把铁锁，和外婆家一样，也是永固牌的（她那时总按照她习惯的顺序，把它叫做固永）。但是这会儿，锁襻上没有“固永”。她轻轻推了推门，纹丝不动。显然，从里面插上了。她在门上找来找去，终于，让她找到了一条细小的缝隙。

这种小日本式样的房屋，门都是胶合板做的，隔音效果极差，上锁也只是形式，随便是谁，只要他愿意，都可以将门板一脚洞穿。不过在那个年代，似乎还没什么人，有兴趣想到这一点。

小朵拉将眼睛凑上缝隙。但是，除了昏暗，什么也看不到。她似乎听到一些喘息，又似乎听到一些呻吟。一种从未有过的怪异感攫住了她。她感到了恐慌。她不敢再听，但又很想再听。她在想是不是要赶快告诉外婆，喊警察叔叔来救阿香阿姨。“一双绣花鞋”、“绿色的眼睛”，那些从表哥和邻家阿哥们口中听来的恐怖故事，接二连三从脑海里冒出。她紧张得喘不上来气，她准备逃走。可刚一抬腿，身子一晃，就撞到了门板上。她的心差点跳到地上。她吓得立刻脸朝里紧贴墙壁，仿佛这样就可以让自己遁入墙壁，从现实世界里消失。

一定是心跳声太响了，她根本没听到身后有什么动静，就突然感到自己两脚腾空。一双大手拦腰抱起了她。小姑娘，这里不好白相，还是到外面去白相吧。一个温柔的声音吹进耳朵，随即，一张湿漉漉热烘烘的嘴，在她脸颊上贴了一下。

她后来完全忘了自己是怎么回到楼下的，她也弄不清，自己口袋里怎么会多出一把“大白兔”奶糖。

那天晚上外婆感到很奇怪，说她平常洗脸跟花猫一样，胡乱画几下就完，今天怎么那么没命地洗了又洗，脸皮都快搓破了。

那天晚上小朵拉躺在床上，不停地抚摸被那个白纸一样的男人亲过的地方，总觉得，那上面还黏着一张嘴。

阿香阿姨自然平安无事。阿香阿姨后来还送给过她许多巧克力，果仁夹心的，酒心的，棉花糖夹心的。再后来，还看到那青白的年轻男人，跟着阿香阿姨来过三次。最后那次，那男人从她身边经过，摸了一下她的脸，脸上露出了一点笑。让小朵拉难忘的是，那张脸，即便是笑起来，也仍然透出一种绝望的味道。那时她紧张得想逃，无奈腿就是动不了。年轻男人回过头来，又摸了一下她的脸，又笑了一笑。再往后，那青白的年轻男人，仿佛就风吹云散了。

以后一些夜晚，全家人熟睡的时分，躺在床上的小朵拉，有时会用手摸着自己的脸，想象是那年轻男人的手。但是，无论怎样使劲想象，她始终找不到那种真正的感觉。

不久，阿香阿姨身边出现了一个老头子。那老头子又矮又胖又黑，活像一只会走路的柏油桶。又没过多久，小朵拉和外婆吃到了阿香阿姨的喜糖。邻居好婆跟外婆说闲话，小朵拉在一旁听她说，那老头子在“上只角”有大房子，早年间是只“大老虎”，前些年虽然给抄过家，不过红木家私还留下一房，起码有三十多只脚，听说外面还有海外关系……这种人，勿要看现在不吃香，迟早有一天会翻本的……

阿香阿姨的房子长久空关着，那些在某些夜晚，一个凄凉嘶哑的女声，再也不会从楼上飘下来了。阿香阿姨唱的歌，小朵拉从收音机里一句都没听到过，她只知道，有时候外婆也会随着轻声哼唱，比如：“天上飘着些白云，地上吹着些微风……”而她自己最喜欢的一句是：“蔷薇蔷薇处处开……”歌里说着花儿盛开，却让阿香阿姨唱得有一股落花流水凋败一地的味道。

有时她会去翻开《十万个为什么》，检视夹在里面的各色糖纸。看到那些只属于他和她两个人的“大白兔”，她会想一小会儿那个只跟她说过一句话的年轻男人，这时候，她觉得这个世界上，就只有自己一个人，还在牵挂着这个不明来历的男人，可是，他就这么不做一声地、不知去向地飘走了，让她感到难以诉说的绝望。那是一种她还很不习惯的感觉。

就在她几乎把那个年轻男人忘了的时候，一个很深很深的夜晚，她在外婆咝儿咝儿的痰喘声中醒来。凭借第六感，她似乎察觉到一种异样的动静，一种就像一只蚊子在隔着一层布帘之外舞动腿脚的动静。

夏天就要过去了，一只早早领悟到生命短促的蟋蟀，开始起劲地鸣唱。小朵拉屏息静气下了地，穿过外婆的痰喘，穿过姨妈的呓语，越过舅舅一家的布帘，走向前间落地长窗。亲人们安然地待在各自的梦境里，对她的世界浑然不觉。

她来到窗前，撩开窗帘，隐约看到小花园篱笆外，一张青白的脸，在路灯暗影里闪现。

她轻轻推开窗，踩着窗下充作台阶的条石，走进小花园。砖石硌疼了她的脚，但她没有停下。她继续向前走，穿过小花园的篱笆门，朝着小花园的外面，义无反顾地走去。

他看见了她。他的腿脚依旧站立不动，但身子仿佛就在一点点斜歪着，像一支受热而变得绵软无力的蜡烛。

她与他，几乎贴身而立。

他朝她深深地弯下腰。她能听见粗重的呼吸，甚至能看见两行晶亮的泪水。阿香阿姨走了，嫁人了。她踮起脚，对他窃窃私语，就像对她的小姐妹一般。她还想再补充一句，阿香阿姨嫁了个又老又丑的柏油桶。她忽然觉得，这个比自己大很多的男人需要安慰，自己应该设法安慰他，而这句话，应该会给他带来安慰，自己也只有用这句话，送给他宝贵的安慰。但她没来得及说出口。

年轻男人冷不防将她抱起来，整个拥在怀里。他疯狂地亲着她的脸，她的脖颈，她的肩膀，她的手臂，她身上每一处裸露的皮肤。我的阿爸姆妈都寻死了，我就只有伊了，伊再要一走，我就真的成了孤儿了，我活在这个世界上就一点意思也没了。年轻男人将一些含混不清的话，和着满口的唾液，还有苦咸的泪水，涂抹在她每一寸皮肤上，她被弄得满脸黏糊糊湿漉漉的。就在她几乎要昏过去时，年轻男人把她放下，蹲下去，掀开她的睡裙下摆，在那个最隐秘的地方，狠狠亲了一口，然后，站起身，跑了。

年轻男人在夜风中一跃一跃地向前飘，一点声息都没有，活像个鬼魅的影子，在一个拐角处，一闪而逝。

那晚，小朵拉屏住呼吸，原路摸回房间，爬上床，裹紧毛巾被，把脸深深埋进枕头。四周一切照旧，外婆依然在嗞儿嗞儿的痰喘声中，困难地行走着从未顺遂的人生；二姨妈依旧在含混不清的呓语中，为自己不明前程的人生，描绘着如同一幅野兽派风格绘画一样，既色彩混乱又主题嘈杂的图景。而小朵拉不需要任何长辈指点，就已经明白，有关自己的一切，都和先前不一样了，先前属于自己的那个世界，被彻底摧毁了。自己就像一只被剥开、被吮过的棒棒糖，无论再怎么包裹，也恢复不了原本未启封的模样。

医生又停了下来，慢慢转动身子。这次，朵拉没有蹲下。她盯着他的背影，等待着他朝她转过身来。是时候了，他该发现她了。她已经厌倦了这么不明所以、没完没了地行走。只要他再稍微多转过来那么一点点，她就能进入他的余光范围。理所当然的，她会遭到一顿痛斥，而她就会趁机追问，他这是要去哪儿，去干什么，有什么天大的秘密，在前方等着他去揭开。然而，医生刚刚转到一个接近于危险的临界点，便停了下来。他保持着这个角度，全神贯注地察看着远方。他的神态让她感到，即便这时自己再向前走几步，他也会目中无人，视她而不见。

医生察看着远方，她察看着医生。猛地，一种感觉，像一根木刺，深深扎进她的胸口：他这神态，跟童年时代遇见的那个年轻男人，有多么相像！

尽管高原风霜已经侵蚀了医生的外貌，但她仍然能够无比清晰地看出，笼罩在他眉宇间那股既深怀某种渴望，又隐含某种绝望的神韵，丝毫没有被侵蚀。迟早，他也会随风而去，从自己生命里彻底消失吧？他出现在自己生命里的目的，显而易见，就是为了有朝一日飘然离去，彻底消失。毋庸置疑，这是他来到自己面前的唯一目的。生活已经教会她认识到，有那么一种人，他们永远不属于任何人，永远不属于任何地方，而他们自己也永远不会知道，自己应该属于何人，属于何处。她自己，是这样的人，他，同样是这样的人。

木刺在胸口悄然作疼。被尾随者和尾随者，继续着莫测的行走。

天色渐渐阴下来。又翻过一道坡。医生行走的劲头，仍然不见丝毫减退，朵拉的好奇心，却已越来越接近于冰点。看他这样子，天黑以前返回营地的可能，是彻底不存在了。这可真叫好奇害死猫。脑子里刚一蹦出这句话，立刻，就又意识到一个更为糟糕的问题：医生是带着睡袋包的，可自己，只带了自己！刚离开营地时，她还压根儿没意识到这意味着什么，因为医生平时总是睡袋包挎着不离身，不到准备躺下休息不解下。现在她才豁然明白，他是有备而行！

她恨恨地咬着牙，却又不知道该恨谁，或者该连谁一起恨。这让她越发恨恨不已。

天色更加阴沉，风更大，寒意更浓了。朝后眺望，营地的帐篷顶尖，已经从视野里彻底消失。

从现在起，沿着脚印原路退回，天黑以前回到营地的可能性，应该还会存在，但是毫无疑问，医生是不可能返回的，他会继续向前走，直到达到他的目的。他这么独自前行，会被一团怎样的未知给吞没？一阵强烈的担忧，像不留一丝缝隙的乌云，笼罩了朵拉的意识，驱散了先前的恨意。

空中飘落下一阵细雪，四周变得昏蒙，远方群峰也模糊得如影似幻。朵拉紧紧盯着前方那团踽踽独行的红色。那仿佛是一捻摇曳的烛光，只要她稍一错眼，就会在风雪中熄灭。

隐约传来一声嗥叫，像一个孤独的灵魂在向着远方未知的另一个灵魂发出召唤。朵拉不由脚下一软。看看医生，步伐节奏丝毫没变。这个人，只要他想往前走，即便将他脚下的大地抽走，他也一定会这样罔顾一切地向前走吧？

朵拉仿佛看见了医生正凌空飞步，如同武侠小说里的人物一样，行走在上不接天下不接地的雾霭中。她使劲掐了掐虎口，才确定自己还不是存在于一个超现实世界里。

细雪继续似有若无地下着，而一种意识在她心中愈见鲜明：自己来到这个茫茫银色世界，来到这群形形色色的男人中间，具有什么样宏大的社会意义，已经不再重要，甚至已经消散；随着自己在这片土地上停留的时日愈久，只有一种意义越来越清晰，越来越成为唯一，这就是，保护眼前这个既顽固又脆弱的男人。这个男人，就像是实验室里培育出的生命，纯净，透明，在充满各种细菌病毒的现实里，显得是那么缺乏抵御力。在这片貌似宁静洁白，实际滋生着各种灰暗可能的土地上，除了自己，还有谁，能够并且愿意肩负起保护他的重任？年龄不能说明问题。还是在很小的时候，她就觉得自己的内心，老得有超过一千岁。小女孩们通常惯使的撒娇把戏，她从来都不会，也从没想过要学；当同龄小伙伴还在跳橡皮筋踢毽子时，她就认定，自己已经拥有了无比深刻的人生态度，能一眼看穿谁是好人谁是坏人。年复一年置身动荡的旅途，置身南腔北调的陌生人中，她的天真年代，早已被急速跨越。

假如没有我，你就是个脱了线的风筝；假如没有我，你就迟早会滑向未知的深渊；就算无法贴近你，牵着你，我也要在后面远远地坠着你。这么想着，朵拉忽然就觉得，自己就像一个铅坠儿，无论前面那个男人在他的一生里最终要走向哪里，无论自己有多精疲力竭，多沮丧甚至绝望，自己都会被一根无形的绳索和他的生命联系着，伴随着他生命的摆荡而摆荡。

再翻过一道坡，细雪突然停了，医生也突然停了下来。累得两腿直打颤的朵拉，一下子坐到了地下。你该转过身了，你该发现我了，你要再不发现我，我就一定要让你发现我。她正想喊叫，但张开的嘴却没能发出任何声音，并且，也没能立刻闭起来。

那个发酵膨胀了一路的秘密，终于崩裂开花，抖搂出惊人的馅儿来。

一顶帐篷，一顶黑色牛鬃帐篷，如同一个海市蜃楼，如同一个逼真的美梦，显现在前方四五十米开外处。

朵拉站起来，眼睛睁了闭，闭了睁，几番开合，所见的一切依旧不曾消失。

好了，你总算没白跟踪我一路。医生头也不回地说。他这话带给朵拉的震惊，比眼前所见还要强烈。她定了定神，迅速琢磨了一下，觉得听起来，他这口气不像要发火的意思，便凑近前去。你眼神真好，离那么老远就能看出这儿有人烟。不是眼神，是第六感，就像我知道背后有人跟踪一样。朵拉噤了声，小心觑着医生的脸色，弄不清他这话有几分真，几分假。

一路阴沉的天空，此时仿佛开了天眼一般，突然从浓云中裂开一道缝隙，露出斑斓的晚霞。缝隙渐裂渐长，细长蜿蜒的霞光，犹如一条通往神秘园的梦幻之路。

看到那儿了吗？医生指点着帐篷顶部。那儿飘动着一缕淡淡的炊烟。我最初看到的就是它，不是什么第六感。声音里流露出抑制不住的得意。

既然从一开始，你就知道我在跟踪你，那为什么要一路装傻不回头，任凭我在后面心里七上八下地跟着走？朵拉的头脑进一步恢复了理智，但一阵响雷般的咆哮声，将她涌到嘴边的疑问压了下去。

两个巨大的黑色毛团，从帐篷后面滚了出来，连蹿带吼，伴着哗啦哗啦的金属撞击声。假如不是在它们的脖颈和固定帐篷的木桩之间，有一条小孩手腕粗细的铁链，朵拉相信，不等她和医生转过身，它们就会扑上来，一口咬穿他俩的喉管。

医生一把将她挡在身后，拔出匕首。

男主人及时露面了。看到来访的既不是两头饿狼，也不是两名剪径大盗，便喝住两条獒狗，朝它们扔去几根肉骨头。过路的贵客，请，请。他热情地撩开帐篷门帘。

暖融融的帐篷，阿里巴巴的宝窟，荒原里的天堂。

在这处温暖宜人的宝窟、天堂里，除了男女主人、他们的三个女儿和一位老奶奶外，还有一大锅热腾腾的煮羊肉，一大盆糌粑，一大壶自酿的青稞酒。

一顿空前丰盛的晚餐，让朵拉吃得几乎喘不过来气。盛情之下，她又喝了满满一碗青稞酒。医生直朝她使眼色，也挡不住她完全失了控的饕餮。

医生吃得不多，胃口甚至没有她大，并且滴酒不沾，即使三姐妹中最漂亮的一个前来劝酒，他也只是一个劲儿地摆手摇头。这可是当地人的礼节，客人不喝，是对主人的不敬。朵拉捅着他的后腰，小声提醒。我们不是来这儿做客的，我们是来求援的，这点相信主人能够理解。再说，我怎么能在那么多弟兄还陷于饥饿之中的时候，在这儿酒足饭饱一醉方休呢？那样我的良心会不安的。医生毫不顾忌主人神情，朝她怒目而视。

聪明的男主人放下酒碗，拉开喉咙唱起歌来。他用那生着浓密睫毛的黑眼睛，一闪一闪地望着朵拉和医生，歌谣像源源不断流出酒壶的青稞酒一样，一支接一支从他嘴里流淌出来。听不懂他唱的歌词，但那股苍凉而温情的感觉，已足以打动朵拉的心。

美妙的夜晚，久违的惬意。炉火的熏光中，朵拉身上每一根毛孔都浸润在微醺的气息里。这一阵子，连续的高强度跋涉，让她每到傍晚宿营时，经常是抓着块压缩饼干啃了一半，就能盹过去。她几乎忘了，夜晚，原来还可以有一张如此迷人的面貌。她真愿今夜长夜不散，此刻永存。她端起医生面前没动一口的酒碗，就朝嘴边送。医生连忙去拦。你别昏了头，别忘了，明天一早咱们还得往回赶呢。但他的动作还是没能赶上她的嘴快。

热腾腾的奶茶端了上来。医生向男主人更为详细地讲述他和朵拉的来意，讲述了他们的许多伙伴还在饥饿中，提出要购买一些食物。最后，他问男主人，这儿离他们要找的卡日曲，究竟还有多远。

男主人先是瞪大了眼，两臂向上高高一举，做出一个极度惊讶的表情，随后，说出一句差点震掉他们手中茶碗的话：这儿是长江流域！

短暂的愣怔之后，朵拉仰头爆发出一阵狂笑。哈哈，伟大的巴颜喀拉山脉啊，你像一条神秘的巨龙，没人知道你头在哪里尾在哪里，没人知道你最终将把我们引向何方……

医生连忙问男主人，是否知道卡日曲怎么走。男主人把头摇得像一只转经筒：赶快沿原路返回，别再自找苦吃了，这个季节，这片茫茫雪原，你们要是还能沿原路返回出发点，就得感谢天上地下的各路神明了。

医生不再做声，只是腮边的咬肌一下下跳动着。

难道非得从地理书上说的那个所谓的源头开始漂流？这鬼地方，天苍苍地茫茫，大部分河道还没融化，到处不是雪就是冰，此即是彼，彼即是此，我看我们只要返回黄河流域，就近找个化冻的河汊搞个仪式，宣布开漂就行了，反正往大里说，都是源头地区嘛，源头不源头的也没什么本质区别。咱们寻寻觅觅吃了这么多苦头，要说良心什么的，也算对得差不多起了。再者说了，有几个人来过这儿？有几个人知道真正的源头有什么特殊标志？哎，你别跟我瞪眼，你别觉得我说的话就亵渎了这场冒险的神圣意义。本来嘛，就该带点游戏心态来参加这场活动，把它弄得太神圣太严肃太教条，就不有趣了，不好玩了，就失去了生命与大自然接触的最本真的意义了。请允许我酒后吐真言，我现在是放下记者的身份，以一个最最凡俗不过的普通人角色，跟你坦诚对话。你说咱活着干吗那么累，干吗老拿什么宏大意义的标签朝每件事上贴，弄得满脑袋苦大仇深，整天自己跟自己过不去？咱们从小活到大，整天受的教条教育还少吗？现在好容易没人教育咱们了，咱们怎么干吗还老自己教育自己？是挨绑挨惯了，一旦松了绑还不舒服怎么着？想想看吧，把咱们今天的行为放到历史的长河里来看，该有多渺小，多不值一提啊！遥望千百年，数风流人物，有多少曾笑傲一时，称雄一时，而其存在与作为的意义，又有多少还能被后世所称道？君不见，有多少热血白白洒，有多少头颅枉自抛。我的可敬的医生啊，站在历史的高度看，我们都只不过是一粒终将被大浪淘去的、微不足道的小沙粒儿！

犹嫌语言的力度不够似的，朵拉边伸出小指尖比画着。肚子里那点酒精，已烧得她无所顾忌，滔滔话语如同春季解冻后泛滥的洪水，从嘴里决堤而下。主人一家老小，无论听懂还是听不懂的，全都放下茶碗，瞪大了眼睛看着她，仿佛看着一个天外怪兽。

炉火映着医生半边脸，映得他鼻尖上的爆皮一片片闪着光，像是随时准备展翅飞起，朝她用力呼扇过来。让我们尊重一下主人吧，走，跟我到外面去。医生一把拽起朵拉。

迎面呛了口风，打了两个响亮的喷嚏，朵拉酒意顿时消了大半，脑袋也接近于正常大小。

积雪在脚下吱吱地响，医生头也不回地朝前走。朵拉缩着脖子跟在后面。望望天，望望四周，她不禁悔意丛生。她倒不是后悔自己刚才说了那些话，而是后悔选错了时机。此刻，头顶星光灿烂，远方群峰绰绰，黛青色夜幕下的辽阔大地，氤氲着无限迷离的情调。这样的夜晚虽已不是初见，但唯有今夜，让她无比痛惜。如此的夜色，如此难得的两人相处，可惜，一切可能，都让自己破坏殆尽。

那一世，转山转水转佛塔啊，不为修来生，只为在途中，与你相见啊……

身后的帐篷里，没有唱够的男主人，兀自又在纵情高歌。这一次，于那悠扬动情的旋律中，朵拉听清了每一个字。那每一个字，都钻进了她心坎深处；那每一个字，都只为告诉她，她为呈一顿口舌之快，所付出的代价，有多么可观。

吱吱声停止了。医生仍旧背朝向她。

我本来以为，来参加这次探险的，都是些胸中充满理想的人，素质会格外的与众不同，没想到，事实并不如此。每天看到的、听到的，都让我越来越失望。海拔升高了，天地纯粹了，境界却没有升高，人格也并没有纯粹，身边围绕的，仍然是一个充满市侩气的小圈子。刚才你说的那些话，让我再一次明白，我实在是太天真太天真了，连一个看上去涉世不深的小姑娘，都远比我要世故得多。

夜色掩映下，医生的声音犹如薄冰下的潜流，忽明忽暗地潺潺流淌。

你是够天真的。海拔和境界有什么关系？天地和人格有什么关系？不管海拔高低，天地何处，只要是人间凡尘，市侩气当然无处不在。要想在这世界上找到一个没有市侩气的地方，除非上精神病院。尽管朵拉一直在心里告诫自己，要忍住，别再多嘴，但到了嘴边的话，还是没能刹住车。

你……你……医生气急败坏地转过身来。

月光下，能看到他眼里跳动着两朵疯狂的火花，犹如可怖的磷火。

为什么你年纪轻轻，就这么玩世不恭？你这种生活态度，对自己非常有害——非常非常有害——懂吗？医生的声音变得尖利，刺耳，像是汽车急刹车时发出的声音。她正要逃开去，他已经一把抓住了她，将每一根手指都穿透厚厚的外衣，深深陷入她肩上的肌肉里。

他用力摇晃着她，摇晃着她脑袋里他认为有害的思想。她听到了自己脑袋里的思想正被摇晃得叮当作响，一块块一片片乱作一团，眼看就要溃不成军。

每个人都有选择生活态度的自由，谁也别想教训我！朵拉挣扎着，一面竭力稳住快要晕头转向的脑袋，一面也拔高嗓门。

温柔的夜色下，两人彼此狠狠地瞪着，努力用眼神杀伤着对方，从思想，到肉体。片刻过去，医生松开手，无奈地缓和了语气。对——你是有选择生活态度的自由，每个人都有这种自由，没人能够限制别人。只是，我为你感到可惜。你很聪明，也很有灵性，可惜你所抱的人生态度，会损害你的灵性，影响你把聪明上升为智慧……

一点点小聪明足够用了，智慧对我来说太奢侈。我就是个俗人，智者还是留给别人当吧。朵拉把脑袋调整到最正确的位置，毫不犹豫地顶回去。

医生走开去一段距离，仰面朝天，不再理睬她。少顷，他张开双臂，做了一个深呼吸。啊，美好的夜色，明天一定会是个好天气，我相信，我们一定会找到真正的源头，让这场漂流有一个完美的开头。

那可难说，这地方的天气说变就变；再说，天气好坏也不是找到源头的决定因素。朵拉揉着酸痛的肩膀，压抑不住心头一股恶火。

假如没有找到真正的源头就宣布开漂，那这场探险将是一场缺乏道德水准的闹剧！我会为自己是其中一员而感到无比羞耻，我会立刻离开这支队伍！离开这帮乌合之众，还有你，这个满脑袋自以为是的小东西！刚刚恢复的镇静瞬间又消失，医生像被人从背后捅了贯胸一刀，大声咆哮着，冲到她面前，朝她挥舞起拳头。你明白吗？我说到做到！

朵拉吓得连连后退，脚下一绊，一个大大的趔趄，坐在了地上。

扭曲的五官，几近狂乱的举止，让医生完全变成了另外一个人，一个她完全不认识的人，或者说，怪物。温柔的、丝绒般的夜色，在这疯狂的咆哮中，被粗暴地撕裂。

犹如呼应一般，一阵声势更为暴烈的号叫声，紧跟着传来。比起傍晚到达时听到的，这次的号叫，才称得上是真正的惊心动魄，令人肝胆欲碎。接着，是一阵两种声浪的混战。除了狗叫声，还有另外一种动物的叫声，长长的、绵延不绝的哀嗥，凄厉到极点，绝望到极点。那让朵拉相信，即便是死神在号叫，也不过如此。

两种声音在夜色中翻滚、厮杀，血腥的气息，溅满了被撕裂得体无完肤的苍穹。

朵拉抱着脑袋，两手紧按太阳穴。她感到自己也快要大声号叫了。

医生挺立原地，岿然不动。

轰隆腾起一声巨响，大地簌簌直抖，厮杀声戛然而止。

一阵短暂的、令人窒息的宁静之后，一声嘹亮悠长的呼啸响起。朵拉爬起来，没命地朝帐篷跑去。

到了帐篷跟前，就见男主人一手提枪，一手拖着样东西，从另一个方向过来。这个傻瓜，胆敢来打我的羊的主意，这不是给我送皮褥子来了嘛。他兴高采烈地将手中的东西朝地下一丢。随后赶到的医生将手电光照过去。

一头狼！

狼颈上现着一道很深的口子，翻着血糊糊的肌肉，和一些筋脉。狼看上去很瘦，被毛稀疏杂乱。显然，它是头饿了许久的狼，被饥饿逼迫得铤而走险，竟然不自量力，前来挑战两头体壮如牛的獒狗，从此踏上了不归路。

医生在狼脑袋旁蹲下，嘴里含混地嘟囔着，伸出手去抚摸那两只还睁着的眼。朵拉恍惚觉得，那一对围着灰白色绒毛的小眼珠，似乎动了一下。她吓得一缩头，赶紧钻进帐篷。

橙黄的酥油灯光里，女主人在铺摆卧具。火炉左侧，是主人家宽大的毡垫，和一条同样宽大的毛毯；另一侧，是朵拉和医生坐过的小毡垫，和医生那只塞着睡袋的挎包。朵拉对着小毡垫发起了呆。如何睡觉的问题，正成为一个仅次于生死攸关的问题。

男主人和医生进来了。朵拉问男主人，有没有多余的毛毯。男主人摇着头，同时奇怪地看看她，再看看医生。医生则不说什么，径直走向自己的睡袋。

他从挎包里抽出睡袋，将睡袋一侧的拉链通通拉开。朵拉这才发现，他这条羽绒被改造的睡袋，完全拉开一侧的拉链，就还原成了一床被子。摆弄完毕，医生也不正眼看她。将就凑合吧，就这么个条件了。说着，脱掉外衣，卷作枕头，钻进去，背朝她躺下。

整理枪具的男主人，还在用余光打量她。朵拉不再多想什么，迅速和衣钻进医生旁边。

酥油灯灭了。

毡垫虽不宽，并排躺下两人还算富余，盖被宽度却有限。那原是个单人被。朵拉又想暖和，又不愿跟医生靠得太近。最后她决定，还是牺牲温暖。她背朝医生，将自己蜷成一团，缩在毡垫边缘。这样一来，前半个身子都暴露在了外面。不消一会儿，她就觉得前半个身子越来越凉，由凉生寒，由寒而渐渐变麻。但她咬牙一动不动，继续固执地坚持着这个别扭的姿势。

尴尬，恼恨，后悔，今晚的一切，都只留给她这种感觉。漫长的跋涉中，难得有了这么一个两人单独相处的夜晚，本该好好营造点情调，聊些有意思的话题，结果却让自己给彻底毁了。你是个蠢货，你今天的一切言行都愚不可及，你应该尽快消失才好。她一面使劲缩小着自己，一面在肚子里狠狠咒骂自己。但无论如何，她也无法将自己缩小到无形，身体依旧笨拙而巨大地存在。她恼恨得两眼直冒泪花。

身后传来窸窸窣窣的响动，头上被子被撩开一角。傻孩子，离那么远，弄得我后背直灌风。医生嘟囔着，将她拽近自己。不知有意还是无意，他的手指在她眼皮下面轻轻划过。傻孩子。他的手指在她另外一边眼皮下面又划了一下。来，把手搭我腰上，搂紧我。他轻声而又坚决地说着，一面将她拽得翻转过来，前胸紧贴他的后背。

她顺从地将手臂搭上他的腰。

医生又抽出自己头下的衣服卷，塞到她头下。原本僵直难受的脖颈，经这么一垫，顿时舒服许多，呼吸也更加通畅起来。

她搂紧医生，就像一只伏在大熊背上的小熊。自始至终，她都没有睁眼。她只听得他的呼吸重重地敲击着耳膜，她能感到眼泪在不住地朝外涌出，好像那根本不是自己的眼睛。

原来，从一开始你就知道我在跟踪你，从一开始你就在纵容我跟踪你。你这么给我设下陷阱，居心究竟何在？这些念头在她心里不住地翻腾，让她几次想掀开被子，勇敢地，果断的，冲到帐篷外面去。

一些头发痒痒地搔着她的鼻孔，她的呼吸中很快充满了属于他的气息。浓重的腥膻味儿消失了，只有医生肌肤上散发出的那种特有的、带着点淡淡酒精味的体息，弥漫着，渗透着，深入她的身体……那些噎在喉咙里的怒火，渐渐熄灭……

她置身于一间雪白的房间，躺在一张白色的，类似诊疗床的床上。一个高高在上的声音轻轻地说，放松自己，不要紧张——放松，不要紧张——那声音犹如春天的溪水，温柔绵软，沁人肌肤，无法抗拒。她开始一粒一粒解开自己的外衣纽扣。扣子仿佛有无数个，解了又解，总也解不完。白色的床，云一般轻盈地升起，带着她，向着那个温柔的声音飘去……

当她再次睁开眼时，看到的不是白色的屋顶，而是一个爆着褐色干皮的鼻子。

医生早已穿戴齐整，坐在她身旁。他一条胳膊支着脑袋，俯身看着她。看样子，他保持这个姿势已经很久了。

你睡得可真够死的。半夜，我又觉得后背冷飕飕的，一摸，怎么没人了，再一摸，人整个滚垫子下面去了。赶紧把你抱上来。就这样，还是没醒。目光暧昧地一闪，一笑。我看，半夜就是有人把你劫走，你都不知道。眼梢一飞，又是那么一笑。

她从没见他这么笑过。这让他看上去不是从前总是摆出一副职业医生面孔的他，不是昨夜疯狂咆哮的他，也不是昨夜盖被下轻声哄慰她的他。她弄不明白他到底有几个他，她疑心哪个他都不是真正的他。

风吹动帐篷门帘，将明晃晃的阳光送进来，投映在医生脸上。他看上去十分愉快，精神状态跟昨夜咆哮时相比，完完全全判若两人。但她却不喜欢他这神态，不喜欢这明亮的光线，不喜欢在这明亮的光线下，如此近距离地躺在那含义暧昧的目光下。无论他是哪个他，至少她知道，夜晚躺在盖被下面，躲在他背后眼泪直冒的她，不是现在的她。

她避开他的目光，下意识地朝胸前摸索，不由一惊。外衣拉链是敞开的！

半夜我摸了摸你的头，都渗出一层汗了。担心你天亮起来会感冒——这地方，人就怕感冒，一感冒，就有可能肺水肿，一肺水肿，不用我再说你也明白，小命很快就呜呼——所以，我替你把外套拉链拉开了。又是那么暧昧地一笑。别担心。莫名其妙地再补上一句。

她翻过身去，彻底避开他的视线。外面传来宰羊的嘶叫。医生跑了出去。

她努力回想着半夜的情形，可只有那个梦，还依稀留下些残影，其他的，什么也想不起来。

早饭她吃得很少。昨晚吃撑了吧？多喝点奶茶，好帮助消化。医生递过一碗奶茶。她接过来，只管喝，不看他，也不接话。这个早晨，她觉得他的话过分得多，比起胃里隔夜的食物，还要让她不舒服。

早饭后，尼玛大叔——直到此时，朵拉才知道这顶阿里巴巴宝窟式帐篷的男主人名字——再次告诫他们，别在这儿瞎折腾了，这儿可不是什么好玩的地方，还是快点回到内地去吧。不放心似的看了看朵拉，又加上一句，小姑娘，你的爸爸妈妈一定在为你担心呢。

医生千恩万谢了尼玛大叔，留下三张十元大钞，拖起两只杀好的羊，朵拉则拖起一袋炒青稞粉和酥油，两人踏上了归途。

雪地上，昨天留下的两行脚印还清晰可辨，头顶，已是晴空如画。好天气，好收获，医生的心情，便也在这灿烂的阳光下灿烂到了极点。他情绪高涨，喋喋不休，不一会儿工夫，就将话题扯到了心理学——他攻读硕士学位时主修的专业上。外向思考型、外向感觉型、外向感情型、外向直觉型，内向思考型、内向感觉型、内向感情型、内向直觉型，他不厌其烦地将荣格八类型人格一一细细道来。从理论，到病例，他滔滔不绝，声情并茂。他像一个一人分饰多角的独脚戏演员，广阔的雪原成了他纵横挥洒的舞台。他是医生，他是病人；他提问，他回答；他质疑，他反诘。长矛与坚盾在他手中一同翻飞，进攻与反击在他脚下互为交织。他就像被一只无形的大手按动了身上某个隐秘的开关，发动得令人眼花缭乱。

朵拉走在医生侧后方，一声不响。她与其说是在听，不如说是在审视他。阳光投射在他脸上，鼻子上那些爆起的皮屑，每一片都仿佛得意扬扬，翩翩欲飞。一股莫名之火，在她心口越烧越旺。

昨天睡到半夜觉得热，是我自己拉开的外套拉链，什么掉到垫子底下，也是无稽之谈；你睡得死死的，除了知道说梦话，别的什么都不知道。突如其来的抢白，呛得医生一脸愕然。什么，我说梦话？我说什么梦话了？

别以为人人都是你的病人，别以为自己总比别人高明，告诉你，不是所有人的心理，都在你的掌控中。你要是有精力，还是好好琢磨琢磨自己昨天夜里都说了些什么梦话吧。一口气抛出这些话，朵拉感到了前所未有的痛快。她挺直腰，昂起头。她感到，在白昼灿烂的阳光下，聪明，智慧，还有勇气，一点不剩地统统回到了自己身上。

医生打量着她，嘴唇动了几动，但终究还是没再说什么。

接下来的一路，满腔的胜利感，自豪感，支持着朵拉走得精神抖擞，意气风发。

午后锋利的阳光下，聚集在帐篷外面的人们都没留意到，朵拉跟医生的失而复归。他们的注意力，全都被一件更具震撼力的事件牵走了。

人们吵吵嚷嚷，乱成一团。这不是因为他们发觉来到了长江流域，而是发现，向导不见了！

雪地上，一行杂乱的牦牛蹄印，朝着来时的方向伸展而去。显然，带路的小伙子，偷偷爬上了牛背，以最快的速度，逃离了这群不可理喻的疯子。没人知道他是什么时候离开的，只是第一个被饿醒的队员走出帐篷，想要看看地平线上是否有老田和救命食物的影子时，连他自己都意想不到地，失声发出一声大叫：牛没了！接着是更为刺耳的一声吼叫：向导也跑了！

还不是你昨天说的，饿狠了就杀人家的牦牛，结果把向导给吓跑了。呸，这话你就没说过？我看是那小子嫌给的钱少，不愿干了。你们那都是瞎扯，照我说，是想他女朋友了，没听这一路上他不停地唠叨"姐姐、姐姐"的吗？跟一群大老爷们儿混在一起耽误青春算是干吗？

老穆的烟酒嗓适时地插进来。诸位，你们都没说到问题的关键。照兄弟我看，实际上，是这小子觉得根本找不到那个卡日曲，要再跟我们这帮半疯摽下去，就算不饿死，也得疯死。他说他当年带一帮小日本到过那儿，我看那恐怕只是哄那帮小鬼子的。卡日，卡日，卡的就是那帮小日本。那帮小鬼子懂个屁，在咱们地面上牵着他们的鼻子走还不容易？还不是跟他们说哪儿就是哪儿？蒙了他们也是活该白蒙。不像咱们，非得抱着指南针自己跟自己较劲。其实要我说，那源头连国家水利部门都没竖过标牌，都说尚有争议，那谁又能当裁判？等回头见了老田，一定得跟他说，快把那个破指南针扔一边去吧，重要的是，咱们应该赶快宣布到达源头，开始漂流，把轰动效应造出去，不然拖得太久的话，大众的关注度就该降温了。这就跟一部电视连续剧一样，必须在第一集抓住观众的眼睛，否则人家很快就会换台，不再关心你这一出。另外，还有一点，就算再过多少年，谁再有闲工夫来测定，咱们到的不是最精确的源头点，那时咱们的名声也早就在外了。历史是会允许先行者有些小小的误差的嘛，重在张扬一种精神嘛，相信大众不会对咱们这帮吃第一口螃蟹的勇敢者太过苛求。诸位，对兄弟这番见解作何感想？

人们沉默着。站在人群二三十米开外的医生和朵拉，也沉默着。

哼，要是兄弟我是队长的话，这会儿就立刻宣布，从脚下开漂，同时往报社发消息，说这支勇敢顽强的队伍，已经胜利到达源头。我老穆写的东西，从来都极具煽动力和影响力，连省委书记看了都得作重要批示。老穆意犹未尽，继续挥斥方遒。其实依我看，咱们干吗不选个队副？这队里光靠队长一个人日理万机，也太辛苦了点，有个队副，不是也好帮他分担分担吗？老穆的高见终于赤裸裸地达到了顶峰。

老穆，那干脆就推你当队副得了，同意的举手。只要老穆你敢宣布咱这脚底下是源头，哥儿几个就敢跟着你漂。有人回应着。

从这儿漂——你们这帮不知廉耻的，就不怕在历史上遗臭万年吗？医生鼻尖上的爆皮，突然哆嗦得像发怒的公鸡颈毛。一只硬邦邦的冻羊，应声朝众人头顶飞去。这儿是长江流域！

四散开去的众人，望着医生，一个个呆若冻羊。

胡扯！你这纯粹是胡扯！你别在这儿耸人听闻！老穆率先反应过来，其他嘴巴也相继发出同样的喊叫。

医生不再做声，径直走到帐篷旁，在那口煮食用的铁锅边蹲下，朝里面捧起雪。朵拉放下青稞袋，去帐篷里拿出喷火枪。

一片寂静，只有喷火枪呼呼作响。

高，还是咱们亲爱的医生高，这么快就给大伙找到吃的，他老田这会儿还不知道在哪儿瞎转悠呢。管他娘的什么流域不流域，先顾肚子要紧。真要成了饿死鬼，那千秋功业还从何谈起？又是老穆率先清醒过来。他瞧着倒在自己脚下的羊，换了个声调，喜笑颜开。

众人也幡然醒悟，纷纷朝羊围过去。真肥，好羊。啧啧声此起彼伏。

我看，这队副应该选两个才是，除了我一个，应该再加一个医生。有我们俩辅佐老田，后面大伙才会少走弯路，你说是不是，医生？老穆一面拔出刀来，割下一片羊后腿肉塞进嘴里，一面朝医生挤眉弄眼。有理，有理。四周七长八短应和着。更多的刀子围了上来，对着肥美的羊后腿下手。

老穆又去打开装青稞粉的口袋。嚯，好东西还不少哪！这要再来点青稞酒，咱们可就成了活神仙啦。他朝医生堆出一脸谄笑。亲爱的医生兄弟，我谨代表全体饥寒交迫的队员，向你——呃，还有我们勇敢的小女记者——表示最衷心的感谢！他忘乎所以地拍着医生的肩膀。长江很长——黄河很黄——他竟然得意忘形地唱了起来。

你这杂种，给我滚远点！医生前所未闻地爆了句粗口，朵拉大吃一惊，转脸就见他朝上一起身，胳膊肘向外一顶，正好撞到老穆前胸。老穆踉跄几步，一屁股跌坐在地。

老穆手脚并用爬起来，腮帮子旁的两坨肉哆嗦着，上去照着医生肩膀就是一拳。一转眼，两人便在地上滚成一团。一旁乱喊着别打了别打了，却不见谁上前去拉。

医生个头虽比老穆高，体格却不如他，很快转为劣势。老穆的刀，贴着医生的鼻尖晃过来晃过去，活像惊险片里的格斗场面。

朵拉端起喷火枪，枪口对准老穆屁股。哎，哎，放下放下，那可不是闹着玩的！一旁袖手看戏的，这下真慌了。有人要过来夺枪。

刺啦——火舌紧贴着老穆的屁股窜了过去。老穆捂着屁股，一下子蹦到半空。你他妈的小母……母夜叉，跟医生穿……穿一条裤子……

刺——刺——刺——朵拉朝着老穆四周又连发几枪。老穆在火舌阵中一阵乱蹦。我操，好男不跟女斗，你，你，小姑奶奶，把家伙收起来。我给你作揖，作揖还不行吗？

作揖管屁用，抽自己俩大嘴巴！朵拉摁着发火键，毫不退缩。

山中无老虎，猴子称大王啦？一个熟悉的声音远远传来。所有的脑袋，全都向日葵一般，朝着声音发出的方向转去。

老田，跟他一路同去的队员，还有一位藏民，跟在一匹马儿旁走着。马背上，驮着三只宰好的羊！

队长——队长回来了！众人爆发出热烈的欢呼。老穆一下子彻底忘了屁股，喊蹦得比谁都起劲。

咱们的大救星！活菩萨！老田拉着那藏民，朝大伙激动不已地介绍着。

走近了，那藏民露出雪白的牙齿，冲朵拉直笑。她这才发现，他就是早上她跟医生刚刚告别的尼玛大叔！

早晨，送走医生和朵拉，尼玛大叔出门放牧。走了不到煮熟一锅羊肉的时间，恰巧遇上老田二人。六目一相对，老田二人立刻饿狼一般扑上来，与他热烈拥抱。不容尼玛大叔喘上两口气，他就明白了这是怎么一回事：两个倒霉的异乡人，在茫茫雪地里转悠了一天一夜，随身带的干粮都快吃光了，却连根兽毛也没打着。当然，同时让他不解的是，平常一年到头都见不着一个内地人，今天怎么早上刚送走一对儿，紧接着就又来了俩。接下来，尼玛大叔又遭遇到了一个跟他昨天碰到的同样愚蠢的问题：这儿离黄河源头还有多远。

尽管理解不了老田那左一个意义右一个价值，但最后，尼玛大叔至少明白了一点：这群异乡人，不到卡日曲不死心。他踌躇再三，终于说出真相：自己知道卡日曲怎么走。此前，他没有说出这一事实，是不想自找麻烦。而此刻，他实在不忍心看着这群红了眼的赌徒，在这片混沌世界里瞎转，直到转到魔鬼那里去。不过，他再三强调，自己只是在七月里草长花开时节到过那里，现在这个鬼时节，地形难以辨认，不敢打保票一定就能再次找到，但这已经足够老田感激涕零了。接下来，尼玛大叔迅速返回帐篷，把放牧的事交代给女儿，又宰了三只肥羊，跟随老田上了路。

西边晚霞艳如火烧时分，大本营那头鬼子姜又传来一个爆炸性消息：又一队来自内地的人马，在玛多小城短暂停留之后，开始向源头地区进发。这队人马途经小城时到处散播流言，说他们将第一个登上源头并开始漂流，因为他们请到了一位著名的国家级科考权威作为向导。

咱们可别弄得起个大早，赶个晚集。真要给人当了垫背的，哼，回去那脸就只好朝裤裆里塞了。有人气急败坏地嚷嚷着。

妈的，老子要真给逼急了，说从哪儿开漂就从哪儿开漂，反正绝对不能让首漂果子叫别人摘了去。一向稳健的老田终于沉不住气了。他拧着眉毛，团团转着，犹如一只笼中困虎。弟兄们，咱们可都是一条船上的。他在一帮记者面前停下，用带点挑衅意味的目光望着他们。咱们的命运早就连在一起了，一荣俱荣、一枯俱枯的道理，你们肯定比我更懂。自然，那是，那是，自然。老穆忙不迭地啄着米。

老田，我告诉你，这场漂流胆敢有半点弄虚作假，我马上离队。我管不了别人的良心，但我能管得了自己的良心。医生朝老田走过去。

两个男人鼻尖碰鼻尖。

一阵接近于漫无止境的安静。医生鼻尖上爆起的干皮，在晚霞中片片斑斓作色。

我可敬的英雄们，你们这是要干什么？难道你们——不是好兄弟吗？尼玛大叔走过来，将手搭在老田和医生的肩上，望望这个，又瞧瞧那个。

哈——哈——老田突然仰头爆出一阵大笑。我亲爱的医生，你也太天真了，你真的以为，我会糊涂到那种地步？我不过是试试大家，看看各位的灵魂，是否经得住考验。现在，我可以肯定，医生，你，是个品德高尚的正人君子。老田拍着医生的肩膀，亲热得异常夸张。医生沉着脸，阴郁地看着脚下的积雪，不作反应。

第二天一大早，大伙吃饱喝足，给两条橡皮船也充足气，将一大半物资装备装上船，再在船帮两侧系上粗粗的缆绳，按照尼玛大叔指引的方向，一人扛上一根缆绳，起程。

为了减轻拖船的负荷，另一小半物资装备，交给了尼玛大叔的马儿。

老田没有要求朵拉拖船，只说你能跟着走，不躺船上让我们拖你就不错了。这话激怒了朵拉，她毫不手软地拽起一根缆绳。

拖曳果然超乎想象的艰难。

船底与冰雪之间巨大的摩擦，让行进活像是用锈锯锯木头。没走上两米，朵拉就心慌气喘得如同烈火烧心。她不得不将肩上的绳子松一阵，再紧一阵。

途中休息，尼玛大叔走到朵拉身边。跟第一次见到她一样，他再次用好奇的眼神打量着她。你，一个姑娘家，为什么要来这个鬼地方？什么意义不意义的，我看，你是上了这帮亡命徒的当嘛！黝黑的脸上，雪白的牙齿一闪一闪，像一排惊叹号。

朵拉揉着被绳索勒疼的肩膀，望着早已无比熟悉的原野。

除了自己所在的这一小撮红色生物，极目之处，没有其他任何生命迹象。昨夜的狼，藏獒，血腥的厮杀，像一个久远的传说，飘逝得难以捕捉声息。辽阔的白色原野上，只有风在吹着口哨，忽前忽后，忽左忽右，忽缓忽急，变幻的脚步令人无从捉摸，如同一个不羁的浪子。

老田坐在前面那条船的船头，摆弄着他的宝贝指南针，医生倚在船尾，闭目养神。

身后，是长长的脚印和拖船的曳痕，前方，是无尽的白色。貌似纯净的白色，暂时掩盖了一切，让许多莫测的生命消息，在下面潜滋暗长。

谁也别想让我上当，从来就没人能让我上当，我知道自己是在干什么。一阵随风起舞的细雪，将朵拉的喃喃自语卷向浩渺苍穹。

第八章　走吧，走吧，为自己的心找一个家

中午，通常是我一天里生物钟最低潮的时候，但为了一份菲薄的红包，不得不撑着昏昏沉沉的脑袋，还有岌岌可危的耐心，端坐在一个新书发布会上，听一伙评论家胡言乱语。这帮同样吃了人家嘴软的家伙，正把一本江郎才尽的名家庸作，吹捧为开拓新体裁的盖世杰作。

一道隐隐的刺痛，在后脑某个部位生出。

手机响了。是特娜。

蒙地不见了！

隐痛瞬间放大，扩散到整个头顶。

我慌忙冲出会场，追问特娜，到底是怎么一回事。她说，她一早去菜市场买菜，一个小时后回来，就不见了蒙地。开始她想，他大概是去近处遛弯儿了，可一直等到把他指明要吃的牛尾汤炖好，还是不见人影。她生出不妙的感觉，去翻那只平时放零用钱的抽屉，发现里面的三百多元钱不见了。

他也许只是出去逛一逛，再等等看，别太着急。我一面安慰她，一面手心直冒汗。不光是钱，还有衣服！特娜尖叫着。她说，她正在翻查衣柜，发现少了他的一件夹克，一件毛衣，还有两条长裤，两件衬衫。我说怎么这么怪呢，以前他并不特别爱吃牛尾汤，可昨天他却说，今天中午一定要吃牛尾汤。现在我才明白，他一定是知道牛尾难买，好让我在市场里多耽搁会儿，给他腾出足够的出走时间。噢，上

帝，那只蓝色旅行包也不见了！

知道带上衣服就好。我尽力安慰她。可是他没带药！又是一声歇斯底里的尖叫。

我一面安抚特娜，说我这就出发去寻找蒙地，一面翻出两粒止痛片吞下。出门办事，只要中午无法躺下休息，我就一定得随身备上几粒止痛片，再不就得是一杯含有咖啡因的饮料。西医说，你这神经性头痛，没什么特效办法，只能靠自我调节，注意休息，情绪不要激动。中医说，你这是脑供血不足，不多加小心的话，将来年纪大了会有麻烦。直到此时，我才有所领悟，为何当年初到高原，我的反应要比绝大多数人严重得多。这些从我年轻时起就不甘寂寞的神经和血管，怀着锲而不舍的意志，在我走下那片高原之后，仍旧不时向我显示它们的存在与活力。我猜想它们总会有一天，向我挥出致命的一击。偏瘫，或者痴呆，这两种结局的丑陋性不相伯仲。不止一次，我在头疼发作剧烈躺在床上大半天不能动时琢磨，未来采取哪种自杀方式更为容易，体面。比起死亡，我更害怕的是，失去尊严。

对付完头痛，来到西客站。

找到车站派出所，没有任何收获。好心的民警小伙子指点我，可以到火车站播音室播一条寻人启事。我谢了好意，却不打算实行。这可不是一个聪明的办法。

我走遍了每一间候车室，仔细打量每一排面孔，每一群面孔，每一个面孔，然后，从头再来一遍。

再次走进标明有一趟西行车次的候车室。人不多。开往西宁的列车，要在凌晨2点23分才发车。

挑个没人的角落坐下。

隐约传来一声汽笛，心头不由一颤。这声音很久没听到了。自从来到北京，出行时我再没选择过火车。实际上，我压根儿就很少出行到这座城市之外。我害怕听到这种鸣叫声，就像是害怕埋葬于千年冰雪之下的青春，在这声呼唤中醒来，向我扬起招魂之幡。

闭上眼，深呼吸，让感伤一点点稀释，让身体一点一点放松。汽笛声渐鸣渐远，疲倦一重一重涌来。当年那个叫朵拉的女孩，疲惫不堪时，能够在任何地方躺下，无论是洁白松软的雪地，还是正值解冻的泥沼。在她身上，始终具有一个流浪汉一般的素质。虽然历经了二十年，这种素质，仍然深深植根于她的肌体，不曾死灭……

哎，你的包掉了。矇眬中觉得有人碰了我一下。睁开眼，发现一个男人正捡起我掉在地下的皮包，放到我膝上。

对面座位不再是空着的。一个中年男人，一个年轻女孩，既突兀又自然地坐在那儿。

中年男人一顶宽边毡帽，一头披肩乱发，一把同样蓬乱的连鬓胡须，掩得两只眼睛几乎看不清藏在何处。女孩子不是美人，眉眼却还干净，脂粉不施，一头褐色长发高高束在脑后，手腕上套着一串彩色珠子。两人脚下，各放着一只登山包。

那男人低头去翻随身的挎包。他会翻出一张大饼，或者一只熏鸡，要不就是一瓶酒，和他身边的女伴共享，然后，一人再来上一支劣质香烟。女孩子应该会抽烟，瞧她那手指，天生就是为潇洒地夹上一支香烟而生的，瞧她那嘴角，天生就是为了风情万种地吐出一串烟圈而生的。我望着这两人胡思乱想。经过一阵短暂的小盹，我的大脑已得到了有效的休整。

男人翻出的却是一个笔记本。他翻开一页，递给女孩。

女孩接过去看着，片刻，抬起头，不无崇拜地望着男人。写的有那么点意思啊。你是干什么的？靠写诗吃饭吗？

我这才发觉我的判断出了错。

不，是替人打官司的。这回答让我跟那女孩同样感到意外。律师？写诗？这听上去可太不搭调了！一个是绝对理性，一个是极其浪漫……嗯，看来，你是个具有多重性格的人，你不满足于自己的社会角色，你的内心时常处于躁动当中，渴望造反，渴望颠覆，渴望过另外一种完全不同的生活！扮演另外一个完全不同的人物！碰上你这样的人，可真真真是太有意思了！女孩伶牙俐齿地下着论断，一副洋洋得意的模样。看得出，她是时常会为自己如此聪明过人地下结论而洋洋得意。

你的想象力可真够丰富的啊。大胡子既有些小小的得意，也有些难以掩饰的尴尬。他不自然地瞟了我这边一眼。

很高兴能认识你这么个有意思的人物，想不到这趟出门运气这么好。接下来的一路，咱们会聊得更有趣的，说不定，你还会为我写一首诗，甚至，不止一首诗，对吗？女孩直视着大胡子，糅合了世故与天真的眼神，具有让任何男人都难以抵挡的架势。

大胡子没再说什么，接过写着诗篇的本子，收好，又朝包里摸索。这次不是另一本诗集，而是一杆烟锅，和一只烟袋。他从烟袋里挖出一撮烟丝，朝烟锅里填实，点燃，吧嗒起来。女孩看得两眼发直。

我有两个驴友，前两天已经在西宁等我了。本来，我们约好是要一起向上走的，但是现在，我改主意了！我这会儿就告诉他们，我不跟他们一路了。从现在起，我要跟你形影不离，浪迹天涯。你不会对我说不吧？女孩的攻势凌厉得迅雷不及掩耳。她拿出手机，开始发短信。

大胡子盯着脚下的旅行包，继续吧嗒着烟袋，既不急于响应这一热情胜火的建议，也不急于阻止女孩的激动举止。我眯起眼，装出继续昏昏欲睡的样子。

整个候车大厅都陷于一片昏睡之中，除了对面这一男一女，除了我。

难道，你不欢迎这场飞来横福吗？女孩发完短信，毫无顾忌地继续膨胀着胆量。姑娘，我可从来都是独行侠。我只想一个人静静地面对高原，静静地与自己的内心世界对话。大胡子的胡子慢条斯理地蠕动着。女孩夸张地撇着嘴。哼，孤独是可耻的，孤独者是卑鄙的。既然你能让我分享你的诗篇，为什么就不能和我分享一段生命里程？分享只能使你的生命更加富有存在感，使你对这个世界的思考更加多元化。

终于看到大胡子的眼睛在何处了。大胡子显然十分惊讶于这小丫头的巧舌如簧。唔，咱们不是还有二十多小时的旅程吗？我会认真考虑你的主意的。大胡子的孤独终于有所松动。对了，你还没告诉我，你是从事什么职业的。女孩眉毛一挑。假如咱们的同行之路足够漫长，你会有机会知道一切，甚至，无法从你的生命里抹掉我。

唔……嗯……大胡子忽然支吾其词起来，同时朝一旁闪了闪身子，眼里闪过一丝不确定的神色。

嘿嘿。女孩子忽然也似笑非笑地，瞟了大胡子一眼，身子刻意地朝他再靠近些去。放心，我可以向你保证，咱们这段浪漫之旅，只会维持到你脱下这身画皮那一刻，一旦你打回原形，我也换掉包装打回原形，我就会重新视你为路人，对你不会再有半点兴趣。

最后这段话，女孩几乎是凑近大胡子耳边说的，说得非常轻，轻得与其说我是听到的，不如说，我是从她的嘴形、她脸上那瞬息变化的表情上猜出来的。那一刻，她的眉梢眼角告诉我，她的内心，绝不如她的外表那么简单，只要她愿意，在接下来的一路同行中，她可以毫不费力地让大胡子溃不成军，此生难寐。

要不是手机铃声的提醒，这场胆大妄为的勾引秀，让我几乎忘了，我来这里是干什么的。

不出所料，又是特娜。问我在哪儿，要我别太辛苦，今天没结果就算了，还是赶快回去休息要紧。我一面朝候车室外面走，一面说放心吧，我已经报了警，现在正在回家路上。她说都这么晚了，别再往回赶了，不如就近上她那儿休息。我说油油饿一天了，我必须回去喂它。

她嗯嗯着，却又拖延着不肯挂机，我只得说，我要进地铁了，我的手机快没电了，在里面效果不好，待会儿出了地铁再给你打过去。

刚出候车室，手机又响了。看来今晚特娜是不会让我安宁了。我感觉自己完全像是一只被人套住了脖子的旱獭。我恼火地看了看号码。

是个陌生号码。警察？我连忙接通。

是一个南方口音的破喉咙男人。那男人声称，他那儿有个吃了饭不付钱的客人，假如我能为那人付钱的话，他就不报警。紧接着，我听到了蒙地的声音！

蒙地说自己在一家小饭馆里，说本来身上是带着钱的，但不知什么时候弄丢了。我急忙让老板再接电话，问明饭馆位置，要他千万稳住蒙地，我这就过去。

打了辆车，七拐八绕将近半个小时，才找到位于城西北方向一条小巷里的那家小饭馆。

店堂里灯火通明，却连桌子底下都不见一个人影。喊了好几声，一个黑瘦的小个子，才气急败坏地从外面跑进来。他紫涨着脸，冲我大喊大叫。他跑了！这个无赖，趁我上厕所的工夫，跑得没影了！你来了就好，这是他欠的饭钱。那小个子冲我挥舞起一张小纸条。我拿过来一看，那上面写着一碗榨菜肉丝面的价钱，十二元。

没钱付饭钱还不算，还唠叨个没完，说自己是道德高尚的人，说自己讲情义，守信用，希望我最好再借给他点钱，他有重要的计划要实现，钱他迟早会还的。哼，他把我当成跟他一样的傻瓜了。是不是精神病院大门没有关紧啊？从哪儿跑出来这么个傻瓜。我跟他说，要么你赶快付饭钱，要么我就叫你朝警察借去。安徽口音的小老板，像块拧不干的脏抹布，滴滴答答个没完。我扔下十二元钱，强忍着，没朝这家伙脸上甩十二个巴掌。

夜里十一点多，我孑然一身回到街头。

灯火阑珊，行人寥落。我站在一条小路口，不知接下来该何去何从。一辆出租车放慢速度，驶近身边。我朝司机摇摇头。

远处的轻轨桥静静地卧着，不再发出半点喧嚣。我望着发了好一会儿呆，才猛然意识到，末班轻轨已经结束了，末班公交也早收了车。

暗的街道散发着凄凉的温柔，夜的都市伸展仁厚的胸怀。无论行迹多么可疑，无论心怀多少创伤，这密布的城市肠道，都可以吸纳一切，消化一切。身无分文的蒙地，再去火车站已经毫无意义，只能在街巷间游荡，或者栖身某个立交桥下的角落。运气好的话，碰到巡警盘查，问出我的电话，联系上我，我再去把人领回。这是我能想象出的最好结果。

我拖着胀痛的腿，一步一瘸地走着。一年前，左腿发作过严重的带状疱疹，至今还留有一走长路就作痛的后遗症。肚子里传出鸣响，但我置若罔闻。此刻，我只想躺下。无论肮脏的角落，还是洁净的睡床，只要能够放平，能够闭上两眼，所有的牵挂和忧伤，所有翻不过去的门槛跨不过去的沟壑，就都可以抛到脑后，统统让它们见鬼。

远处的建筑物浮在昏黄的雾霭般的微光里，显出一种不真实的感觉，仿佛蒸腾着，要离开地面。这感觉让我一时间觉得，自己也会从这街道上蒸腾而去。

街对面恍惚飘过一个人影，像是蒙地。大喊了一声，那身影突然又消失不见。我怔怔地望着那个方向，想跑过大街追上去看看，但心里其实也明白，那不过是个幻影。

亲爱的蒙地，这里曾是你生长的城，可我知道，这里从来都不是能留住你的心的城。我知道，你的热爱，从来都不曾交付给这里，我知道，你降生在这里，只为有一天要远离这里。这道理，除了你自己，天底下就只有我明白。我还知道，即使终结一生，你和我一样，永远也找不到自己心中想要的那座城!

这城不是你的城，不是我的城。除了重逢，我们还有什么理由要留在这座城？重逢之后，我们又会在何时抛下这座城，遗忘这座城？

恍惚了许久，我才意识到，自己不曾飞升半分，双脚依旧牢牢粘在脚下这座城上，双腿也正牢牢地陷在困境之中。

走到一家24小时营业快餐店门前，腿疼得不得不再次停下来。实在是一步也走不动了。从这儿打车回去，一百元肯定打不住。一百元，这是个让我心疼不已的数目，这是小区流浪猫整整一个月的口粮费。忽然灵光一现，想起了阿凯。我恨自己真是急得乱了方寸，为什么没能早点想起他。这会儿，他一定正精神焕发呢吧。拨过电话去，果然，说正在北影厂摄影棚里，看一个朋友拍片子，这会儿看得差不多了，正准备离开。我说，我跟几个朋友出来吃饭，他们全喝多了，我不敢搭他们的车走，身上又忘了带钱。

阿凯很快抵达，不过，不是独自一人。副驾座上，赫然坐着麦田。

恭喜我吧，我终于小试牛刀，为自己做了件不错的嫁衣！麦田两眼如炬，暗影也奈何他不得。我写的一个本子，遭到阿凯一哥们儿，一新锐导演赏识，认为我这本子体现了独具视角的人文关怀精神，拍出来一定是一部会引发热议的佳剧，哪怕融不来资，卖车卖房卖祖传宝贝也得拍。

麦田沉浸在彻头彻尾的自我陶醉中。我看了眼阿凯，证实这回他老爸所言不再是乌有之事。

好好，恭喜你大器终于晚成，幸运女神终于开恩眷顾于你。我竭力满腔真诚地奉承他。激励是有效的，麦田继续保持着亢奋劲头，滔滔不绝地叙述起自己为了写这部剧本，如何废寝忘食，殚精竭虑。

马甸桥过了，安定门桥过了，麦田的嘴还没停，开始从描绘戏剧场景转入描绘女主角和导演之间绯闻的现实场景。手机又响起来。还是特娜。说怎么也睡不着，只要一躺下，就总觉得大门在响，她觉得自己快要疯了。我一面应付着，一面想，要是不立刻到她那儿去，今夜我和她，会直到天亮都不得安宁。那么，就让油油独守那只盛满不复存在的往事之箱吧，如果它愿意屈尊纡贵的话，餐桌上还有我早晨剩下的半片面包和小半碗酸奶。

我告诉特娜，我这就过去。

都这么晚了还有约会，生活真是丰富多彩啊，是谁啊？是你那……麦田的注意力终于开了小差。不过，在一个小小的停顿之后，在迅速回味了一下我接电话的语气之后，这次他聪明地让想象力中途来了个转折。达令，在你苦苦寻求真爱的道路上，无论遭遇到何种前景，别忘了，背后还有一双无限关注你的眼睛。那是那是，那眼还三千八呢，价值不菲呢。我强打精神，尽量用轻松戏谑的语气，遮掩内心的沉重。

送完麦田，阿凯立刻追问，是不是你那位老朋友有麻烦了？我猜你今天也不是出来跟朋友吃饭的，你一向没有如此癖好。我简要叙述了今天发生的一切，他掉头就朝鼓楼大街方向开。

拐进蒙家老宅那条胡同，远远就见他家门檐下，两盏大红灯笼闪闪放光。黑暗中的两点红，让那地方活像一个叵测的陷阱。

进了大门，绕过影壁，就见里面所有房门四敞大开，间间灯火通明。特娜和她的惊慌，毫无遮掩地暴露在我们眼前。

平时，无论多热，无论穿什么样式的衣裙，特娜都会在颈间系一条小丝巾。她有无数条花色不同的丝巾，我几乎没见过重样的。但今晚，她颈间却一无所有。也许是慌乱中忘了，也许是再也不想遮掩了。灯光下，那条粉红色的蚯蚓，鲜艳，刺目，自脖颈中段蜿蜒伸向锁骨，随着她说话不停地蠕动。尽管这丑陋的疤痕早已在我眼前显露端倪，但当第一次目睹全貌时，我还是忍不住浑身密密地起了一层鸡皮疙瘩。

年轻人，假如我有个孩子的话，差不多也该你这么大了。特娜拉着阿凯，凑拢去，用一种近乎贪婪的目光打量着他。阿凯的视线则尽力躲避着那脖颈。

杏树叶子哗哗响着，青青的葡萄在头顶摇动。揪一粒放进嘴，赶走阵阵袭来的倦意。

这不是他第一次失踪了，九年前，他就失踪过一次。那次，把我们半个小城都搅翻了，因为那儿从没发生过这种事。居民们人心惶惶。起初，还有人以为他被绑架了。我到警察局报了案，警察们几乎全体出动。

粉红色的蚯蚓，在特娜的颈项间一下下蠕动。

整整两天两夜，我没合过一下眼。我开着车，转遍了城中大街小巷，骚扰了半数以上的居民。教友们也都出动起来，帮我寻找。我在本地报纸上刊登了大幅寻人启事。三天过去了，没有消息，四天过去了，没有消息。第五天，我完全绝望了。我把自己关在家里，只剩下跪在主的像前画十字的力气了。就在这时，我接到一个从纽瓦克机场打来的电话，问我是不是登报报过一个失踪的人，说他们那儿有个人，和照片上的失踪者很像。我立刻开车过去，谢天谢地，真的就是蒙地。原来，他游荡到了纽约，拿出一张飞往国内的机票，嚷着要登机。安检员一看，那机票已过期两天，就将他拦下，报了警。机场警察接到过我们小镇警察局的传真，在失踪人员登记表上一查，发现这正是我要找的……

特娜突然停下话来，转过头去，望着大门方向。没人。我说。但她还是走过去，打开大门，朝外面张望了好一会儿。

在这以前，他也不止一次停过药。先是靠了医生的劝导，还能自主恢复服药，后来慢慢地，医生的劝导也没用了，只能靠强制住院治疗恢复用药。所以，这次出走前，我看他又停了一段时间的药，心想只好先由他去，反正我劝也没用，等情况实在糟糕了，再送医院强制恢复吧。可我无论如何也没想到，这次他会策划出这么一个惊天动地的计划。只是形势没能按他事先计划的发展，跑出家门后，他的大脑很快失去了控制，东游西荡好几天，才到了纽约。这中间，他都在哪儿停留过，吃的什么，怎么休息的，连他自己也说不清。总之，当我再见到他时，他脸色蜡黄，身上散发出的那股气味，比堆了一个月脏衣服的洗衣篮还要可怕。

特娜倚着葡萄架站着，脸浮在一束从侧后方厨房方向投过来的光线中，活像一只漂在汤锅里被人遗忘的汤圆。

但是，比起我知道的最糟糕的故事，这根本算不了什么。我们，甚至可以说是幸运的——声音平板，松散，仿佛是一只搁浅在河床上，正在慢慢解体的小舢板。

哗哗声停止了。周身很快感到了黏腻。我感觉自己就像是一只正被一点点凝固在松脂里的三叶虫，不仅手足，就连意识，都在渐渐停滞下来。

许多年前，我参加过一个关爱团体，那里面的成员，都是和我有着相似经历的病友家属。我们定期聚会，交流看护经验，倾诉内心苦闷。起初，这聚会确实能帮我减轻压力，让我觉得自己还不孤单。但是后来，老成员开始一点点减少。五年里，我失去了三位朋友——她们再也不需要帮助了。一位是丈夫失踪超过两年，被宣布法律意义上的死亡，不久她又再嫁；另外两位，亲人死于自杀。现在，我早已退出那个团体。我不愿再听到任何人的不幸消息，我不想让自己感到，我离某种必然的结局，越来越近。

白而圆的脸，继续孤零零地浮着，涨着。

我周身越来越黏滞，呼吸越来越困难。

什么地方隐约传来一串咕噜声。你还没吃晚饭吧？突如其来的声音让我一怔。我这才发现，阿凯根本没走。哎哟，抱歉抱歉，只顾说自己的事呢，就没想到问问你还饿着没有。我这就去热牛尾汤，这就去。特娜转身朝厨房跑去。我停了一会儿才想起来，从中午到现在，除了两粒止痛片，自己肚子里，只下去过一粒青葡萄。

假如是你，和你那位可怜的老朋友，一直生活在一起，面对他这种病态，你会怎么办？阿凯瞟了瞟厨房方向，又觑着我，窃窃地问。

我望望厨房里面晃动的身影，又望望阿凯那对我的道德良知充满探究的眼睛，猛抽两口气，将思维从黏滞中提出。说实话，我会把他交给医院，让他长期待在那儿，由医生去照管。我不会把自己生命中的大好时光全都消耗在他身上。对我来说，个人自由，远远胜过一切。

仿佛有把利刃抵在我咽喉上，逼我交代出银行卡密码一样，我将内心深处最真实的思想密码一吐而净。阿凯的眼珠瞪得如同两粒即将从枝头坠落的葡萄。那你对他，还有真正的爱情吗？

我可怜的阿凯，你某些方面可真像一个天真的中学生，哦不，现在的中学生，都未必个个像你这般天真。我无比怜悯地望着他。为了彻底击碎你那白日大梦，让我再跟你稍稍多吐露一些实话吧。即便在当年，我们之间发生的一切，也不是你想象的那种无比纯情、可歌可泣的爱情故事，更何况今日。当我还是一个初出茅庐的小记者时，当我还正被许多自以为足够成熟足够世故的男人们蔑视时，我就已经明白，我和蒙地，假如不是在那个地老天荒人迹罕至的地方相遇，假如只是相识于某个城市的某个角落，我们之间，不会有比你我更多的缘分。我，一个如假包换的机会主义者，他，一个彻头彻尾的理想主义者。我们两个人，从价值观到精神境界，都大相径庭。我们俩，只不过是在一个特定的舞台上，一幕特定的场景下，别无选择地演出了一场貌似爱情的短剧。那样的年代，那样的环境，那样的天地苍茫，那样的生死与共，怎么能够没有一段貌似爱情的故事发生？在那群人里，除了他和我，还能有谁，更适合扮演那出爱情短剧的男女主角？

夜晚再次呈现出它难以抗拒的魅力。它总是能够轻而易举地让人放松，让人鼓起敢于剖白一切的勇气。从年少轻狂时起，我就清楚地知道，夜晚，它是我最亲密的朋友，也是最该防备的敌人。

阿凯眨巴着眼睛，困难地咀嚼着我的话。

诱人的肉汤香味飘过来。阿凯抽了抽鼻子，目光转向厨房方向。美味让他迅速放下了思想武器。

牛尾砂锅很好吃。毫无疑问，从八岁到八十岁任何一个男人的胃和心，都会被这样一锅美味打动，当然，女人也同样。

特娜要我跟她去她房间那张大床上睡，阿凯则到平时蒙地住的那间厢房休息。我虽早已不习惯与人同榻，但一天下来的疲惫，让我对生活无心再做挑剔。

你一定很想知道，我脖子上的伤疤是怎么来的吧？刚一躺下，一旁的身体，就像一堵墙一般朝我挤来。唔，当然。尽管已经睡意朦胧，但这确实是个让我感兴趣的话题。告诉你，是我自己干的。斩钉截铁的声音里，透着遏制不住的快意，仿佛炫耀一般。睡意顿时消失大半。在蒙地发病的第三年上，我觉得自己再也忍受不了这种看起来没有止境的生活了。趁他又一次住院时，我狠狠给了自己一刀。为了干净彻底，我特意把菜刀磨得飞快。血把半个厨房都染红了。

睡意彻底消失殆尽。我额头冒汗，颈背僵直。

但是，就在昏迷前的最后一刻，我听到了主的声音。主说，你是我的羔羊，我将拯救你，你不可以自毁，自毁者是卑鄙的。于是，我用尽最后一点力气，拨打了急救电话。

后面翻了个身，背朝向我。我小心地朝床边挪动起身体。你放心，现在我再也不会这样了。背后的声音重归平静。因为我的身体是属于主的了，除了主，没人能拿走我的生命。我继续朝床边一点点挪着。在我最困难的时候，是主，拯救了我。主怜悯他的羔羊，他让我坚持到了今天。平静的声音转而又变得沮丧。只可惜，无论我怎么开导，教友们怎么劝诫，蒙地他就是不肯皈依主。他总是说，他要去寻找属于他自己的那个神。停了停，声音变得有些含混。可我——我也不——知道，他到底——什么时候——才能找到——他自己那个——神……

我滑下床，屏息静气靠近门，开了门，溜出去。

半夜两点，阿凯那扇窗还亮着灯。年轻真是硬道理。他一向的习惯，不到东方发亮，不会躺下。

厢房深处，阿凯正站在那一长排深色书柜前。那是些我从未有机会打量过的旧书，不少还是匣装的。蒙地在时，从不让我进这间屋。书们阴沉地踞守在暗处，像一些心怀叵测的老祖宗。

阿凯在翻一本很旧的、卷了边的英文书。我扫了眼封面，心头不由一动，那感觉仿佛是于茫茫人海中，瞥见了一张似曾相识的面孔。《THELOONY-BIN TRIP》。这书名，像一粒飞砂，溅进了我的眼。为了了解蒙地这种疾病的缘由，最近一段时间，我学了不少相关英文词汇。书的封面，是一个女人头的侧像，长长的卷发飞扬着，铺满大半个封面，那一绺绺卷曲向上的头发，像一条条燃烧的火舌。我一定在哪里见过这个女人。我努力撬动着记忆的疤结。

记忆之疤终于被撬开一条裂口，翻出了鲜红的血肉。是的，就在到达玛多小城的第二天，在那个阳光灿烂的中午，在已经开始解冻的河畔，在我第一次为美丽的湟鱼惊叹的岸边，蒙地正在看的，就是这本书!

整整二十年过去，我才有机会明白，当初，他为什么会那么紧张地将这本书塞进口袋！事实上，在他将书塞进口袋之前，我应该是看见了书名的，只是那时，我还不可能认识LOONY－BIN这个词，我仅仅是愚蠢地知道TRIP这个词。

书的勒口有一段内容简介，大意是说：这是一部一个被诊断为躁郁症的女人Millet，为重新控制自我而进行的痛苦挣扎史。

当然，要真正看懂这本书，我的水平还差得很远。我要阿凯帮我翻译一点内容。他挑了一段前言。

本书记录了一次由精神失常而开端的噩梦般的旅程，和因此而导致的社会状况，因此而经历的被监禁、被与世隔绝的痛苦。对我而言，把这一切都讲出来，把发生过的一切再重新复述一遍，能起到驱除邪魔的作用，这是为了还我本来面目而进行的自我辩护、一次心路历程。我们许多人都走过这样一段旅程。有些人毫发无伤地幸存下来，还有一些人却因为遭到施加于我们身上伤害的打击而不能保全自我，因为面对错综复杂的情形和有精神病的病史，你始终饱受导致你屈服的巨大压力。我要讲述这一切，还希望能借此帮助那些已经或即将踏上同样一段旅程的人们，那些被这种可怕的观念体制——精神病——的魔爪抓住并摧残的人们。肉体遭到囚禁，你被强制服药，最后还要忍受那永远被禁锢起来、与世隔绝的痛苦，或者即便被放了出来，也已终身蒙羞。无论如何，那成了我们走向生命尽头之前永远挥之不去的厄运，我们将永远被认为精神已经失常。我曾经认为这样的结局十分荒谬，绝不可能，那是别人的厄运，与我无关……

阿凯抬起头看着我，似乎在确定，是否还有必要继续翻译下去。我抓过书，随便翻开一页，指着一段，要他接着再译。

……你应该闭嘴，因为你以前说得太多；你应该收起你所有的才能，因为你以前太张狂，太恃才傲物。你应该忍受那些该死的家伙给你的折磨，因为你使他们难堪……被要求服药，被要求承认是精神病患者，这一切多么像是在报复，多么像是恐怖的意识形态，而且它极有可能全都是骗局……

阿凯停下来，再次看了看我。接下去。我强硬地要求着。不。他决然地回答。

我胡乱翻着这本不可思议的书。隔一些页，在一些段落下，就能看到有一些圆珠笔画的着重线。它们弯弯曲曲，时断时续，像一个颤抖的灵魂，在一个幽暗的世界里蹒跚着，摸索着，探寻着出口。靠近末尾一页，在纸张空白的边缘上，有几行手写小字：置身茫茫白色世界，仍然找不到我所期望的纯净境界。海拔五千米，依旧是一潭浊水……我想要的那个世界究竟在哪儿？在灵魂那无法预知的没顶到来之前，我还有没有可能，寻找到救赎它的途径？是我太疯狂，不可理喻，还是这个世界深陷泥沼，不可救药？

我的头嗡嗡作响。我感觉四壁在向里收缩，周遭正变成一个密不透风的铁罐。

唉，现在我才意识到，我们有多么幸运，多么幸福。阿凯的声音像低沉的锤击，敲打着四壁，发出嗡而闷的回音。我们永远无法体会那种等待厄运随时降临的感受，不必品味那在我与非我之间饱受折磨的滋味。自由，尊严，它们对我们如此慷慨，就像空气一样，以至于我们从未想到，它们的分量到底有多重。话音落处，阿凯的容颜刹那间跨越青春，直指沧桑。

我跌跌撞撞走到靠窗的单人床边坐下。我发觉，这是张完全谈不到舒适的床。硬不说，还吱嘎作响。我掀开床褥，发现下面的铺板，是几条七长八短的木板马马虎虎拼接成的。这应该是张很老的床了，它一定陪伴着蒙地度过长长的少年和青年时期。当年的他，一定是有意不想让自已在一张舒适的床上安稳入睡吗？是害怕在沉睡中失掉清醒思考的机会，是要分分秒秒争夺着走向全面黑暗前的宝贵时光吗？

我的指尖慢慢地在那一行行手写的字迹间往返游走，仿佛在探索着一条通往蒙地内心之路的窄门。当年，在春水初漾的高原河畔，当那个涉世不深的女孩朵拉正为了美丽的湟鱼而满心惊奇兴奋时，她怎会知道，捧着这本书的蒙地，内心却是一个怎样截然不同的灰暗世界。她怎能想到，竟然要过上二十年，直到此时此刻，自己才能洞悉当时他脸上那些最微妙的线条里，所包含的全部意义。

我将封面已经有些发脆的书小心插回书架。我和阿凯站在书架前，望着那上面一本本满腹隐秘的书们，沉默着，仿佛像在致哀。我们谁都没有了再去翻看什么书的欲望，也没有了再发出一声感叹的气力。

天际刚刚泛出青灰色微光，我正准备靠在蒙地那张单人床上胡乱迷糊一会儿，得到了一个匪夷所思的消息：蒙地平安回到了医院!

这个匪夷所思的结局是这样的：大约在凌晨的某个时分，精疲力竭的蒙地，走进一间派出所，告诉警察，自己是一个需要返回精神病院的患者，现在身无分文，希望他们将他送回原处。

我和特娜立即赶往医院。医生不让我们进病房，说刚给蒙地服用了大剂量的镇静剂，要我们次日下午再去。

再次到达时，蒙地已经穿着干净的病号服，神情平静地坐在床边，

我和特娜谁都没敢问，在失踪的那段时间里，除了那家该死的小饭馆，他都又去了哪里。主治医生再三叮嘱，不要提敏感话题，不要刺激他，否则，永远不准我们再踏进这里一步，院长下旨也不行。

我刚才做了个梦，梦见自己去乘火车，准备离开这儿。可不幸的是，眼看都快要上车了，梦醒了。蒙地用一种嘶哑的、极为掩沓的语气说着。那种从胸腔深处发出的嘶哑声，带着仿佛敲击一段蛀空了的树干般的音色，显得陌生而古怪，让人感觉那声音不是他，而是某个藏在他体内的幽灵所发出。那让我疑心，凡是进入这座医院的人，迟早，都会发出这样的声音。只有那迷蒙的眼神是熟悉的。那眼神穿透我，焦点落在后面远远的、某个难以确定的地方。

所有的梦都是这样，不想要的太长，想要的太短。我咕哝着连我自己都听不清的话语，走过去，撩起他额前一绺头发。如果不是额上那块青肿，我真的相信，蒙地他，还有我，仅仅做了一个长夜短梦。

第九章　黑色的怪圈

已经5月初了。除了能感到脚下积雪越来越厚，海拔显然越走越高，还看不出一点其他眉目。狂风夹着粗粝的小冰粒——雪霰，乱刀一般朝人脸上割来。大伙一个个弓下腰尽量贴近地面，活像一群煮熟的大虾。

跋涉了四五天，尼玛大叔的马停下来的次数越来越多。它不停地尥着后蹄，想甩掉背上的重负。现在，就算是身体最壮实的队员，也走不了三两步，就得停下来喘上一阵粗气。

朵拉的手指早就打不过弯来了，绳子一次次从掌心滑脱。医生帮她把绳子扎在腰间，好让她不至于掉队。即便这样，她也得连滚带爬才勉强跟得上大伙。我早知道，这小姑奶奶迟早会是个累赘。老穆一路不停地这么数落。可他自己也差不多是五十步笑百步，他肩上的绳子，松的时候远比紧的时候多。我看你那领导八成是喝了迷魂汤，怎么会派你这么个黄毛丫头来添乱。朵拉也不吱声，只靠近老穆，朝他前面猛一伸腿，老穆啪嚓摔了个狗吃屎。好你个小姑奶奶，孙二娘再世都得甘拜下风，我怕了你了行不？老穆满地打着滚，半天不知从哪头爬起。

尼玛大叔高昂起头，慢慢转动着身子，仔细辨别着风向。唔，这应该是从作毛那角山方向吹来的风吧。神圣英明的格萨尔王啊，祈祷你为我指引正确的方向，让我跟这支队伍，很快到达五个泉眼长流不息的卡日曲吧。

又走了一程。透过满天弥漫的风雪，朵拉隐隐约约看到，前方出现一只牦牛头骨。准确地说，应该是一对牦牛头骨上的犄角，头骨部分因为积雪太深，已经埋得完全看不见了。一路上，这种牦牛头骨出现过很多次，本不足为奇，但这次却格外与众不同。那犄角出奇的大而阔，活像一对只有格萨尔王才能举起的巨弩。

尼玛大叔紧走前去，扒开犄角下面的积雪，露出来的头骨同样大得惊人。尼玛大叔向两侧平展双臂，两手指尖勉强够着牛头两端的犄角尖。看来，这头牛生前堪称牦牛王了。

尼玛大叔又前后左右察看半天，随即面向大伙高呼，我看这里——应该是卡日曲了！

摇摇晃晃的大虾们停下脚步，吃力地扳直腰，望望那牛头，又相互望望。尼玛大叔的话音里，分明透着一丝让人疑惑的东西。

老田走过去瞧了瞧牛头，问尼玛大叔，为什么说应该是卡日曲？能不能肯定是？尼玛大叔说，光看牛头的规模，觉得这里应该就是了，但有一点让他疑惑的是，牛头上少了些字。当年他见过的牛头标志，上面是刻有卡日曲几个字的，当然啰，是藏文。

大伙也都围了上来。朵拉拿出摄影机，将镜头对准牛头。果然，无论她怎样拉近放大了细看，牛头上下左右前后，都找不到一点刻字的痕迹。

尼玛大叔四下眺望着，又仰起头，再感受了一番风向，随后，用十分肯定的口气对老田说，不管牛头上有没有刻字，这地方就是卡日曲。可能刻字的部分风化了，崩掉了，总之，卡日曲就是卡日曲，不会因为一个牛头的改变而改变。

能肯定不是长江流域吗？毫不出人意料，医生又表示出了多虑。

那绝对不可能。不信你们从这里向东走，快了三天，慢了四五天，一定能见到扎陵湖，当然，前提是，你们别再迷路！尼玛大叔向着漫天飞雪的空中，高举起一只手臂，庄严地捍卫着自己的尊严。

一直没再出声的老田，先是打量了一阵牛头，接着又去打量皮筏子。他在审视那堆食品。到昨天为止，羊肉已经吃得一干二净，现在还剩小半袋炒青稞，外加路上打的三只飞禽。无论怎么省，这么点食品，最多也就维持两天。为了那几只飞禽，还遭了医生一番指责，说那是麻鸭，国家保护动物。哼，真是书生，真不该让他加入进来，他就该待在他那伟大的首都，好好当他的高等华人。老田恼火地想着，把目光又投到尼玛大仙身上。寻寻觅觅了这么长时间，现在别无选择，只能相信这位大叔的话了。那支追在屁股后面的队伍，现在鬼知道到了哪儿。不过看样子，肯定还没到过这里。但是，另外一个源头玛曲，要比这儿好找得多，假如他们选择到达那里后宣布开漂，他们就会在接下来的水路上跑得比自己这支队伍快，那样的话，新闻热点就会被他们抢去，自己这支队伍的影响力就会黯然失色。大众才不会在乎谁上的源头更远，漂流总里程更长，他们关心的是谁冲在最前面，谁在汹涌波涛中呈现的英姿更好看，谁先到达入海口。妈的，真是人算不如天算，早知如此，当初真不该选这个劳民伤财卡他娘小日本的曲……

把碑抬下来，安营扎寨，明天一早，开漂！

老田一声喝令，众人从皮筏子上抬下一面碑来，安放在牛头旁。

这碑是在西宁时，老田找一家工厂制作的。据他说，他让厂家用的是最好的进口特种钢，能保证五十年不锈不蚀。碑体正中一行大字，某某探险队某年某月立。老田到底老谋深算，具体日子那里空着格。现在，他拔出刀子，一笔一画当场刻上。

人生能出几回名，出了这回没下回。老穆嚷嚷着，跑过去在碑边刻下自己的姓名。其他人也纷纷围过去，如法炮制。

此刻，当地人口中所称的五个泉眼的卡日曲，在漫天风雪中，跟所走过的这片雪原上的任何一处毫无二致，但在每一个愿意相信这里就是卡日曲的人心里，当全面解冻的春天轰然降临时，这里一定会清泉潺潺，由涓涓蜿流渐渐汇纳众多支流，再转身化为壮阔波涛，穿过高山峡谷，跨越丘陵平川，咆哮数千里，奔泻入大海。

尽管，对于此地就是卡日曲一说，朵拉内心起初不能说没有一点疑惑，但尼玛大叔的解释，又在最大程度上消减了这种疑惑。凭直觉，她愿意相信正直、善良的尼玛大叔。在如此严酷的环境中，除了屹立不变的山峰，还有什么是会永恒不变的？不要说崩毁一片小小的牛头骨，即便是一个帝国，迟早也会繁华蚀尽，空留传说。再者，退一步说，只要流域错不了，哪怕是个大致的源头位置，也就该知足了。经过如此远远超乎预计的漫长寻觅，再不尽快确定下来源头，恐怕这趟行动，真的就要成为一个黑色幽默了。现在总算定了下来，无论对队里，对记者，从任何意义上来说，都是一件可喜可贺的事。这样，她也终于可以为自己这段艰苦拍摄作一个完美小结了。接下来的事就是等到了两湖流域，趁鬼子姜他们送食物上来接应时，自己乘他们的车返回玛多，将这段时间积累的素材带子托回去募捐的队员尽快带回台里。尽管画面的传输要比文字的传输时间上延迟许多，但画面的冲击力，毫无疑问要大大高于文字。等到自己拍摄的片子一播出，老穆那些文字记者们绞尽脑汁堆砌词藻的稿件，就会通通黯然失色。无论人们能否记住她的名字，只要能有更多的人与她分享在这片高原上的所见所历，就会使她感到此行意义不虚，自己还不漫长的人生足够有成。

她转到碑后面，刻下“公元某年某月某日，小女子朵拉到此一游”。刻完，摘下墨镜，昂起头，任凭像高速旋转的车刀般的风雪，抽打着脸颊。

播种了那么多日夜的辛苦，在这里，终于有了收获。在这里，在黄河最长的一个源头，大约海拔四千五六百米的地方，不是在什么顶峰，远处还有更高更多的顶峰，大自然里真正的顶峰。但是，在自己的人生里，很可能，顶峰，就只有这里。以后，无论人生走到哪里，哪怕走下坡，走进盆地，只要一回想起在自己的人生旅途上，曾经历尽艰辛，登上过这样一个算得上卓越的顶峰，那么，此刻她就愿意相信，未来的道路，自己一定可以走得如履平地。

带有强烈痛楚的成功感，让朵拉胸中涌起了一股难以言说的快活，要不是嘴唇干坼，她几乎就想放声大笑。

正顾盼自雄间，就见医生在旁也摘了墨镜，眯着眼，冷冷地打量自己。嗨，你不也去刻上名字吗？她慌忙掩饰尴尬。没那个必要。口气同样是冷冷的。别谦虚啦，都是历史性时刻的见证者嘛，要不我替你刻？免动尊手。口气依旧不变。哼，书呆子，神经病。朵拉气得暗骂，转身走开，去找自己的小红旗。

风速减低，雪也小了些。朵拉招呼大家在碑旁站好，要拍一个集体镜头。

众人站好了，连尼玛大叔也被拉了进来，医生却远远地站在一边，不肯过来。我说医生，你这是客气什么呢？咱们这是集体荣誉，少了谁都不合适。老田过去拉他，语气里分明流露出克制不住的不耐。

我认为，就此认定这里就是卡日曲，显得过于草率。我无法说服别人，但请允许我保留我的立场。医生甩开老田的手，生硬地回答。老田和他对视了两秒，干笑一声，好，好，我允许你保留你的立场，哪怕你愿意当个独行侠，继续去寻找你认为的真正源头，我也坚决允许。四周顿时腾起一片哄笑。

朵拉转过身去。她不光笑不出来，她甚至不愿正视这样的场面。她为医生感到难过，也为自己的无能为力感到难堪。她不赞成医生的固执己见，不喜欢他总那么书生意气，可也不愿看到他日益陷于孤立。但除了保持沉默，她还能有什么良计？她的身份时时提醒她，她和医生不同，她不是代表自己，不能任性而为。她已经越来越不愿让大伙总把自己和医生绑在一起讥笑了。要想将接下来的工作完成好，她必须尽量让自己与这群形形色色的人物和平共处下去。凡事认真不是坏事，但一切事情都要有个限度，医生的认真，怎么看都让她觉得越来越病态。他跟大伙相处得一天比一天糟，就连一直待他还算不错的老田，现在都对他心生厌烦。照此下去，他很快就会彻底陷入孤家寡人境地。这么想着，朵拉的心情就有说不出的懊丧，好像心陷入了一片泥淖。

赶快拍吧，老子的眼珠子都冻僵啦！有人吆喝起来。

朵拉举起摄影机，朝着牛头方向推了个特写，又给每人的脸部来了一个特写。镜头眼看摇到医生面前，他转过身，给了她一个后脑。

老田代表队员，老穆代表记者，分别慷慨陈词了一通。看看这卷胶片还剩下够拍十几秒的长度，朵拉就过去问老田，不再跟家人说点什么啦？可以留给你个人收藏，不公开。老田沉吟了一会儿，又瞟了朵拉一眼，仿佛确定她这话是否当真，是否可信，然后，正了正脸，戴上墨镜，将所有的表情都收拾进墨镜后面，对着镜头，用一种意味深长的语气说，小兰，是你增强了我去寻找另一个自我的勇气，无论你是否会为我骄傲，我在今生甚至来世，都始终会深深感激你的一切所为。

朵拉从未听老田提起过自己的私生活，她只知道他是单身。她能感觉出，他也从不希望别人多问这方面话题。

人群散开去，忙着支帐篷，架锅，盛雪，烧水。朵拉钻进帐篷，换了卷新胶片，出来就见医生正蹲在牛头前，在跟牛头说话，或者说，在自言自语。

她走到他旁边，蹲下，将镜头对准他。这次，他没有躲闪。

我在想，也许，是我太钻牛角尖了吧。这是一场现实中的探险行动，它显然有着无法避免的功利主义因素，而我却想以一种高度理想化的标准要求它，这当然极端脱离现实。假如完全按照我的理想，很有可能，这场漂流根本无法完成。所以，我不想再寄希望于别人按照我的意愿遵守什么，坚持什么。但我这也不是说，我的内心就是在向什么妥协。至少有一点可以肯定的是，无论如何，我都不会离开这支队伍。我是医生，无论大家的心灵是否需要我，至少，他们的身体还需要我。

医生的侧脸布满了整个镜头。鼻尖上那些爆皮在风中凛凛招展，一边嘴角结出的一堆脓痂下，渗出一缕鲜红的血丝。

行了兄弟，少说两句吧。你为大伙作出的贡献，我会铭记在心，你的固执己见，我也能够理解。只是我想提醒你的一点是，你我都只是些血肉之躯，要是用有限的生命，去做无限的努力，去追求无限的完美，那恐怕只会让我们葬身此地，永远也见不到大海。

朵拉的心向上一悠。她担心医生会跳起来，再跟老田理论一场。但医生看起来并没有要理会老田的意思，他摘下手套，伸手去掏牛眼窝里的积雪。他掏得极其认真，就像在做一场手术前的准备。很快，牛眼窝里的积雪被掏得干干净净。两个幽深的黑洞，让牛头具有了一种仿佛能看穿来者前生今世的神情。

医生端详着牛头，抚摸着那黑洞洞的眼窝。朵拉注意到，那些原本圆润光滑呈粉红色的指甲，早已和其他人一样苍白翘曲，但指缝里，依旧干净得没有一点污垢。

医生再去扒开一些牛头下面的积雪，拔出刀，在牛头靠近眼窝的下面，一笔一画认认真真刻下自己的名字和年月日。刻完，对着牛头一脸郑重地说，不朽的白骨，你见证了我，我见证了你，相信我，有一天，我还会再回到这里，我们，还会相聚。

晚饭后，老田用报话机跟留守大本营的鬼子姜联系上，要他跟另外那名队员备好食物，除了锅盔，最好再多弄些炸油饼，然后立刻开车前往扎陵湖，接应即将抵达的大队人马。

天再次亮起时，尼玛大叔要走了。他来到朵拉面前，拍了拍她的肩膀，姑娘，保重，又朝医生那边望了一眼，摇了摇头，悄声说，可怜的兄弟，他真让我担心。

我亲爱的兄弟们，祝你们走运！话音落处，尼玛大叔像一个转瞬即逝的神迹一样，和他的马儿一道，消失得无影无踪，只留下一道高高腾起的雪尘。

仅仅过了两天，可敬的尼玛大叔的预言就应验了。

近午时分，色彩单调的大地上，一道蓝绿交织的水带，猝然从远方跳了出来。粼粼闪动、渐渐变宽的湖水，就像一道色彩的盛宴，冲击着人们饥饿已久的视力。

扎陵湖！一个个正于浑浑噩噩中搬动腿脚的众人，不由异口同声地喊起来。苍天啊！大地啊！咱们总算走对了道儿！老田拍着大腿，笑得合不拢嘴。连脸色一直沉郁的医生，眉眼也变得欣然起来。

一小队飞鸟从岸边惊起，鸣叫着，掠过湖面。跟前些时打下的麻鸭不同，这些鸟体形更大，头顶长有漂亮的斑纹。应该是斑头雁。朵拉想起地理书上的描绘。它们跟麻鸭一样，也属于国家保护动物。

老田举起枪。雁们迅速朝着高高的晴空飞去，融入耀眼的金光之中。

老田正沮丧间，一只体形清秀如同小鹿的动物——黄羊，出现在近处雪坡上，好奇地打量着这群从天而降的生物。心犹不甘的老田就势掉转枪口，瞄准了它。小黄羊犹豫着，没有立即逃跑。它想必是太年轻，见识太少，好奇心战胜了一切。

一声巨响，小黄羊为它的好奇心付出了如同新生春草般短暂的生命代价。

老田兴高采烈地拖回了战利品。枪子儿打在小黄羊后臀上，血流如注，但没有立刻致命。小黄羊四肢抽搐着，转动着漂亮的大眼，无助地望着四周围拢来的人，似乎想弄明白，这些披着它从未见过的皮毛的动物，还没有接近自己，还没有张开大口，龇出獠牙，怎么就能致自己于死地。

我说队长，接应不是很快就要到了吗？再说咱们还剩有吃的，怎么又开杀戒了？医生瞧着不住捯气儿的小黄羊，脸色十分难看。

老田不看他，也不回答，举起枪，对着小黄羊耳根，“砰”地又是一下。白的红的从小黄羊头部猛地喷射出来，它身子剧烈抽搐了一下，眼珠一定，停止了转动。

朵拉朝后跳了一大步，但是白的红的还是溅到了靴面上。医生原地站着没动，两眼直瞪老田，任凭浓稠的、热气腾腾的鲜血，洇透了自己脚下的白雪，浸润了自己的靴底。

非常之时，非常之地，所有法规法则统统见鬼，只要没杀人，我想杀什么都行！老田吹了吹枪筒，别着脸，仍然不看医生。朵拉从他的表情上能感到，他其实未必就愿意这么说话，但似乎受着一种身不由己的潜意识支配，说出口的话，偏偏就要比心里想的格外难听些。

老穆勤快地跑上来，拖起黄羊。待会儿我来剥皮，我当知青那会儿专管生产队里的羊，剥皮放血是老手了。行，剥皮活归你，羊心羊肝也都归你了。听了老田这话，老穆喜得眉开眼笑，拖着一溜血迹到一边去了。

朵拉担心地望着医生。他的眼神，他那只在腰间痉挛的手，让她把到了嘴边的宽解的话，又通通咽了下去。她意识到，此刻无论对他说什么，都只会激起他条件反射般的激烈爆发，那只正在痉挛的手，会立刻抓住刀鞘，拔出刀来，随便捅向任何一个方向。

一道由深渐浅的血痕蜿蜒在大队人马身后。重新开始的行走显得格外安静，似乎每个人的潜意识里，都在竭力避免望向后面，望向那一条追随着自己的血痕。

沿着湖岸继续走下去。许多地方的积雪已经变薄，甚至消退，露出褐色的土地。老田再三叮嘱大家，要放慢脚步，小心沼泽。

一窝圆滚滚的蛋，出现在视野里。如果不是分布在小片化了冻的褐色土地上，这些蛋，恐怕就会从大伙视线里逃脱。这些蛋个头比鹅蛋要大得多，应该是那些飞走的斑头雁丢下的吧。大伙一阵争先恐后地疯抢。继续往前走，雁蛋越来越多，星星点点，三五一堆，分布在湖畔，像雨后森林里的蘑菇。大伙兴高采烈地捡拾着。不幸的是，不是所有的蛋都能收入囊中，还有许多被连片软绵绵的沼泽包围着。朵拉望着一小片沼泽中央一堆个头格外大的蛋，实在忍不住攫取的欲望，便小心翼翼走近沼泽边缘，弯下腰，伸长胳膊，探身去够。可不等她指尖碰到蛋壳，脚下就噗的一软，淤泥眼看就没过了脚面。她慌忙想拔出脚，腿刚一动，身体却更快地向下陷去。转眼之间，靴筒只剩下了半截。

救命——她还没来得及完整喊出一声，就听医生大喊着别动别动，老田喊着快趴下快趴下增大阻力。她正不知该先听谁的好时，就感觉自己的后衣襟被人拉住。回头一看，只见医生一只脚也正陷进沼泽。

老田跑过来了，更多的人跑过来了。老田让大伙一个个手拉手，和自己串成一串，他则去拽住医生的手。忙乱了一通，总算把他俩拔出了沼泽。

医生向老田表示感谢。以后遇事小心点，这鬼地方，冒失一次就没第二回了。老田嘟囔着，还是不正眼看一下医生，一面就走开去。

医生搓着手上的泥，责备起朵拉。捡了那么多还嫌不够。这还好，是个浅的，要碰上个深的，恐怕你我就真出不来了。那就一起殉情呗。朵拉强掩内心的惊慌，觑着他，故作满不在乎地嬉笑着。你给我闭嘴！这已经是我第二次听到你这么胡说八道了，要让我再听到第三次……哼！

嬉笑冻结了。朵拉横了他一眼，脸上有些讪讪，心里不禁发起狠。德性，瞧把你给吓的，逗你玩还当了真，啊呸！

由于雁蛋丰收，晚餐时，烤黄羊的计划暂时搁到一边。香喷喷的煮雁蛋，让大伙吃得顾不上喘气。老田老穆几个人，还举着半个蛋壳做碰杯状，兴高采烈地喝下从尼玛大叔那儿弄来的最后一点青稞酒。

白天的惊吓让朵拉胃口大开，她一口气吃下两个煮蛋，又去剥第三个。第三个刚敲开一小片壳，她就一声尖叫，扬手扔出老远。老穆跑过去捡起来，剥剥皮就朝嘴里塞。多好的补品啊，干吗糟践。随即就听一阵嘎吱乱响。朵拉这才注意到，好多人的嘴里，都在嘎吱作响。她瞧了瞧医生，他正对着手里一只刚剥开一点壳的蛋凝神沉思。片刻之后，他继续剥下去。很快，他嘴里也发出了嘎吱声。他的表情看起来就像是在闹着剧烈的牙疼，或者是有一只活鸟在他嘴里挣扎。

按理说，这里面已经孵成形的小雁，也该算是保护动物吧？饱餐一顿后揉着肚皮的朵拉，晃到医生旁边，忍不住又想找几句话来帮助消化。我承认，我是个书生，但我也不想总像个书生。医生一面满脸痛苦地嚼着，一面从牙缝里困难地挤出几个字。

入夜，湖面褪去美丽的外衣，泛起诡异的青光。掠过湖面的风，带着酽酽的潮气，渗入帐篷，让人感觉比前几日风雪大作时，还要寒彻入髓。

朵拉蜷缩在睡袋里，翻来覆去难以找到一个舒服的睡姿。一旁的医生，也在不停地翻身。

不知从何时起，每天晚上铺摆睡袋，大伙总是在医生旁边为她留出一个空位。无论那天她与医生闹了多少不痛快，有多么不想搭理他，她都只能在这个位置躺下。

在那些苦苦寻找源头的日子里，白天，无论焦急也罢，绝望也罢，寒冷也罢，饥饿也罢，只要夜晚降临，钻进睡袋，要不了多久，她就能呼呼入睡，哪怕天崩地裂也惊不动她的眼皮。而现在，高原跋涉的苦难日子眼看就要接近尾声，等天一放亮，队伍就能顺流直下，很快就会冲下高原流域，进入水草丰盛氧气充沛的中海拔地带，迎来一片真正的西部春天。为这即将到来的一切，她应该发自肺腑地高兴，但奇怪的是，她却丝毫没有体会到这种感受。无论她怎样试着让自己高兴起来，但那高兴始终在远远的什么地方飘浮着，就是不肯真切地贴近前来。她甚至开始不无留恋起想那些风雪交加、寻觅无尽的日日夜夜，一些可笑的、可气的细节，乱纷纷有意无意地朝脑子里钻。她恍惚体会到，此刻，自己是带着一种近乎绝望的、仿佛即将跟最美好的时光告别的心情，在这个湿寒的湖畔之夜，辗转难眠。

数完一千只羊，还是睡不着。这段时间，由于已经适应了高原气候，早就不再靠吃安定入睡了，所以手头没有任何助眠药物。她犹豫再三，最后决定，还是不朝一旁的医生要药，而是靠自己的意志力入睡。让他知道今夜自己有多么难以入眠，那不是一件让她觉得有面子的事。她竭力保持着一动不动的姿势。一旁的医生不知是真寐还是假寐，也很久没听到动静。

身体虽然不动，思想的流动却依旧停不下来。接下来的行程中，水流会越来越激，河面上的险情会越来越多，医生的关注重心会越来越偏重于队里。一旦下了高原，他也就没必要再过多关照自己，自己跟他形影不离的日子，就会趋于尾声。这就像是一部故事编得很糟的电影，还没有将人吸引进去，还没有出现一幕精彩情节，时间就已经过去了大半。想到这里，她终于敢于坦率面对自己的内心了。事实上，不是别的，正是这种感觉，让她在这个湿寒的夜晚，内心很不好受。她用力拧了一下大腿，力图让自己从混乱的意识中抽离。她拧得很重，重得足以让她差点就要号叫出声。

她清清楚楚地听到了一声号叫，一声足以令人毛骨悚然的呼号。这一声呼号，比肉体上的疼痛，要有力得多，让她从混乱的思绪中清醒过来。尽管她从不疑神疑鬼，但此刻她相信，假如这世界上有鬼，在暗夜里迷失了回家之路的话，一定就是这么号叫的。

她睁开了眼。她同时能够感到，一旁的医生，帐篷里所有的人，全都一个不剩地睁开了眼。

紧靠帐篷口的老田爬了起来，撩开门帘。青白的月光一泻而入。仿佛感知到某种威胁性的气压，号叫声戛然而止。

除了风声，喘息声，再没有任何其他声音，但人们一个个都坐了起来。月光映照下的脸，像一个个翻上水面的鱼肚。

冷不防，鬼叫声在非常近的地方再次响起。这次不再是一声，这次是一阵多声部、震得整个帐篷都簌簌发抖的大合唱。

月光下的脸们，像一个个搁浅在岸上的鱼肚。

妈的，让狼群给包围了！老田放下门帘，立即去摸枪。刚扳了下枪栓，失声一句，糟糕。原来，晚上躺下入睡前，他忘了将枪像往常那样裹在大衣里，现在，枪栓被冻住了。在这个即将开始真正漂流的前夜，过于兴奋的老田，出现了不应有的疏忽。

一串绿荧荧的光斑，在暗夜中忽隐忽现。

打开手电！老田一声大喝，一道道光束登时直射出去。这下朵拉看清了，前来偷袭的狼群共有五只狼，一只体格看上去最强壮的冲在最前面，其余几只在后面形成扇形助阵。

光束让狼们暂时停止了前进，但它们并不甘心就此离去。大伙晃一晃手电，狼退后一步；光束一停止不动，狼就向前试探着推进一步。几个回合下来，它们似乎探出了人的底细。胆大的头狼不顾一切地向前推进，一直冲到离帐篷三四米远处才停下。它压低脑袋和前肩胛，对形势做着最后的判断，积蓄着最后一击的力量。

大伙拼命晃动着手电。光束在黛青色的夜里画出一堆乱糟糟的曲线，像是一串慌乱的心跳。

朵拉抓紧身旁的做饭家伙。燃料已经很少了，不到万不得已，不敢轻易动用这宝贵的武器。

头狼显然已经极度焦躁。它前爪在地下急速刨着，身后腾起一股股雪雾。它一面刨，一面左右跳踉着，粗大的尾巴啪啪地抽打着雪地，那架势像是要活活吞下整个帐篷。

朵拉一把抱起喷火枪。刺——一道长长的火舌蹿了过去。头狼惊觉这次射来的不再是假火，掉头就逃。刺刺刺，又是一连几道火舌蹿过去。大小狼们转眼不见了踪影，只留下一股刺鼻的糊臭味儿，在空中弥散。

一场一触即发的恶战，瞬间安然落幕。大伙齐齐松了口气，重新躺下。

一切仿佛一场梦幻，四周重归宁静，黛青的夜色重新浸润着帐篷里小小的空间。朵拉也重新躺下，瞟了眼已经躺下的医生，仿佛那火舌拖曳的尾光映着似的，她能看得清楚，他正睁着眼，也在看她。她想再对他说点什么，但又想不出一句可说的，就像所有临到分别的人们一样，除了用目光紧紧攫住对方，再没有力量做出第二种选择。她朝他身边又靠了靠，好将他身上散发出的气息吸入得更多，也好让自己身上的气息传递出去更多。冷不防，他伸出手来，抚了一下她的脸颊。小姑娘，你是我见过的最难忘的女孩。

声音很轻，刚够勉强听清，就像一缕羽毛掠过耳畔。她真想说，什么？没听清，你再说一遍，但是医生已经翻过身去。

感受着脸上留下的温热的指痕，嗅着对方后颈再次袭来的熟悉的气息，朵拉弄不清自己是该重新囤积羊群，还是该再胡思乱想点什么。正恍惚间，就又听得一声怪叫，羊！咱们的黄羊！这一声将大伙再次揪起。除了医生，一个个全都忙着披衣钻出帐篷。

除了一条蜿蜒的曳痕，伴着一串杂乱的狼踪，那只可怜的小黄羊，没再给人们留下一丝痕迹。我的心和肝啊！老穆一屁股坐在地上，干号起来。

赶紧睡吧，天一会儿就要亮了。重新钻回睡袋的朵拉，又听到一个缥缈的声音。这声音像是一股磁力，让她紧紧贴近医生。隔着两人的睡袋，她无法将手臂搭在他腰背上，但她仍然觉得，自己就像是一头伏在大熊后背上的小熊。所有曾经的乱七八糟的情绪全都消失了，只有平和，只有亲情相依般的熨帖。就像是要牢牢抓住每一秒钟此刻这种感觉，让这种感觉尽快进入身体浸入血液似的，她一只羊也没来得及囤，便睡着了。

天一放亮，老田就接到了鬼子姜的消息，说已带了足够的食物出发上路。老田向他详细交代了自己所在位置，鬼子姜说放心，到不了中午，就能让大伙吃上香喷喷的炸油饼。

金光四射的扎陵湖水，耀得朵拉的眼皮像要融化了一般。她坐在帐篷脚下，眯着眼，一面抠着胸前干结的泥巴，一面想象着那越来越近的炸油饼。她几乎已经看到了那油汪汪、香喷喷的炸油饼，像一只只飞碟，嗖嗖旋转着朝她飞来，落到她鼻子底下。很久没有吃到熟透的面食，特别是油炸面食了。吃的羊肉、麻鸭肉，都是在刚冒了泡的热水里汆一下便捞出来，划开薄薄一层变了色的表皮，立刻就有浓浓的血水朝外冒；至于昨天的雁蛋，进嘴时那蛋白都还是黏的，根本不用动牙，两三口就能将一只蛋呼噜下肚去。她几乎都要忘了熟透的食物是什么滋味了。现在，对于那些炸油饼的向往，已经足以压倒夜晚所有乱七八糟的情绪，让她的心情，她的胃，都格外兴奋地调动起来。

老田宣布了今天的安排：待会儿见到鬼子姜，接收了食物，队员立即放船下漂。由于皮筏子载重有限，最多只能带上三名记者，其余人等坐鬼子姜的车返回小城。

记者群里起了一阵争执。好不容易走到这儿，个个都想体验一下真正水上漂的滋味。争执无果，便用猜拳方式，决定谁上船谁上车。朵拉原本很想上船，但想想又觉得，那些珍贵的胶卷随身带着走水路太不安全，考虑再三，便主动退出上船的竞争。

医生丝毫不关心众人的争执，只顾在一旁忙着煮雁蛋。那一大堆生雁蛋，他要把它们通通煮得摔地上不会流汤，让大伙吃饱了再带走。他起得一定很早，反正朵拉醒时，已经不见了一旁的他，还有他的睡袋。

朵拉望着那隔一阵微微起伏一下的背影，望着望着，不觉生出一种感觉：医生似乎在刻意避免跟自己说话，甚至跟自己目光交流。这让她刚刚短暂明朗的情绪，又暗淡下去。算起来，有将近两个月的朝夕相处了吧。她已经习惯了每天一睁眼，他出现在自己的视野里，他在自己的眼皮底下喜怒哀乐着；每天一躺下，他存在于自己的身边，他身体的气息充满在自己每一平方寸的嗅觉里。可是现在回头想想，这么漫长的共处中，自己却从未找到一个能够跟他从容交流的方式，作一次畅快的知心长谈。她始终抹不去一种感觉：她和他，是完全有理由有能力进行这样的交流的。而实际上呢，她和他，总是陷于不断的口舌摩擦中。总以为时间还很长，总以为过了今天还会有明天，总以为斗完这场嘴，还有下一次机会去弥补。

人们在匆忙地整理行装，有人开始动手拆除帐篷。朵拉心情不由变得焦急。医生肯定要上船，她则是要上车。这一分别，不知要隔几日才能再见面。就算是三五日吧，那也算不得短，她不还从未跟他分别过这么久吗？

她朝医生走去。她还想不好该说些什么合适。用什么口气？严肃认真的？嬉皮笑脸的？严肃认真的会显得很矫情，那会让她还没开口就先脸红；嬉皮笑脸的弄不好招来几句讥讽，再搞得不欢而散可就糟糕透顶。

距离不长，没几步就来到医生身后，可还没想出一句要说的话来，她感到脸已经开始发热。

医生偏过头，征询般望着她。她目光不知道该怎么放，她觉得自己的行为正越来越接近于愚蠢。最好是什么也别说，立刻转身走开，要再显得自然些的话，就假装看一眼雁蛋熟没熟。

看来，是没机会跟你殉情了。毫无预料的，这句话不可思议地从嘴里冒了出来。出来得是那么不顺畅，不自然，既不像正经话，也不像玩笑话。总之，除了像蠢话，它什么都不像。

医生突然哈哈笑起来，笑得鼻尖上的爆皮一耸一耸地直抖。很久没见他这么笑了，那种没心没肺的笑。你还这么年轻，上天不会忍心让你跟任何人殉情的。说完递过喷火枪。来，你来烧，我去帮着拆帐篷。

不知怎地，那些难以言说的尴尬，像一块掉在热锅盖上的酥油，一下子就消融大半。朵拉蹲下去，抱着喷火枪，继续给锅加热。蔚蓝色的火苗突突舔着锅底，锅里渐渐冒出热气，一阵阵扑到她脸上，剩下的那点尴尬，很快也被这热气消融干净。理智、镇静，一点一点重新附回到她身上。看来，这家伙是为终于能够摆脱我这个麻烦的小东西而感到轻松爽快了吧。她心底发出一阵冷笑。不过，她弄不清自己这冷笑，究竟是送给谁。

吃过煮雁蛋，时间已到中午，还不见鬼子姜半个人影。老田摇起报话机，听到的却是一个五雷轰顶的消息：鬼子姜为抓紧时间，不走大路抄近道，结果车子陷进了沼泽。问他陷入的方位，鬼子姜说，反正遥遥地能望到一点水面，谁知道是鄂陵湖，还是星宿海。

这个成事不足败事有余的小子，当初怎么没早开了他。老田气得一阵捶胸顿足。

谁也不愿开口提出带人去救鬼子姜，人们脸上流露出的神色，全都分明示意着，这本来就该是队长的职责。医生刚张了下嘴，就让老田一顿急火攻心的话，把他可能要说的给顶了回去。得了得了，你老先生可别再给我添大乱了，有一个鬼子姜就够我受的了，就你这身子骨儿，嘿，原地待命少折腾了吧。

撮了半天牙，老田只得决定，自己带几个援兵前去救援，剩下的留在原地守候。他要留守的人一定要等到他回来，聚齐了再向下漂。他指指天地和自己的胸口，有天地良心在此见证，又指指一群记者，有诸多媒体在此见证，我田某人的全程漂流功名，绝不能轻易毁掉。

跟着去救援，或者留守原地，两种选择都不轻松。老田挑了四名平时跟他关系最铁的队员，另有四名记者跟随。猎枪、信号枪，统统地带走，给留守下来的人只留了把喷火枪。

朵拉赶忙提出也要跟随老田同行，好拍一段沼泽大营救的片子，但被他严词拒绝。你拿你那小镜子上上下下好好照照自己，是想让我们折了兵再赔夫人吗？老田头一次对她说起了难听话。

一贯爱标榜有重大新闻在就有我在的老穆，意外地没有提出要跟老田同去。老穆声称他选择留下来的原因是，他要再跟老田一走，这儿的人就会群龙无首，军心不稳。老田反复叮嘱老穆，要他好好肩负起稳住留守者人心的重任。老穆咚咚地拍着胸脯，兄弟我从来一诺千金。

拆掉的帐篷重新扎起来。

除了让老田他们带走的，剩下的雁蛋，只够留守人员一人一个半。寻找新的雁蛋，成了留守者们唯一能够打发时间的事情。可转悠了半天，除了望泽兴叹外，仍旧一无所获。

减少消耗，通通睡觉。老穆使用起来之不易的令权。

躺下不难，要睡着却难。朵拉将大半个脸缩在睡袋里，只露出眼睛，瞟着旁边的医生，医生也瞟着她。对视了一会儿，医生忽地鼻子一耸，那些爆皮一抖，没来由地笑了一下。笑什么笑？有什么可笑的。朵拉有种被激怒的感觉。医生又是那么暧昧地一笑。看来，这就是逃不掉的命运安排了，看样子，你我真得在这儿殉情了呢。说完，眼睛一闭，恢复了一本正经，仿佛刚才那些话不是从他嘴里出来似的。

少废话，谁跟你殉情啊。我还年轻，人生的路还长着呢，我还等着漂到入海口，好好见识见识波澜壮阔的大海呢。朵拉气呼呼地瞪着那些洋洋得意的干皮，恨不得伸手去揪下一片来。

黄昏时分，老田那边来了消息，说是运气不错，路上又打了只黄羊。众人一阵鼓噪：他倒挺美，扔下我们这帮没枪的在这儿等死。

又过了一夜，再跟老田联络，却怎么也联络不上了。跟鬼子姜倒联络上了，说那边还没见到老田人影，他们已经不得不开始吃冻得冰凉梆硬的油饼了。你小子小心点，可别撑死啊！这边的人对着报话机咒骂。

不祥之云死死粘在小小的帐篷之顶了。我看，咱们这是陷进魔鬼三角洲了，我这把老骨头，这辈子没走过这么背的字儿，我怕是活不到入海口喽——老穆仰面朝天，发出一串哀鸣。

我要是没记错的话，在源头时，你不是还挺慷慨激昂地宣称过，要发扬一不怕苦二不怕死的精神，一路哪怕踏破铁蹄，也要排除万难抵达入海口的吗？你那豪情怎么这么容易就熄灭了？医生毫不客气地翻着老穆的旧账。没错，我还记得你振臂高呼过，生当为人杰，死亦为鬼雄。这会儿就想当鬼雄，是不是太早点了？连跟河水搏击的英姿还没机会展现过呢！朵拉趁机也打上一记冷拳。

得了吧，你们俩穿连裆裤的，少在这儿一唱一和，这种状况要是再过两天，我看你们俩，哼，哭都哭不出来。老穆扔两个白眼给他们，朝上抛起一片蛋壳。

一连三次，蛋壳都是内膜朝上落下。老穆眉头紧皱。不妙，十分不妙，十二万万分不妙！

大伙齐齐注视着那片被老穆赋予不祥之兆的蛋壳，一个个表情沉郁，像一潭不明底细的浑水。这样吧诸位，咱们再等到明天早上，要还没消息，就开路开路地！咱们不能自绝于人民自绝于宏伟的漂流大业。船在咱们手里，咱们有主动权。老穆摆出一副头领口吻。沉郁的脸一个个变得明朗，许多头在不住起落。

咱们不是答应了老田，一定要等他回来再行动吗？不能才等了一天就这么不守信义。要是就这么往下漂，等半道碰上他了，说起这段水路他没能漂上，怎么办，是让他独自回头补漂？还是让他创全程不漏记录的梦想留下无法弥补的遗憾？不出所料，医生坚决唱起反调。

那照你说，应该等几天才算有信义？现在这种情况是原先没有预料到的。现在谁都跟老田联系不上，谁也不知道他老兄人到了哪儿，是又迷了路出了有效波段范围，还是报话机没了电。你说，就这么傻等他三天？五天？还是一个星期，一个月？是等这地方化冻化得跟猪八戒趟的稀柿胡同一样，还是等饿狼把咱们啃得连骨头渣子都不剩？大难当头，到底是他老田的荣誉重要，还是这么多人的命重要？他老田可是连枪都没给咱们留下。就靠那小丫头手里那把喷火枪？剩那么点汽油，恐怕连吓退一头狼的火苗都不够喷的，烧火棍还差不多。老穆啪啪地拍着大腿，口沫直溅到朵拉脸上。

生命诚可贵，信义价也高，老穆，这两者现在还没到势不两立的地步，我们应该尽力找到它们的最后支点。医生竭力保持着声音的镇静，但是太阳穴上的血管，已经暴突起来。

信义，信义，好，就你有信义，就你是道德楷模，我们都他妈的是背信弃义之徒……这样吧，从现在开始算起，再等一天一夜二十四小时，到时还没消息，我就一定拉着大伙走。这是我的最后通牒。哪个好汉到时要不走，愿意在这儿找支点，为鬼雄，苍天有眼，那是他自找，跟老子我一点关系没有。老穆骂骂咧咧，一拳砸碎了一颗雁蛋。

湖面上，没有化冻的那部分冰层，传来一阵低哑阴沉的喀嚓声，像怪兽在磨槽牙。

最后通牒的黄昏来临了。朵拉几乎喊破了嗓子，仍旧没有收到老田方面任何信号。四周，所有的脸上，都是一副决然的表情，医生也不例外。

像是揣着某种默契似的，这个晚上，人们全都躺下得比往日要早。八点多一点，半轮夕阳还吊在雪峰顶上，男人们就脱掉外衣，像夜幕下的旱獭一样，一个个悄无声息钻进睡袋。一种心照不宣的表情，隐约涂抹在他们脸上。那像是一种暗号，一种相约待会儿从另外一个洞口集体逃脱的暗号。

朵拉没有像往常那样，将自己安放在医生旁边。她将睡袋拖到紧靠帐篷出口处，和衣钻入。只要有人想出帐篷，就必须从她身上跨过。

即便如此扼守要津，她仍旧拼命大睁着眼，久久不敢闭上。她潜意识里有种感觉，只要自己一闭上眼，男人们就会全部悄无声息地溜走，一个不剩，包括医生，甚至包括这顶帐篷。等再一睁眼，眼前就只是满天星斗，四野冰寒，自己正与一只旱獭或者一串荧光为伍。

朝夕相处了这么久，此刻她才发现，自己要比此前任何时候都更强烈地意识到，尽管她跟每一个人都算得上熟悉，知道他们喜欢什么，讨厌什么，什么话听得，什么话听不得，但其实，她从不真正了解任何人，也不敢真正信任任何人。

灰青色转为黛青，她仍旧努力撑着眼皮，和疲倦作着顽强抵抗。再坚持一小会儿，只很小的一小会儿，天就会再次亮起来，阳光重新普照大地，好消息从天而降，老田，还有许多炸油饼，就会赫然出现在自己面前。哈哈，我老田，是战无不胜的老田。她似乎已经听到那爽朗的笑声，和那宽亮的嗓门，当然，还有那金黄耀眼香气扑鼻酥脆可口吃一块想两块的炸油饼，当然，那油饼和面时里面最好放一点点盐，完全是淡的不好吃。嗯，很久都没尝到盐的滋味了……

似乎仅仅是眨了那么一下眼皮，再一睁眼，四周依旧一团黑暗，没有丝毫天就要亮起来的迹象。模糊中她似乎听到了什么声音，或者更准确一点说，似乎是什么声音，让她重新清醒过来。她不能确定，那是从梦中，还是从现实中什么地方传来的声音，就像她不能完全确定，自己是在梦中睁开眼，还是在现实中睁开眼。那是一团嘈杂的、不明所以然的声音。她定了定神，想再仔细谛听一下，却连一丁点声息都没了。

她坐起来，朝四周转动着脑袋，但她什么都看不见，就像陷落在一团混沌的梦中。我这是醒了吗？她继续转动着脑袋。忽然，风吹动帐篷门帘，透进一束青白的光来。她一下子看清了周遭的一切：四周空无一人，连一条睡袋都没有了！

没错，确定无疑，小小的空间里，除了几条横七竖八的防潮垫，就只剩下了自己！

带着浓重潮气的风，吹得帐篷起伏不定，发出一阵阵啪啪声，加重着她的孤独感。她再次看了一遍帐篷，这次，她看到了一只翻倒的药箱，那看上去就像一个莫名的符咒。

她慌忙爬起来，一头钻出帐篷。

朔风刺骨。岸边空空荡荡，停放在湖边的两艘橡皮船，已经不见了踪影。从帐篷到湖边的几十米内，没有任何物体移动的影子。只有月亮低低地悬在头顶，比以往任何时候都大，都亮，大得骇人，亮得骇人，映着下面的湖水，泛出充满戾气的寒光。

风掠过水面，发出湿漉漉的、幽怨的呜咽。朵拉站着没动。向前，还是向后，跨步，还是退缩，此刻，都不再有意义。

又是一阵刺骨的朔风吹过。远处连绵的山影，摇晃着，移动着，朝她倾压过来。她有种想要喊叫的冲动，但却喊不出声来。闭上眼，过一小会儿再睁开，那些倾压过来的黑影不仅没有消失，反而移动得更加急速，几乎是呼啸而来。

救命——她终于迸出凄厉的一声。

别怕，我在这儿呢。一个不明方向的声音，让她又发出一声尖叫。湖边，一个黑影，在慢慢向上蠕动。

她跑过去。医生坐在地上，右手托着左臂，左臂上端扎着两条手帕，手帕上洇了一大片暗红色。月光下，他脸色惨白轻薄，如同一片朵云轩的宣纸。

谁干的？这不重要！医生傲然地望着手臂，仿佛那里佩戴着一枚奖章。

湖面的戾气更加浓重了。白天清亮碧透的湖水，此刻变得黏稠如浆，暗青色的粼光下，像是潜着一头随时会呼啦一声跳出来的怪兽。

朵拉扶起医生，朝帐篷走去。她丝毫没有被他浑身上下散发的那种骄傲感所感染，相反，她的心更像一粒沉入湖底的卵石，孤独，冰冷。尽管在医生坚决要留下的情形下，她不可能选择跟随老穆一伙离开，但至少，他应该喊醒她，告知她。她有面对真相的权利，有表达选择意见的权利。他为什么没有叫醒她？他凭什么就理所当然地认为，既然他选择留下，她也就必须别无选择？

朵拉扶着医生的手臂渐渐变得僵硬。这个以怂前恿后为职业的家伙，其实，他根本不爱任何人，他只是需要人们充当体现他道德力量的载体，需要他们充当旁观并赞美他道德表演的观众。别看这个人此刻跟自己靠得如此之近，但他离自己其实无比遥远。他对自己的需要，仅仅是一种为环境所迫的需求。假如没有一个观众，他的道德表演还有什么实际意义？

湿寒的夜风里，许多阴郁的念头，如同章鱼须一样，一点点吸附上朵拉的大脑，紧紧地缠绕着每一根神经。她感觉自己从身体到思想，都在深深坠入一条冰河。

回到帐篷，借着手电光，朵拉帮医生清理了伤口，用纱布重新包扎好，又用橡皮膏粘好他衣袖上的破损。看着她一声不响地做着这些，医生忽地咧了下嘴，惨然一笑。这下，我们只能相依为命了。这分明带着感伤意味的口气，与他刚才的骄傲口气大相径庭。朵拉咕哝着，哼，是啊，想不殉情也难了。

熄了手电，两张脸苍然地浮在黛青色的微光里。他们要看不看地半觑着对方，心里都压着一些要说不说的话。

一个新发现，让朵拉刚要麻钝下去的心，一下子又揪紧起来。你的睡袋呢？噢，丢船上了。医生语气平静，如同说起丢弃一片无用的蛋壳。说实话，我根本就不相信老穆说的那些再等什么二十四小时的鬼话，所以，昨晚我看大家好像都睡着了，就悄悄抱着睡袋，跑船上去守着。我想，即便是挡不住他们的人，也要让他们的人格，在我鄙视的目光里死去。果然，一点多钟时，那些无耻的旱獭，就一个一个全溜了出来，出现在船边。医生看看自己受伤的胳膊，嘿地一笑。这些勇敢的逃兵，一心只想着快点摆脱我，快点逃窜，怎么还顾得及我的睡袋还在船上呢？不过，我相信，他们不会忘记我的目光，不会忘记那柄始终在追杀他们的道义之剑。医生说着又变得激动起来，挥舞起没受伤的那条胳膊，声音中重新充满了凛然之气。

道义，哼，你不由分说地剥夺了我的选择权，这就算是有道义吗？朵拉想着。但她已经不想再将内心的真实想法说出来了。在这片茫茫原野之中，自己除了和身边这个人相依为命，还能有别的什么选择？任何争辩都毫无意义，她和他，归根结底，是两个不同的世界。他是她的地狱，这说法也许过于苛刻，但她和他之间的那堵心墙，怕是陡然增高了。

她拖过自己的睡袋，将拉链一拉到底。

她这睡袋，是标准的木乃伊式，全部打开，也只能像只张开的蚌壳，不像医生那条特制的。这么一只蚌壳披在两个人身上，两人就必须蜷缩着身子紧靠在一起，才勉强将就遮盖。

曾经不止一次，她渴望过两人能够如此紧靠，如此亲密无间，但当这紧靠真正到来时，她却并未感受到丝毫亲密滋味。除了别扭，她不知道还能用别的什么感觉来形容。

难受吧？透着关切的语气。她未置可否。那就再往我这儿靠紧点。医生搂紧她。我现在感觉很后悔。他声音里透着深深的悔意。后悔没跟他们一起走？她口气里流露着不加掩饰的讥刺。后悔没来得及叫醒你，让你跟他们一起走。仍旧是听上去充满真诚的声音。我不是刻意没叫醒你，而是紧张中没来得及想起来叫醒你。口齿清晰、用词精当的表述。

他所说的这些话，究竟是他当时的真实动机，还是自己的情绪让他感觉到，他此时此刻应该而且必须这么解释？朵拉一时不能完全琢磨明白。不过，他怎么解释他的动机已经不那么重要了。我跟不跟他们走，不是你能决定的，没人能够操纵我，没人能够让我做我不愿意做的事。这听起来像是斩钉截铁般的回答，立刻扭转了这场交谈的主调，以及主从者地位。

这就是朵拉的致命的本事。往往，在某种应急情况下，她不是立刻做出对自己最为有利的反应，就是立刻做出对自己最为不利的反应，绝无中间含糊地带。自己有这一种本事，她从小就很清楚；自己这种本事，无论会给自己带来什么结果，她都绝不会舍弃，这一点，她始终无比清楚。

医生把她搂得更紧些。他的身体沉沉地倚着她，几乎要把她压到另一边去。她用力挺直着腰背。

谢谢你，为我留下来。他嘴里呼出的气息撩着她颈后细细的茸发，含混的语气像是在做着呓语。我可不是为你留下来的，我只是想见证一场对于信誉的考验，对于情谊的考验，对于人格的考验。作为一名记者，我有权利见证一切我认为有必要见证的。一阵突如其来的激动，让朵拉的声音陡然变得高亢。她推开一点医生，好让自己坐得更加挺直。

望着眼前这片昏暗无助的小天地，听着夜风在外面广阔的天地间恣意鸣叫，想象着风从山峰到丘陵，从陆地到水面，或掠过看似毫无生命迹象的雪层冰盖，或慷慨抚摸某个、某群正凄凄惶惶奔走流窜的哺乳类动物的皮毛，朵拉内心对自己油然生出无比敬意。她毫不怀疑，自己所说的一切，全都是发自肺腑。

阳光重新掀开眼皮时，朵拉发现，自己是躺在睡袋里的。

你现在该知道，自己睡觉有多死了吧？一旁的医生，脸上又浮着那种似曾相识的笑。那你是怎么睡的？她顾不上跟他多理论。我睡不着，在里面坐一会儿，出去走一会儿。故作轻松的口气，掩盖不住眼球上密布的血丝。我起来，换你躺。医生一把按住她。我和你不一样，你还年轻，我嘛，已经快老了，不需要太多的睡眠时间了，有时候打一会儿盹，就很有效。他抬起头，望着头顶。一缕阳光，从帐篷顶部的一条缝隙中射进来，投进他的眼睛。黑夜总是太短，总觉得一眨眼，又是一个白天。我真怕自己睡得太多。睡得太多，思考的时间就会相应减少，那跟慢性自杀又有什么两样？

那缕阳光一会儿在医生眼里跳动着，一会儿在他脸上跳动着，让他的表情呈现一种斑驳陆离、忽实忽幻的感觉。你说的也太不至于了。思考对人生来说是重要的，但人生总不至于要分秒必争地思考吧？皮之不存，毛将焉附，身体没了健康，大脑又从何思考？朵拉一面摸索着胸前拉链，一面从睡袋里爬出来。分秒必争，绝对有必要。能够思考的生命，是多么美好。只有能够思考的生命，才有存在的价值。一个有思考能力的大脑，可以卓然独立于健康与否的肉体之外。知道有一种叫渐冻症的疾病吗？全身器官渐渐接近僵硬，但大脑依然能够不受丝毫影响地思考。我宁愿做一个那样的病人，也不想做一个身体正常、大脑却不懂得思考的废物。医生变得异常激动起来，那神情就像是在一场辩论赛中据理跟人力争的中学生。朵拉不无怜悯地望着他，忍耐着，没有打断他的思路。思考，是一件比生命本身更宝贵的东西，往往，我们在拥有它的时候，无法体会到它的价值。我根本无法想象，假如没有了思考的能力，没有了思想的能力，肉体，还有什么存在的意义。医生继续一本正经地望着半空，语气铿锵，仿佛那里有一个冥顽不灵的脑袋，需要他去一锤一锤凿通。

人类一思考，上帝就发笑。朵拉终于忍不住了，嘟囔着，钻出帐篷。

阳光下的扎陵湖，像一尾闪动着蓝金色鳞片的神仙鱼，一朵朵白云在它身上描画出美丽绝伦的花斑。昨夜的戾气，昨夜隐身着一头怪兽的黏浆，随着那些趁着暗夜潜逃的人形旱獭们，全都沉入到了另外一个世界。朵拉朝着湛蓝得令人心醉的晴空舒了一大口气，感到信心和勇气，随着扑面而来的清寒甘润的空气，一下子充满了全身每一个细胞，每一根神经末梢。她不由重新相信，生命美好如同春花，世界还远未接近末日。

背后，有轻轻的脚步声接近。

这样的天地，这样的舞台，这样的演出机会，不是随便谁一辈子都会遇到的，我们一定会演出得很精彩，是不是？她转过身，情不自禁朝一旁拍了一下，只听一声哎哟。她这才发现，自己正巧拍到了医生胳膊上的伤处。看着他眉头紧蹙的模样，她的心情顿时又由万里晴空跌落到万丈冰河。一股戾气，恍惚又在眼前，在湖面上，袅袅升腾。

说实话，我现在也不敢确定，我们守在这里，最终会等到个什么结果。但是，就像你说的，演出已经开始，除了演下去，我们别无出路。医生舒平眉头，托着胳膊，面朝湖水，神色萧索。

身后，帐篷发出一阵阵噼啪声。朵拉回头望着，久久难以收回目光。她忽然间意识到，如同一个饥饿者怀念一块曾被自己不屑一顾的干硬发霉的饼子一样，此刻，自己是多么怀念那些曾让她无比讨厌的吵闹声。那些终日不断、带着各种口头禅的吵闹声，它们还会再次在她耳边响起吗？晴空之下，晦暗密布心头。

这一天里接下来的时间，两个人只忙着一件事：费尽心机寻找食物。

在帐篷底部，朵拉意外地发现了两颗熟雁蛋，还有两块压缩饼干。是谁良心发现，特意留给他俩的，还是某人偷藏的私货，逃跑时匆忙，忘了拿走，此刻都已无法确证。医生倾向于前一种看法，她则保留后一种看法。不过，比起这一天里最出色的合作，最精彩的收获，两人这点分歧便显得不值一提了。

黄昏将临时分，朵拉发现了一小堆新生的雁蛋。不知是否刚刚感受到这片土地恢复了一些往日的宁静，一些眷恋旧土的雁们，就再次燃起了对世代诞生之地的热情。那一小堆蛋处于一片比较容易够得着的沼泽边缘。朵拉拖去两块防潮垫当铺垫，由医生在后面紧拽着她的腿，她匍匐向前，将手臂伸得跟捞月猴子似的，划拉回了那几只今生再也不会有机会得见天日的小生命。

即便有了这些收获，两人在仍有必要节省这一点上，还是不约而同地保持了一致。

晚餐时，两人分吃了一块压缩饼干，一只雁蛋。现在，连喷火枪也没了，只能喝舀上来的湖水。湖水冰得牙根疼，医生把茶缸放在怀里焐上半天，才肯递给朵拉。

烧着雪峰的晚霞里，看着摆在帐篷里的八只雁蛋，一块压缩饼干，朵拉心里多多少少有了点安慰。这些食物，够让咱们再坚持两天的吧，两天之内，还能见不到老田？医生没有再给她的安慰多增加一点分量，只是推着她说，省点消耗，赶紧睡吧。但朵拉坚持，该轮到他先享受睡袋了。今天后半夜我再替换你。说着，见他不动，动手就去拉他的外衣拉链。咄，不得无礼。医生呵叱一声，不得不脱下外衣，给她披上，自己钻进睡袋去。

渐渐暗淡下去的晚霞里，医生的眼珠一直在不停地闪动。

最后一抹霞光从医生睫毛上溜走时，朵拉听到一声叹息：我啊，是不是太天真了？

自己已经清醒得完全可以做出任何重大决定而绝不失误。躲不是办法，不如再勇敢献一次身得了。以毫发无损之躯，不费吹灰之力，得助一怀揣梦想、欲成就人生美好蓝图的外省小丫头，佛说，胜造七级浮屠。

无情无义，铁石心肠，欲置我于死地而后快，完全忘了当年我是怎么救你于水火之中的了。麦田擦了一把额头上的汗，啜了口咖啡。吸管碰了一下墨镜，墨镜一滑，差点就要暴露真实面目，吓得他赶紧扔下吸管，去扶墨镜；不料吸管一歪，眼看要从杯子里掉出来；他又松了墨镜慌着去抓吸管。一把没抓住，幸好肚子大，顶住了。还好，T恤也是咖啡色，咖啡渍与衣服前襟天衣无缝，融为一体。

看着他这一通忙乱，我差点就想笑，却又笑不出来。比起从前，他现在动作可是显得笨拙多了，那根从前我送他的皮带，已经系到了最前端一个新扎的洞眼上。刚认识他时，他可不像现在这样。那时他的手脚，还像他的嘴一样灵敏，胸还是胸腰还是腰，年轻时曾在全国行业院校比赛里拿过长跑冠军那点老本，还没有完全吃净，墨镜再一架，颇有几分正得势的黑老大架势。而在我离开他以后一两年间，眼见得他的腰就越来越粗，肚子越来越大，行动越来越迟缓，挪而威，不挪更威。中间因为他生病我去看过他两回，只见书桌上各色甜咸小点混杂于稿页之间，电脑键盘每一条缝隙里都积满了烟灰、食品屑；冰箱门一碰即开，五花八门的熏肠、腊肠、火腿肠，像二战片中的老式炮弹，噼噼啪啪直往下掉；厨房垃圾箱里塞满了花花绿绿各色方便食品包装袋。一句话，他让自己完全彻底地扎进了垃圾食品堆，就像一辆失了制动的老爷车，在下坡路上疾驰得势不可当。后来阿凯跟我说，他从英国回来，第一眼见到他老爸时，愣了足足有十三分钟。阿凯还说，他在英国看到他老爸跟我的合影时，以为他老爸总算找到了第二春，人生后半程从此绿草如茵鲜花盛开，没想到，这第二春如此短暂，他还没来得及将特意准备的结婚礼物送出去，就已经凋零。

麦田重新归置好手脚，扶正了墨镜。浮屠让别人去造吧，三十六计，还得是躲。可是，躲，躲，躲，偌大京城，还真没个好躲的地方，人生真是直到躲时方恨狡窟少……哎，达令，得问一下你了，现在这个季节，西部地区应该很凉快，要是能躲那儿去，应该是个好地方吧？避暑，避祸。眼见得他以迅雷不及掩耳之势来了精神，我一怔。他小心翼翼地觑着我，我也同样这般觑着他。我听说，你很想重返一趟那片留下你青春倩影的高原。这和你有什么关系？直到此时我才恍然大悟，原来，这家伙今天约我出来的真正一箭，埋伏于此。

我这才开始怀疑，刚才那一套差点让我信以为真的香艳说词，恐怕全是些臆造鬼话。可笑我还以为，他那肆无忌惮的编造本事，总算通通使到正道上去了呢。

达令，假如你不反对的话，我很想趁机偕你同去，到你曾经谱写过辉煌青春篇章的地方，感悟一回你曾感悟过的那不凡的人生体验，也许，这一程还能有机会，让我们已经转入柳暗的关系，再度见到花明。麦田痛快彻底地坦白了内心。

老兄，我不得不提醒你，咱们不是早就说好了吗？分手以后，在极为必要的情况下，我们可以互相给予一些适当帮助，但谁也别再过分掺和对方的生活。在这一点上，我认为我始终做得可称大度。柳暗自然不如花明，但比起伸手不见五指，是不是已经算是一种难能可贵的状态？我想我还是应该再次提醒你，像我这种人，注定就为落花流水而生，不会在任何一个男人身边停留超过三年时光。而现如今，你我关系从花明数到柳暗，已大大超过这一极限。难道你不认为，所谓柳暗，不正是男女间一种难能可贵的情感状态？难道你不认为，男人女人之间想要维系一种无限接近于颠扑不破永恒不败的情感关系，唯有唯此状态为上？难道你不认为，这种柳暗的关系，这些从我们身边擦身而过的芸芸众生中的任何一对男女间，终其一生，可能都欲求而不得？噢，排比句用多了，有点找不着北了，都快忘了你图穷现出的那把匕首了。那高原之行，你就趁早打消念头吧。瞧你那腰身，你那气色，恐怕不宜，这几年，你连京城大门都未跨出过，这陡然一下升到那么高的海拔，高原反应一到来，难受不说，弄厉害点再昏迷了，别说柳暗了，你我这关系可就真就该伸手不见五指了。你要还能听得进去你那正牌前女友的忠告，那就是，你还是老老实实待在这城里休养生息吧，好好吃点喝点玩点跟人白话点，实在想要避祸，上西山找个寺庙去清清静静待一阵，点青灯，写孤卷……

达令，达令，难为你费口舌，点迷津，还请耐点性，且听我再细诉一番真情。麦田一面拉着不让我欠起身，一面招呼店员，为我再来一杯卡布其诺。

看在那杯美味的卡布其诺的分儿上，我重新坐好，麦田也摆出一脸凝重，甚至是，庄严，尽管隔着一副大号墨镜，那般空前的神情也足以让人一览无余。这神情和我一贯熟识的他，看上去是如此的不相衬，就像是听到我爱你三个字从他嘴里吐出那样，令人首先怀疑，自己的听觉、视觉，或者干脆说，神经，是否正常。

我啊，是真老了！他摘下墨镜，用那价值三千八的两眼，向我打开最真实的心灵之窗。上个月体检，血压血糖两项指标都不太好，心脏也有点问题。当然，你放心，不算太严重，我也咨询过了，从理论上说，上一趟高原，短暂停留些时日，还是没多大问题的。可问题是，就在两年前体检时，我各项指标还相当好呢，一点毛病没有，好多三十来岁的，都不如我。你知道，这对我是一个打击，沉重的打击。他两手交叉，抱在胸前，目光在我的左耳和右耳之间来回飘移，仿佛寻找着某种能够倚靠的支点。这让我开始思索，我还有什么特别想实现而没有实现的愿望。他目光固定下来，停留在我脖颈靠上一些的部位。我首先想到了我们刚认识时，我曾对你许过的愿：有一天，我要陪你再上一趟高原，好好认识一下你所说的那个神奇的地方，体验一下你曾拥有过的那种感受。虽然后来我们不幸中途散伙，但我认为，我们之间的情意从未完全消失，我曾经许下的愿望也从未被我遗忘。现在，这是一个机会，我得抓住这个机会。真的，我有理由相信，这是我唯一一次机会！

麦田将手从胸前放下，十指交叉，搁在桌沿，眼珠有力地撑起已略显松弛的上眼皮。若干分钟过去，他那真挚的眼神丝毫未变。我开始有些动摇对他的判断。我想他这番话，大约真是肺腑之言。我从未见他如此逼真地表演过“深情”二字。我的原本自认比铁还硬的心肠，不由得小小动了一下。

我得好好考虑一下。让你掺和进去合适不合适，这可不是我一个人的行动。我隐晦地表达了某种意思，旋即又为自已暴露了软肋而悔意顿生。当然，我明白，我会尊重每一个人的感受，我做好了两手准备。出乎意料，麦田展现了我从未见识过的风范。

当他戴上墨镜离开时，他显得跟以往任何时候都不同。他的后脑，他的肩膀，他的脊背，他的整个走路姿态，看上去都是一种朝着希望奋进的样子。他挺腰直颈，目无旁人，努力迈开大步，迅速超越几名身材同样肥肿的中年汉。这个曾几何时像一辆失去制动的老爷车一样的男人，在努力让人看起来好似已粉饰一新，完全能够重整旗鼓，抖擞上路。

望到麦田的背影完全消失，我将面前的咖啡一饮而尽，一把捏扁纸杯。瞧着自己这边两只捏扁的纸杯，对面一只同样捏扁的纸杯，我被一个念头困扰得久久没能起身走开：这个夏天，是否注定会是个让人不得安宁的季节?

给阿凯打电话，责备他不该向麦田透露此番西行的消息。他说，他可以发毒誓，他要跟他老爸提过有关这事的一个字，就让他这回买的彩票还中不了大奖。这下我豁然明白了，剩下的途径，会是哪一条途径。

麦田有特娜的电话，很有可能，他会跟她保持联络，或者说很有可能，她会跟他保持联络。这想法让我有如嚼了一口发芽花生般的感觉。

街头出现售卖金黄色甜杏小贩的那一天，特娜打来电话，请我前去品尝新鲜杏酱。

站在一大锅突突冒泡的杏酱前，她慢吞吞地说，呃，是这样，有个……朋友，也想跟我们一起……去高原看看，不知……你的看法怎样。当然，我们会……尊重你的意思。听她说这话时，我就看见她脖颈上那条疤痕，颜色越来越鲜艳，还闻到锅里冒出的那股味儿，越来越焦煳。

一切以尊重蒙地的意志为前提，他是这次行动的主角，我的意思算不了什么，别把我当回事。只要他没意见，任何人都可以参与进来，加入这场生命禁区的盛大嘉年华会。我一把抓过特娜手里的汤勺，搅动起锅来。我一定是用力过大，将锅底的煳焦全搅了起来，彻底毁了一锅原本美味的杏酱。

副台长老同学通知我，说马上要截止报名，问我到底怎么打算。我说，去是肯定的，但是会有数目可观的一批随从，所以，我们将自己驾车起程，不跟大伙一同出发。他劝我，无论如何至少应该光临一下起程仪式。你会看到许多老朋友，我们将用镜头记录下这一阔别二十年的历史性聚会，只要是健在的，我们希望都能够在镜头前留下影像。要知道，和二十年前风华正茂的镜头作一对比，那意义将是何等的非同寻常呀！

这话让我大为意外。二十年前的胶片不是都毁了吗？毁掉的是你拍的那些，我们还有一些你们出发前，在誓师大会上、在火车站月台上，别的记者为你们拍下的素材片。不是怕你们壮士一去不复返兮吗？多亏当年还不是部长的宗副部长，是他有心复制并妥善保存了一套。怎么样，嘿嘿，没想到吧，你无情，人家可并不无义呀！就像亲眼看到了我目瞪口呆的样子，电话那头得意得像踩中了我的尾巴。那我上次回去，你怎么不早说，害我空跑一趟。你给我们机会了吗？那次招待会上，你跑得那么快，只让宗副部长瞧见了个背影，想喊都来不及，事后把我们好一顿训，怪我们不提前告知他。

去找编辑部主任请假。我说，我要休探亲假。我说，这么多年来，我从没休过探亲假，现在想给自己一个充分的放松。主任说，听说你父母不是都在国外吗？我说，你这意思是，我就不可能出洋探亲了？主任连忙赔笑，哪里哪里，岂敢岂敢，我的意思是说，这么一来，怕你正常探亲假时间不够用，再多批你点怎么样？把去年的也补上，够不够？又格外压低声音，不扣薪。我说，太谢谢主任了，希望你下次竞聘副总编还落选，继续留这儿给我们当头。

信号一旦发出，各方便迅速行动起来。阿凯自告奋勇负责去购买急救药品、方便食品、御寒衣物、露营设备等等种种必需品。麦田不甘人后的积极性，则与他的想象力一样高涨，居然搞来一套大型户外烧烤用具。我踢着那一大箱木炭说，怎么，还没上高原，你脑子就缺氧了？他一拍脑袋，哎哟，老了，老了，真是老了，这就换喷火枪去。

蒙地对都有谁一同出发毫不在意，对我那些拐弯抹角字斟句酌的解释，一概报之以心不在焉的嗯嗯啊啊。他把全部热情倾注在整理随身物品上，左一遍右又一遍，不厌其烦。每翻腾一遍，就总会有新花样冒出，不是要特娜增加这个，就是掉换那个，常常朝令等不到夕，中午就会改了念头，把个特娜使唤得陀螺一般团团转。看着他这么来回不停地折腾自己和别人，我真忍不住想数落他几句。特娜却劝我，说她虽然忙点累点，但心里是高兴的，毕竟，蒙地憋了那么多年，好容易才盼到这次机会，她非常能够理解他内心的激动，她相信他也明白，结束这趟旅行之后，他肯定不会再有机会出这样的远门了。

我看着蒙地忙到最后，又将一大包再普乐翻出来，一粒一粒再数一遍。我看着他数的数目足够吃上半年的，忍不住就问，用得着带这么多吗？他鄙夷地睨了我一眼，你觉得多吗？难道你不记得，从源头到入海口，全程漂完要用多久？

即使再过很久，即使有一天我垂垂老去，大有可能步我亲爱外婆的后尘，患上老年痴呆症，忘了在那个纪念仪式上，都看到了些什么人，听到了些什么话，但我相信自己永远也不会忘记，在那份宗一保存下来的资料片上，都看到了什么，听到了什么。

那时，他们可真年轻，真天真，令观者恍若置身他们的前世。那个两颊还带着点婴儿肥的女孩，那个面色白里透青的年轻医生，当他们分别面对镜头侃侃而谈时，他们无论如何也不会意识到，此后他们所经历、所作为的全部意义，都只为让二人生死纠结，在此意义前，一切其他意义，都不堪一提。

对我来说，这场探险行动，既是身体的，也是心灵的。我就是想看一看，在高原这个不同寻常的环境里，在这个超越尘世的生命禁区里，人的灵与肉，会发生怎样的嬗变。

我喜欢独自上路的感觉，目的地是哪儿不重要。只有在路上，我才会感到踏实，安心。行走就是我的归宿，远方就是我的故乡。

我深深记得，那两个年轻人说这些话时的神情，如同那个年代留给后世的印象一样：罔顾一切，不计后果。除此之外，我还会记得，在这段片子的最后，镜头扫过众人，落到人群外围一个男孩身上。那男孩站在一辆风尘仆仆的新闻采访车旁，神情木讷，手指在积满尘垢的后窗上慢慢画着。他画的是一颗心，那颗心从中间裂成两瓣。

和宗一的见面确实极为匆忙，匆忙得我们甚至来不及握一下手。

那时正值一场夏日阵雨过后，天高云淡，马樱花粉红色小伞几乎从枝头凋落净尽，空气中那种让人流连不去的气味已变得冲淡难觅。

在主办方安排住宿的酒店广场前，我和一群老队友忙着做出发前的最后准备。一大亨级老队员操控的汽车俱乐部，赞助了十多辆越野吉普，另一前任记者现任某方便食品生产商，则赞助了十多箱速食品。一大堆矿泉水，也是一位发达了的队友慷慨提供的。绝大部分健在者，生活过得都还不错，一少部分精英人物，则相当的成功。

我手上忙着搬箱装车，心里则惦记着蒙地。日上三竿，他还在房间睡觉。昨夜他实在是兴奋过度，听说直到凌晨三点才躺下。一位老队员带来一本影集，里面珍藏着一些当年旧照。他抱着影集看了一遍又一遍，抚今追昔，大发感慨，喋喋不休得活像个坏了阀门的水龙头，直说得四周的人一个个不是东倒西歪，就是公然溜回自己房间去睡觉。

我吃力地搬着一箱矿泉水。有人过来帮我。蒙地看上去好像有点不太对劲嘛，有点……过于疯狂了。我没好声气地顶回去。二十年没回祖国，二十年没跟大家见面，你要他如何才算对劲？才算不疯狂？老穆要是还在，恐怕会更兴奋，更疯狂，可惜，他永远见不到今天这场面了，想疯狂也没机会了，不信你有本事上他那儿问问去，问他同不同意我的看法！

真是江山易改本性难移。对方一松手，水箱差点砸中我脚背。

特娜神清气爽地出现在酒店大门口，麦田阿凯紧随其后。由于害怕她的鼾声，昨夜我选择独自待在一个房间。大约十二点多一点，我最后一次提醒蒙地早点休息之后，走过走廊经过特娜房间时，就见半开的大门内，她跟麦田正坐在茶几旁促膝谈心，其热烈程度，完全不亚于几十年不见的老友重逢。

特娜说要去街头寻觅特色小吃，问我去不去，我说我对这里的小吃早就吃够了。麦田殷勤地表示奉陪。阿凯朝我丢了个眼色，说那我开车带你们俩去。

忙完手头的活，还不见蒙地现身，便准备上楼去喊他。刚要踏上台阶，就见一辆漆黑锃亮的轿车，由远而近驶来。

正午时分，顶头的烈日下，我努力挺直腰杆，撑大眼睛，让自己看起来从容自若，风韵可圈。我确信，这辆车，和我有着某种关联。

一位神采奕奕的中年男人推开车门下来。他正要朝人打听什么，一抬头，看见了我，于是，笑容亲切、举止不凡地朝我走来。

宗副部长大人，亲自向我走来。

真是抱歉，刚开完省里一个会，明天还要去京城开会，时间实在是太紧了。副部长大人在距我恰到好处的地方站定，从随身皮包里拿出一盘DVD，递给我，用一种不卑不亢的语气，和分寸感极好的眼神，得体地说。看我接过碟盒，目光一暗，声音忽然低了两个声调。

每年，到了你们出发纪念日那天，我都会再看一遍这盘片子……有时，我会忍不住去想，假如我们不是在这座城市里认识，而是在那段冒险之途中认识，也许，一切都会完全不同……

那时酒店门前乱哄哄一片，一些久别重逢的老友们，正把臂拍肩，高声说笑，副部长大人的话几乎被声浪淹没。我看到盒盖上面写着“春天的记忆”几个字，旋即，抬起头，抓紧一切时间，望着对面的男人。

我很清楚，那假如中的相识机会，永无可能在我们生命中出现了，而属于我们的再次相聚，也不会像这座城市上空的马樱花，谢了一季还能再开一季。日后，我，还有对面这个男人，将带着今日此时，这一无法磨灭的印象，各自走向生命之终。

你——还好吧？我几乎是下意识地冒出这么一句。说出这句话时，我意识到，我内心的真实意图是想表达一种关怀，一种抚慰，甚至，一种内疚，一种忏悔。但话从口出后传递开去的那种意味，就连我自己都能分明察觉到，已与我内心真实意图大相径庭。那种不咸不淡、不凉不热的语气，仿佛就像是打起一副自我保护的腔调，在对方和自己之间，隔起一层既柔软无形又无比坚韧的保护膜。

我没有机会再修正我这句话的语气，或者再为这句话做些额外的铺陈与释义了。副部长大人回头朝停在远处的小车望了一眼，有些心神不宁的样子。显然，他已经极为慷慨地给予了我他已不仅仅具备个体意义的生命中，一小部分宝贵的光阴，我不能再指望他挥霍得更多了。

唔——好。再回过头来，随着语气中稍纵即逝的迟疑，副部长大人嘴角已然升起一抹淡定的微笑，望着我的眼神重新变得从容不迫，恢复了应有分寸。我再一次无比清晰地看到，他脸上的每一根线条，都已修炼得炉火纯青，无懈可击。

再见。他颔一颔首。再见。我点一点头。事实上，我的意思是说，我们再也不会见了；事实上，他的意思，也同样如此。

他动了一下手，似乎想要跟我握手，但我不确定他是否真有这个意思。在一刹那的犹豫之间，我们错失了这一永不再来的机会。

他用那只手在裤袋里掏出一条手帕，一条精致、干净的条纹手帕，揩了一把额头沁出的汗珠。

秘书已经急不可耐，从车窗伸出头来喊着。

宗一，宗副部长，收好手帕转身离开，那背影，跟他面朝我走来时一样，潇洒从容，堪称完美。

第十一章　汹涌来袭的春夜

又一个漫长的、半睡半醒的黑夜终结了。

钻出睡袋，朵拉照常习惯性地看了看摆放雁蛋的角落，那里只剩一堆碎蛋壳。拥有八只雁蛋的美好时光，如同飞向远方的斑头雁一样，一去不复返。

她拖过药箱，翻出一只药瓶，将里面的药片统统倒在掌心，数了数，一共二十六粒。今天你要再不走，我就把这一把都吃下去！她将手掌伸到医生面前，晃动着。和衣坐在一旁闭目养神的医生，眼皮也不抬，喝了一声，你倒是吃给我看！

朵拉扔下药片和医生，出了帐篷。

扒开一片积雪，抓起一把下面干净些的雪，塞进嘴。忽然，有了新发现：这儿附近的草已经发芽了！

前方，一小片积雪融化的地面，冒出零星嫩草。一点点小小的赤红色尖尖，显得那么脆弱，又那么顽强。朵拉记得，就在昨天白天，还不曾在这附近发现一星半点生机。

黑夜如此莫测，如此神奇。

她走过去，蹲下，伸出一根食指，小心翼翼地触着那些草芽，如同触着婴儿的小指尖。

她站起来，朝四下张望，企图再用目光抓住一些属于生命的色彩。天色有些阴，厚厚的云层像一桩猜不透的心事，沉郁地挂在头顶；透过云层缝隙里射出的阳光，正没精打采地考虑着，是否应该早早溜走。近处，扎陵湖依旧像一尾横陈的随时变幻面目的怪鱼；不远处，一些小片的褐色沼泽，如同雪原上的疮孔一般，丑陋地张着伤口；极目处，寂静的雪峰，像一排排阻挡在未知深渊前的银甲俑兵，让隐隐的张力不动声色地发散向面前这片数百平方公里的辽阔天地。

短暂的兴奋消失了，巨大的焦躁笼罩了朵拉。她用力踢着脚下的雪。

医生走出帐篷，抓了几把雪，搓了搓脸，又走过来察看了一会儿草芽，然后默默地注视着远方。三天来，他每天早晨起来，都要保持一会儿这个姿势。道德雕像。朵拉心里冷不丁冒出这么一个词。

怎么样，想好了吗？咱俩就在这儿殉情了吗？朵拉又踢了一下脚下的雪。干脆利落，不温情，不暧昧，殉情这个词现在从她嘴里出来，就只带有分明的嘲弄，甚至是，恨意。

一团雪块砸到医生脚背上。雕像有了反应。医生转身望了望帐篷，又望了一眼她。他望着帐篷的目光充满留恋，望着她的目光却带有不确定的意味。是不忍她跟着自己受累？还根本就是对她忍无可忍？

但在朵拉眼里，她相信他瞟着她的眼神里只有一种含意：忍无可忍。她相信假如不是在此地，假如置身平原大地很容易就能寻求到救援的任何一处，他会立刻掉头离她而去，毫不迟疑。她相信在他看来，她和老穆他们，只是形式上有些许差别，骨子里则如出一辙，全都是些只配让他唾弃的市侩、机会主义者。没错，他望着她的目光里，流露的应该正是这种意味。即便是在当年，她还那么年轻，阅过的人世还那么单薄，她就认为，自己已将这一点看得明白透彻。

医生再次望了望帐篷，那目光几乎说得上是深情款款，然后，短促地，干脆地，像划下一记手术刀一般。拆！

除了两人的背囊，还得带上帐篷。防潮用的棕垫太沉，只得扔下。医生写了张纸条，搁在一张防潮垫上，又拖了另外一张垫子来压住。纸条上写着：老田，好兄弟，非常抱歉，我们尽可能等你了，现在不得不走了，希望在两湖交汇处顺利会合。下面留了日期时间，签了名。朵拉有点想说些什么，终究还是忍住没说什么，也跟着签了名。

再给医生换一次药。伤口表面已经略有见干，但是四周却有些变得红肿。

医生将地上的蛋壳一片不剩地捡起来，放进口袋。朵拉看着不解，不过也自由他去，没再多问缘故。只要能走，她现在对他的一切行为，都愿抱着听之任之的态度。

各自背起行囊，医生又加上打成卷的帐篷，沿着湖岸，两人朝湖水流淌的方向走去。

时而咯吱时而寂静的行走中，医生在前，朵拉在后，保持着大约一个人的距离。她不知道他在想什么，但她知道自己在想什么。自从踏上这片高原以来，她的命运从未如此紧密、如此别无选择地和前面这个男人联系在一切，然而，这却丝毫没有带给她曾经想象过、渴望过的那种感觉。假如有一线可能，她现在都宁愿选择远离他，奔向相反的方向。

路上，医生差点儿活捉一只鼠兔。他现在再也不说什么保护动物之类的话了，那些偶尔从面前跑过的肥美的小家伙们，总能激起他新一番的狩猎欲望。

过午时分，水面开始变得狭窄。很快，湖面出现了两股岔道。医生停下来，跟朵拉讨论去从。一番毫无结果的争执之后，他从口袋里掏出那包碎蛋壳，在一片积雪消融的地面上，堆出一个小包。这样吧，咱们先按我的感觉走，假如最后发现不对，再沿原路折回这儿，朝另一个方向走，怎么样？朵拉瞧着那一小堆只消一阵不大的风就能吹刮无影的蛋壳，不情愿地嘟囔着，好吧，但愿到时这堆蛋壳还能像个坚强的牛头骨一样，坚守阵地。

最后一餐，是昨晚的一只生雁蛋。今天一路，只有以雪充饥。

走走停停，停停走走。越走，朵拉上一次休息和下一次休息之间的间隔就越短。前方有座山，山上有座庙，庙里有堆火，火上有锅热气腾腾又浓又香的肉汤，不，鱼汤……医生拽着她的手，哼起篡改了词的歌谣。这歌谣他唱了一遍又一遍。朵拉瞧着他那副无怨无悔的模样，肚子里的不快越胀越大，就像一盆发酵过头的面，几次想要甩掉他的手，却抽不出自己的手来。

医生边大口喘气，边不停嘴地翻来覆去哼唱。有座山……有座庙……一堆火……一锅鱼汤……他唱得活像一张坏掉纹路的唱片。唱几句，看她一眼，再微微咧一下嘴，似笑非笑一下。假如不是嘴角结痂，他大约是很想真正笑一笑的吧。

那副无怨无悔得可恨的嘴脸，不知不觉间，在朵拉眼里变成一副无怨无悔得可笑的傻相，再不知不觉间，又变成无怨无悔得可怜的模样。

简直就像个刚刚学会走路，还找不准方向的婴儿，我要放开手，只怕他啪叽一下就会摔个狗啃泥。她瞟着他，心头不知不觉隐隐作起痛来。那些要远离他，要奔向相反方向的念头，渐行渐久，成了一夜之后融化无形的薄雪。

队伍向源头地区行进时，曾经在鄂陵湖畔经过一座水文站。如果行走方向正确的话，最快今晚，最慢明早，就该见到这座水文站。那是一座小小的红砖房，那里有一张被高原风霜吹刮得看不出真实年龄的脸，那张圆滚坚实的紫黑色脸膛上的笑容，让拥有那张脸的男人看上去，就像一个高原版的无锡泥塑大阿福。朵拉对那里的一切记忆鲜明。四十？五十？藏民？汉人？当时她问那水文站的守站人。守站人只是一味地笑。大伙临要离开时，她才从医生那儿得知，这位孤独的守站人，只比她大两岁，是一位上海籍工程师的后代。朵拉便去问他，回过上海吗，他摇头；朵拉又问他，想过回上海吗，他也摇头。我就想回玛多，回到玛多，我就觉得很幸福很幸福了。一年里可以回去一次，待上十天再回来，那十天里，我天天找人说话，见谁跟谁说话，那感觉，真幸福啊！

朵拉还记得水文站窗台上，那一丛翠绿的洋葱苗。葱苗有半尺来长，长在一只豁了边的粗瓷碗里。那是她来到这片土地上后，见到过的最高大的绿色植物。那一小丛绿色的生机，有力地杀伤着她的眼，让她眼睛眨巴了好半天才适应。她记得那晚在水文站吃守站人做的煮湟鱼，汤上撒了切碎的洋葱苗，香得让她吃了一碗又一碗，肚子都鼓得硬硬的了还要去盛，一边还问，洋葱苗还有吗？守站人不好意思地笑着说，那要再等三四个月，才能再长这么长。

一座小小的红砖房，一处荒原中的小王国，一个孤独快活的泥塑小王子。朵拉想象着，一次又一次鼓起越来越虚弱的体力。

然而黄昏来临时，朵拉和医生既没有见到水文站，没有见到热气腾腾的鱼汤，也没有见到一顶能给他们带来羊肉、青稞和奶酪的帐篷，他们倒是见识到了另外一个盛大场面。

一场空前的暴雨，一场昭示着春天在这片土地上正式降临的暴雨，一场漫长得犹如一个世纪之久的暴雨，慷慨地倾泻在毫无遮挡的两人身上。

暴雨抽打得人睁不开眼，迈不开腿。两人紧拥着站在雨中，别无选择地接受高原早春这场激情洋溢的拥抱。

直到夜色四起，雨方停歇。

气温又跌回零度以下。雨水浸透的衣服一层层紧箍在身上，像是有千万根钢针向着骨头缝里扎去。风呼啸着从远处的水面掠过，一阵紧似一阵地袭来。朵拉感觉自己犹如被剥得精光，一丝不挂地浸入一道无边的冰河。

铁青色的云层缓缓移开。一轮凄清的圆月，低低地悬在天幕上，颤巍巍地照着下面两个渺小的生物。朵拉站定脚，抬头去望，忽然觉得一阵头晕目眩，仿佛那月亮是一个蕴涵着强大吸引力的无底怪洞，正要将她和医生通通吸上去，吸进去，抛向那浩渺的宇宙之间，让他们成为两粒失去重力的宇宙尘埃。她赶紧收回目光，用力稳了稳腿脚，稳了稳神，再攥紧一些医生的手。

事实上，她根本感觉不到自己是否还在抓着医生的手。她的手指关节除了麻痛感，已经几乎没有了其他知觉。

医生也在望着天。天幕像一口浑圆无边的锅底，低沉地扣在头顶。他想，即便拿走这轮月亮，即便换上满天星斗，自己恐怕也难以准确辨别方位，但是，由剧痛正渐渐变得麻木的腿脚告诉他，原地绝不能久停。他再望望没有一样参照物、混沌得犹如娘胎一般的大地，不发一言，拖着朵拉，继续向前走。

也许是向前走，也许是向后走，也许是向既不前也不后的什么方向走。朵拉不知道，也不想知道，她只是机械地跟着走。走，或者能活，不走，注定是死。这一点，她还能清楚地意识到。

泥泞的大地，用力向下吸着腿脚，浸足了雨水的皮靴死沉死沉，活像一对脚镣。每迈出一步，朵拉就觉得下一步自己一定会倒下。身上的每一处关节，都在发着钻心透腑的剧痛，她感觉自己就像是一只正被一双巨灵之掌挤压、撕拧的，眼看就要散架的木偶娃娃，每一次的呼吸，都在与一声哭泣越来越接近。你说，渣滓洞的酷刑，是不是……也不过如此？没去过，不清楚。我现在特能理解……那些叛徒。放——屁。医生罕有地爆了句粗口。

为了减轻猖獗的痛楚和与痛楚同样猖獗的疲惫，朵拉一面一步两绊地走着，一面竭力想着从前看过的那些外国爱情电影中的场景。在那些浪漫场景里，男女主角遇到她和医生这样类似情景，甚至还远不如这般残酷的情景，仁慈的导演们，就会很快给他们找到一个舒适的安身之处，通常是一个山洞，或者是一片丛林。男主角会找来一些树枝，架起一堆篝火，然后他们分别脱掉衣裳，烘烤自己；再然后，男主角会拥抱女主角，给她安慰，给她温暖；最后，他们的嘴唇，会紧紧胶粘在一起……

她瞟了眼医生。看不清他的表情，不过，他的心情肯定和她的背道而驰。他脑子里绝不会冒着这些乱七八糟的场景，他一定正陷于深深的绝望中，只是强撑着不流露出来罢了。在一个如此年轻的、满脑袋文艺杂念的女孩面前，这个一定拿过手术刀，做过生理解剖，见过血肉横陈的男人，怎么能有勇气流露自己的懦弱？

你想知道我这会儿在想什么吗？医生忽然高声发问。想，很想。他和她的声音，听上去都显得那么没来由的亢奋，更像是为了掩盖内心虚弱，让自己貌似振作。

来到这片土地上，参与这样一场冒险，也许，是我的青春期癔症最后一次发作了。月光下，医生的神色半明半暗。月光映着的那面，像正在盛放的烟花，月光映不到的那面，像烟花凋谢之后的一片灰烬。

在我最单纯、最容易相信神圣和神迹的年代，我曾经慷慨地挥霍了青春。高中没毕业，我就和那个时代我所有头脑发热的伙伴一样，响应党和国家号召，上山下乡，插队落户，妄图用一腔热血，去改天换地，去描绘社会主义新农村最新最美的图画。眼睛朝着某个角度一闪，里面的光芒消失了。可是，十年过去了，我看到的是，那个贫穷的老林子里的小山沟，并没有因为我们的存在而向着美好的明天更靠近一步，相反似乎更远。老乡们甚至天天挥舞着锄头马鞭，要我们早点滚开，好为他们可怜的鸡鸭解除威胁。最后，除了费尽心机想方设法逃回城里，我们没有其他任何出路。为了实现这一目标，我的伙伴们拿出比响应上山下乡号召时还要疯狂百倍的劲头，拼命争夺着每一个最渺茫的机会。仰起的脸落下，重新隐进了阴影。

你也不甘人后吧？哼哼，我几乎是坚持到最后一个离开的，只为对得起任何一份可能还有价值的友情。

啪。朵拉摔了一跤，把医生也带倒了。

现在想想，其实，我那些伙伴们又有什么错呢？错的是时代。是那个扭曲的时代，扭曲了正常的、美好的人性。我始终相信，正常的、美好的人性，一定会隐身于这个时代的某个角落，只要我努力去寻找，去挖掘，就一定能够找到。医生似乎完全没有察觉到自己陷于何种境地，只是一味陷在原有的思路中。说得有理，不过你说，我们为唤醒他人美好人性而付出的代价，是否也太大了。朵拉捶打着自己的腿，让它们好恢复一点知觉，又去捶医生的腿，提醒他这是在什么地方。

又走了一程，医生脚下一滑，又把朵拉给带倒了。这一次，两人坐在泥水里，呼哧呼哧喘着粗气，一时谁都不想再说话。背囊静静地散落在四周，仿佛和他们一样，再也不想爬起来。

朵拉倚在医生肩上想，如果他不再拉她起来，她是绝对不起来了。她已经经历了顶峰时期，她已经为属于自己的人生传奇写完了最精彩的一笔，她相信，在自己此后的人生里，再不会有超越其上的经历，此后的一切所为，都只不过是下坡，再下坡，所以她的人生，随时可以放下，随地都无遗憾。假如医生还能活下去的话，那么，就让她在他的记忆里，就此成为一段有着太多不明所以然、难以揣摩透的传说吧。那些什么篝火，山洞，丛林，温暖的拥抱，都去见它们的鬼吧。这部属于她和他的片子，命运之手导演得比较烂，但是，她眼看就要没有演下去的力气了。她又朝医生胸前贴了贴。哦，我们两人的配合总算没有糟糕透顶，不堪回味。嗅着他身上隐约传来的气息，她心头不无缠绵。

看来医生也透支得相当厉害，很久很久都没动。苍天啊，你真忍心就这样看着我们殉情吗？朵拉迷糊地转着这唯一还能转得动的念头，再次朝头顶望去。这一望，月亮周围的光晕忽然在她眼前高速旋转起来，形成一个巨大的旋涡，搅动得整个天幕都在涌动，向着那个青白的大洞泻进去，泻进去。旋涡越转越快，仿佛真的要将整个天空，整个大地，大地上的所有生命，通通吸进那青白色的无底深渊！

朵拉的胃猛地朝上一掀，一拧。她连忙抱紧医生，把脑袋牢牢扎在他胸前。

隐约传来一声嗥叫。医生脊背一抖，像挨了一记鞭子，立刻拽着朵拉，挣扎着站起来，继续行走。

疼痛在血脉里四处奔窜，疼痛已经取代了这世界给朵拉的其他任何感知。她一阵清醒，一阵迷糊。清醒的时候想，如何尽快结束这生的惨痛，迷糊的时候感觉，自己已化作一个游魂，在泥泞黑暗的地狱里，受着没有尽头的煎熬。

春姑娘来了，你们谁知道，她是怎样来的？我知道！我知道！她是南方来的，前几天到这里。这个好消息，是燕子告诉我的。你们谁看见过，她长的什么样子……医生突然高声吟哦起来。那抑扬顿挫的声音，顿时赶走了朵拉的迷糊劲儿，也让她全身刚刚有点朦胧的疼痛感，重新变得刻骨鲜明。行了，别再跟我念叨这些鬼话了，你还是省省体力吧，替我好好地活下去，为我报仇。我现在只需要一把枪，一颗子弹，它们比诗更管用。我要让那粒子弹无比痛快地钻透我的太阳穴，然后我就会无比舒畅地躺在这冰寒大地上，成为一个献给它的春姑娘……

说着，她一屁股坐到了地上，并且赖着不肯起来。啪。她脸上落下一个重重的巴掌。你以为死就那么容易？你以为你的生命你自己就可以随随便便践踏？你知不知道，这世上还有许多爱恨情仇等着你去经历？想想你的亲人，所有在乎你的人……朵拉捂着脸，呜呜痛哭起来。我现在只能想起死神，只能让它赶快拥抱我，我等不及了……啪，又一个巴掌落到她的另一边脸上。你凭什么打我啊？你这是不是挟嫌报复啊？朵拉突然间发起了狠，爬起来，朝着医生甩过去一巴掌。

死神暂时拥抱别的什么去了。

上了一道坡，脚下一绊，朵拉重重摔了一跤。一具白森森的牛头，连打了几个滚，呜咽着，消失在了坡下。朵拉站定，后颈有些发毛，扫视着四周。蓦然，这股发毛的感觉比一声刺破夜空的惊叫还要快地蹿遍了全身。她感觉脚下的大地正变得松软，人在一点点朝下陷去。

这儿是沼泽？还是死亡陷阱？我们是不是正在掉进另外一个世界？她听到某个像是从自己躯壳里又像是从某处深不可测的夜空中发出的声音。

医生摘掉手套，揉搓起她的脸，她的太阳穴。你这是幻觉，再坚持一下，我们很快就会挺过这个临界点。医生咬着她的耳朵。他的哈气搔着她的耳垂。她后颈起了一阵细微的酥颤，飘离的意识一点点重新归附。

又走了一阵，幻觉再次产生。朵拉感觉自己正在矮下去，缩小下去，很快就要从医生手中溜走。医生停下来，抱紧她，但这仍然没能改变她的感觉。她感觉自己和医生就像两条濒死的鱼儿，正依偎着、打着旋儿，朝一潭冰湖的深处坠去……

快了，我们就快要到一个温暖的山洞了，那里有一堆火，红红的、噼噼啪啪熊熊燃烧的炭火，还有一大锅热气腾腾的鱼汤。医生大声说着，脸贴着朵拉的脸来回摩擦。一些密密的胡茬扎着她的脸，有些痒，有些痛。他有多久没刮胡子了？自从来到这片高原，不管风多狂，雪多大，气候多么糟糕，别人怎么看待，他始终坚持每三天刮一次胡子，只是到了最近一段日子，他才失去了这种心思。

胡茬刺着朵拉脸颊，星星点点的痛痒为她增加了存在感。温暖的山洞……一个美妙的地方，在一个熊熊燃烧的火堆旁，脱掉这些该死的、黏糊糊死鱼皮一样的衣服，好好烤一烤，烤得浑身每一寸皮肤都暖融融，每一块肌肉都热血充沛，然后紧紧地拥抱……她的大脑忽然异常清醒地运转起来，她的耳后微微泛出一层温热，这温热迅速向身体其他部位传导，意识重新坚实地掌控了大脑。

精神不再恍惚，脚下也再度生出一些力气。朵拉把僵硬的手掌插在医生的臂弯里，一步一滑地跟着他前进或后进。此刻，走，就是生命的全部意义；此刻，无论前方是温暖的山洞，还是冰冷的深渊，无论身边这个男人是出于什么动机，将她的命运和自己的命运绑在一起，她对他，都将一心一意，生死相随。

黑暗深处，似乎有一点发着荧绿的光斑闪了一下，定睛去看，又消失不见了。看来，我们并不孤独，还有一些哺乳类朋友，在附近关注着我们。医生嘟囔着，看了下腕上的手表，脱口一声，糟了！

他那只宝贝夜光表进了水，停在十点二十分上。

无法知道此刻是几点，夜，长得像一条永远也走不穿的隧道，只是凭感觉，不停歇地走了这么久，扎陵湖该过去了，鄂陵湖该遥遥可见了，那座水文站，无论如何也该露出端倪了。

再翻过一道坡，前方隐隐现出一个建筑物形状的物体。朵拉几乎立刻就要发出惊喜的呼叫。但是，不到一秒之后，即便是在夤夜微光里，也能看出，它那怪异外形，和那座水文站，没有丝毫相像之处。惊喜的呼叫没能发出，倒是惊恐，让朵拉的心脏不由得剧烈收缩起来，医生的身体也不由得抖了一下。两人谁都没有出声。像是怕给自己和对方带来更大的惊吓一般，他们不约而同地，将所有的惊呼都压在了胸膛里。

再朝前走近一些。医生打开手电，朵拉也打开手电。还好，大雨时裹在油布套里又塞在怀中的手电，都还能亮。

那不是水文站，千真万确，那不是。只有天才知道，它的生前，可能会是什么。屋顶已不知去向，只剩一些带有依稀彩绘的断垣残壁，歪歪斜斜地颓在那儿，像一个倒毙于途良久的流浪汉，身上那一堆破烂衣衫。

两束手电光来回照射着这座废墟。手电光又朝废墟四周以及更远处来回照射着。没有其他建筑物的影子，夜幕之下，视力可及之处，只有这处废墟，突兀又泰然地存在着，向着荒野的过客宣示：是的，我是我，我不是其他！别以为我会是其他!! 别指望我是其他!!!

两人目不转睛地望着废墟。颓败的废墟越来越显示出体内某种无法抗拒的威严，仿佛正有一个难辨其形，却又膨胀得越来越逼人而来的巨灵，从中升起，向他们抛来一个结结实实的符咒：你们，亡命的过客，走错了路！你们走的是一条不归路！

四目相视，哑然无语。

在一堵稍高些的矮墙下，两人胡乱撑开帐篷。医生将湿透的睡袋拧了拧，丢在外面，找几块碎砖压上，然后便去推坐在地下眼皮已经沉沉坠落的朵拉。别睡着，待会儿脱了衣服拧一拧，不然会得大病。说着，先就去脱自己的外衣。

没有熊熊燃烧的火堆，甚至没有一小朵跳动的火星。没有比在零下的高原寒夜中脱衣更刻骨铭心不浪漫的事了。

医生将上衣从外到里一件件全部脱掉。他牙一定咬得很紧，听不见一下牙齿打架声，只听见嘶嘶的抽凉气声。他背朝朵拉，坐在帐篷口，一件件拧着衣服。那赤裸的、清瘦的上身，在月光下泛着青白柔腻的光泽。她慌忙闭上了眼。

尽管如此，她也十分清楚，医生接下来在干什么。他一件件穿上了上衣。他开始脱裤子，羽绒裤，毛裤，内裤，从外到里……滴滴答答的水声，又是滴滴答答的水声……这不大的声音，敲在她心口，犹如一阵小冰霰，砸落在结着一层将融不融薄冰的河面上。

好了，该你了。医生重新武装好自己，过来跟她换了个位置，脸朝里坐下。

朵拉摘下围巾，脱掉羽绒服，将头伸出帐篷，朝外拧着水。她的牙齿捉对儿打着架，响亮得足能让一公里外的一头饿狼听得清清楚楚。毛衣冷得实在脱不下来，拧完羽绒服，她就要朝身上套。

这怎么行。医生的手从后面伸过来，从上到下，用力攥了一遍她的毛衣。他的手刚碰到她的内衣下摆，她就急速闪开。不劳驾，不劳驾，我自己来。那你那裤子上的水呢？不劳驾，不劳驾。不脱下好好拧一拧是不行的。行不行就听天由命吧。这么湿的沤着，你会给自己找来大麻烦的。别费心了，反正我不脱谁也别想给我脱。

医生重新坐到帐篷口，为她遮挡风寒。她伏在他背后，头倚在他肩上。两人一时都睡不着了。

风高一声低一声地呜咽着，从帐篷顶上扫过，帐篷呼哒呼哒地响着，像随时会挟裹着他们一起升天而去。朝着眼前谜一般的原野，两人沉默得如同身后的断垣残壁。还有什么需要表述的呢？置身此地，消耗到这般，所有最渺茫的希望，看起来都在毫不留情地远离他们。

朵拉闭了会儿眼，再睁开，就见暗沉的夜，依旧不动声色。没有灯光亮起，没有“剧终”两个大字。一切显然不是一幕电影，在真正的剧终到来之前，就连鬼都不知道，还会发生些什么。她将手臂环上医生的腰，将冰凉麻木的脸贴上他的脸。他的脸，同样也是一片冰凉，但两片冰凉，仿佛就比一片冰凉，多拥有了一点存在感。现在，无论他是怎样的他，都不重要了，无论他是怎样的他，她都会紧抱着他，为自己单薄的生命，多增添一点存在感。天地万物皆已幻去，只有眼前这个男人，是实实在在的，是血肉鲜活的。只有他，能陪她演完这场不知如何终场的传奇，除了他，其他任何人，家人、宗一等等，全都不过是另外一个已经远离自己的世界里的幻影。

噢，老天，自己竟会在这个时候想起宗一。她心头稍稍动了一点惊讶，这惊讶如同一粒磷火，在浓沉的夜色里一跳，借着那一跳的微光，她仿佛看见了那张永远是一片波澜不惊、永远是默默承受的脸。我的可敬的朋友，谢谢你为我付出的所有忍耐，我们也许再也见不着了……那就祝你一生走运吧，祝你尽快忘掉我，祝你尽快遇到一个真正爱你的女孩。就算我们还能再见着面，我与你之间，也会像高原与内陆，山峰与谷地，此岸与彼岸，距离遥远得听不到一声回音……

不等她看清那张脸上五官的轮廓，那粒磷火就熄灭在了暗夜中。一个圆锥形。紧接着，她想起了一个小小的、精美的圆锥形，不过，不是那一小堆由蛋壳垒成的完美的圆锥形，那个圆锥形，早就如疾风席卷一般在她脑海里片甲不留。她想起的是一小堆由几根珍贵的干柴堆成的、美妙的圆锥形，一小堆生命之火，一小堆哪怕不能熊熊燃烧、不能烤干衣服，只要能发出红彤彤的微光、能稍微有些暖意地烘着手心也行的火！如同一条困在干涸的水坑里、想念一小口浊水的鱼一样，朵拉苦苦想念起哪怕是一粒火柴头大小的炭火来。

火柴头！噢！她突然想起，背包的某个夹层里，应该还有一盒火柴。那是出发前宗一给她硬塞进去的，一只被密密地包裹在两层塑料袋里，又拿透明胶带紧紧缠了几圈，活像个乡下人腰间可笑的小包袱一样的火柴盒。本来他是给她放进五盒去的。我们配备的有喷火枪，要这玩意儿干吗？好歹一见水就不能用了；再说，听说那高原上划十根火柴还不一定有一根能着的呢。你是让我给抽烟的队员用吗？她嫌他这举动多余，一面朝外扔火柴盒，一面不无恶毒地挖苦。拿着吧，

拿着吧，又不沉，增加不了什么负担，万一什么时候用得着呢。实在嫌多，那就放一盒进去好吗？他一面坚持着大方针，一面做着小妥协，最后，到底是让他塞了一盒进去。

她摸索着找出那盒火柴，甩了甩外面的水，递给医生。希望明天是个好天气，希望明天太阳照常升起，这样，咱们到这废墟里找找，如果运气好的话，找到一些牛粪干，如果运气再好一点的话，还能抓住一只不走运的旱獭，然后，吃烧烤，这样，咱们也许就还有救……看着医生接过火柴，她的想象力立刻像只疯狂的陀螺一般，嗖嗖转出了声。

你可真够细心的，把个火柴盒裹得这样，我还以为是给我个定时炸弹呢。医生凑近去仔细端详了一下手中的东西，不觉笑了一声。

难得的一点戏谑气氛，很快就被肆虐的寒风刮跑了。风改变了方向，直灌进帐篷来，医生的阻挡也起不了多大作用，朵拉觉得身上的衣服就像是再次被一层层剥落下去一样。就算没……没吃的，要能来……来上点儿辣……辣椒面儿，那也……也好啊。像是要加大抵抗力似的，她提高着声音。再来……来上一小……小口青……青稞酒就……就更……更好了。她继续慷慨地给自己加着餐。光这……这点儿配料不……不够，还得加……加上主料。听我给你做……做一道麻……麻辣牛……牛柳吧。医生有板有眼地讲解起炮制麻辣牛柳的方法。朵拉的牙齿慢慢放松下来，胃火却又渐渐旺了起来。

行……行了，别……别再说了。她打断医生，用力勒了勒腰间的皮带。早就是最后一个洞眼，再也不可能勒得更紧了。快……快给我几片安定吧，让我睡……睡上一……一天……一……一夜，这样总……总比看着我眼……眼睁睁饿……饿昏过去人……人道些。

想睡一……一天……一……一夜？你不希望自己被截……截肢吧？朵拉一下被吓住了。截肢！如果有什么词，比死亡两个字更可怕，那就是这两个字了。这个词也让她意识到，自己的腿脚可是很有一阵没有感知到了。她准备站起来活动一下。刚站起来一点，腰还不曾挺直，一阵强烈的刺麻感，像冲击波一般，由脚底轰然一下袭上大腿。她身子一软，一头栽倒在医生身上。

医生扶她坐好，动手就去摘她的皮靴，脱掉她的袜子，拉开自己的外衣拉链，掀起内衣下摆，将她的脚揣进怀里。

他这一整套动作，可说是在眨眼之间不由分说完成的。她还没来得及做出任何反应，脚底就已经贴到他胸口上。

她听到医生的牙齿狠狠响了两下。她想要抽出脚来，但医生用力抓住她的脚踝，让她的脚根本动不了。她怕影响他那只受伤的胳膊，就不敢再动。过了一小会儿，一丝暖意从脚底生起，一点点增大，慢慢向上蔓延。渐渐的，她对自己的十个脚趾重新有了感知，弄清了它们的位置。

医生先用手指，再用手掌，一点点揉搓着她的脚趾，脚背，脚踝，小腿。她眼皮沉下去，整个人都在沉下去，沉进一个无比宁馨的世界。无论经受了怎样的饥饿，怎样的寒冷，单只为这一刻，她就觉得，一切的苦难，都值得遭受。

别睡着！医生在她脚心挠了一下，替她重新穿好袜子、靴子。

脚再度陷入湿寒，但比起刚才，已经好了太多，至少，离截肢又远了一程。

好了，该轮到你了。咱们是平等的，人要知恩图报，一报还一报，以牙还牙，以血还血，我可不是农夫暖热的蛇，就算是蛇也得是条美女蛇……脚部血液的通畅，让她的嘴上来了不少精神，她一面就去拽医生的靴子。呸，还美女蛇呢，拿出你那小镜子照照……

当然，她不可能像医生那样。在医生的脚和自己的胸口之间，她留下了最后那层内衣。

他的脚趾抵着她乳房底部边缘。她分明感到一阵微微的酥颤。前阵子帮着拖船，因为嫌胸罩带子总爱滑落，碍事，所以，她干脆把胸罩给摘了，从此再没戴过。

月亮移动了位置。月光明晃晃地投在她脸上，她的神情一定会在医生的眼里纤毫毕现。她飞快地瞟了他一眼。他的眼睛正一动不动地望着她头顶上什么地方。他的脚凉得如同一块冰砣。他的脚真的毫无知觉吗?

如同一只从洞穴中探出头来感知外部虚实的啮齿动物一般，她悄无声息地嘘了口气。

她学他的样，先用手指一个一个地揉搓脚趾，再用手掌揉搓脚掌，脚踝。他的脚修长有型，就像他的手一样漂亮……中间的脚趾比其他脚趾要长，哪本书上说过，这样的人，性能力比一般人要强……刚刚镇静下来的心跳，又乱了节奏。她又瞟了眼医生。他目光仍旧停留在她头顶上方，仍旧镇静得如同外面那苍茫一团的夜。

月亮又移动了一点位置。月光明晃晃地照着她的脸，也照着他的脸。两道节奏不同的呼吸，在这不同寻常的无言里，一高一低，一起一落，应和着仓皇奔窜的风声。

好了好了，歇会儿吧，再搓下去我的脚就快成烤白薯了。冷不丁一句，逗得朵拉扑哧一笑，身子一晃，乳房重重地撞上了医生的脚!

就像一棵遭雷劈了的树，她纹丝不动地呆坐着，好似只等再来一丝丝风吹草动，就会訇然倒下，委地不起。

医生小心抽出脚，穿好鞋袜，挨过来，很轻很轻地搂住她的肩，就像是害怕动作太大了，她真的会訇然倒地一样。

风一阵阵吹进帐篷，吹上她的脸，吹入她的脖颈和衣领间的缝隙。肩膀上的手一点点加大了力量。风依然透心的寒，但她的身体却没有僵直，没有紧缩，而是慢慢放松下去，舒展开去。她靠在医生的臂弯里，身体松软得就像细雨浸润后的土地。

医生抓住她的一只手，放进怀里。

她听凭他支配着自己的手，听凭自己的手停留在他胸口。怦怦的跳动，有力地撞击着她的手心，让那每一根麻木的神经都重新苏醒，让那每一根麻木的指尖都重新恢复对最细微触觉的感知。不知不觉间，如同被一股难以抗拒的湾流裹挟、导引一般，她的手在他的胸、腰、背间恣意游走起来。温润细滑的皮肤，仿佛一层融化在手心的巧克力浆。她禁不住将另一只手也伸进他怀里。

她抓起他腰背上的肌肉，抓紧，放开，再抓紧，再放开。她的一些指甲陷进了他的皮肉，但是医生并没有吱一声。在这虚幻的夜里，虚幻的空间里，手中的肉体，让她实实在在地感到，生命，还如此鲜明，如此令人迷恋。

她抓住医生的一只手，放进自己腰间。冰凉的一激，她的身体非但没有弹开，反倒向他贴得更紧。他的手停顿了一下，仿佛在一个岔路口，犹豫着该向何处去。片刻之后，冰凉消融，手开始一点点向着她的后背移去。

他的手加大了游走的力度，一遍遍揉搓起她的腰背。她酸痛得几乎要断成两截的脊背，逐渐变得温热，舒展。另一只手也伸了进来。他两手拢着她的腰背，上上下下不停地揉着，搓着，把热量一点点铺展开去。他的手始终谨慎地保持着合适的尺度，仅仅有那么一次，不小心滑到了她的乳房侧部，旋即弹了开去。

揉搓停止下来。他的手仍旧停留在她腰间，她的也同样留恋在他的身上，不肯抽去。

风高一声低一声号叫着，呜咽着，叹息着，推搡着医生的肩膀，扑打着朵拉的前额，拂动着他们的耳廓，把在这蕴涵无限可能的幽暗大地上的所见所闻，所疑所思，急切地倾诉给这两个萍水相逢的过客。

寒意窜进朵拉的脖颈，一路滑下脊梁。才生出的暖意又开始消退，因为暖意微醺而变得昏沉的眼睛，也在夜色中重新睁大，越睁越大。可是，她仍旧看不透这沉沉夜幕，看不到任何移动或不移动的物体，听不到任何除了风声之外的动静。

月亮依旧亮得可怖地悬在夜的底幕上，向四周泛出一圈阔如大河的灰青色光晕。老田他们到底在哪儿，在干什么？为什么始终连一颗信号弹都不发？而那些所谓的伙伴们，此刻又在什么地方，在干着什么？想着什么？他们怎么能够如此决然地将他俩忘记？

医生拢在朵拉腰间的手臂动了一下。她知道，他的眼睛，他的思绪，同样不能昏沉。

老田他啊，当初要是不让大伙留下，等他救了鬼子姜再返回来，凑齐了一寸不落地一起下漂，而是大伙该漂的漂，他也朝一个有明确标志的地方走，比方说，跟大伙约在鄂陵湖水文站，或者干脆约在玛多城桥头那儿聚齐了，那也就——不会有咱们现在——这种情形了吧？

声音很轻很轻，完全是压在嗓子眼里的，仿佛为自己竟然能有这种想法而备感惶惑，不安，担心哪怕发出一个字的声响，就会加重内心的负罪感。

其实，也怪我们这些人里，没有一个能主事的，能代替他领队去救鬼子姜，否则的话……出了一点声的声音，显露着既无奈也分明的自责，仿佛要让这一声，压倒刚才那些无声的、带有不恭意味的谤言。

假如，人生能够在同一时刻做出两种截然不同的抉择，就如同一条鱼儿同时能向首尾两个方向游动，在同一时间看到两种不同的结局，那该多好……声音忽明忽灭，似有若无，像一朵摆动在已然变得薄乎其薄的冰层下面的河流中，虚虚实实变幻不定的鱼尾。

朵拉也不应答，仍旧近乎呆滞地大睁着眼。从肉体，到心神，她实在都很累很累了，那些找不到答案的疑问，她早在心里翻腾够了，她不想再徒劳地折磨自己了；而那些奢望能够同时拥有两种截然不同选择结果的念头，也根本不是她的头脑愿意花上比一朵疾风中一跳而熄的烛花还要短的时间，去费力思索的。

你啊，实在是太年轻了，简直是太——小了，好日子，还没来呢！这一声，深深的愧疚，明白，肯定，毫不虚幻，毋庸置疑。

一阵突如其来、撼心彻肺的感动，让朵拉的双臂一下子爆发出前所未有的力量，把全部的指甲都深深陷入医生背上的皮肉。

她的头垂在他肩上，她闭上了眼。

今夜，她不打算再睁眼了；今夜，这原野上不会再有什么其他生命，是她想要看到和能够看到的了；今夜，她能抓住的，只有这个仅仅在将近两个月前跟自己还是陌路的男人，这个自以为强大却又无比脆弱的男人，这个一面把自己拖入绝境，一面又拯救自己的男人，这个让她不能恨只能爱的男人。在这片广袤无助的天地间，她和他，两粒渺小到不能再渺小的尘埃，只能相依偎，到幕终。

咱们俩，算是亲人吧？少顷，她用手轻轻抚着那些曾被自己的指甲陷入的肌肤，嘴唇贴着医生的脖颈，小声地、热烘烘地问。咱们俩，就是亲人啊！他嘴唇贴着她的耳廓，小声地、热烘烘地回答。

第十二章　玛多，玛多，永恒之城

又一次站在雪峰环抱的小城玛多，又一次让肺腑充满越过雅拉达泽山脉涌来的清寒甘润的空气。

摘下墨镜，眯起眼，朝头顶望去，一片洁白的巴掌状的云朵，飘浮在湛蓝的天空。依稀记得，那正是当年女孩朵拉向着头顶这片晴空，第一眼望去所见。

耀眼的银光，照着宁静得如同世外之域的小城。不远处的小山坡上，蓝白红黄绿，五色密密的经幡，一如既往地翻飞、轻诵；几排低矮的红砖房，依旧呈井字形，分布在山脚下。

昨日恍又重来。

尽管是一年中最温暖的7月中旬，这里午后最高气温也不过零上十度左右。缩起脖子，裹紧羽绒夹克，一步一步慢慢踏着脚下的土地，努力去体会脚底和大地接触的感觉。

没有不期而至的激动，没有想要发出一声欢呼的欲望，只想用这种方式，更多地寻觅到一点昔日重来的感觉。但越走，脚下感觉却越恍惚。我这是走在哪里？我这是走在几度空间？

小城建筑渐渐在眼前变得飘忽，像是一个永远也走不近的幻象。站定了，晃了晃脑袋。那种奇怪的感觉依旧在脚下，在眼前，不肯散去：踏着的土地，只是一片虚空，看到的景色，不过是一幕映像，光影倏忽转换，我踏着的、看着的，转眼便会化为乌有，只剩剧终二字，而我，也将随之跌入银幕背后的一片虚空之渊。

一阵欢呼声将我拉回现实。重新调整视线焦点，再去望眼前这片既熟悉又陌生的天地，那感觉如同望着一片殷红的血液从自己已变得麻木、完全失去了痛楚感的肢体上涌出一样：我回到了这里，我离这里已遥不可及；天空，雪山，大地，依旧永生，而那个年少轻狂的女孩朵拉，早已埋葬在她生命中的最后一个春天。

当年女孩朵拉在西宁养好身体，赶往野狐峡，重新追上大队人马时，向从源头地区寻找老田未果的队员打听玛多小城的景色。噢，那密密的牧草啊，挤得人都快走不动了嘛，野花开得像天女散花一样了嘛，新生的小羊羔，能将整个身子埋入草丛当中了嘛。在源头地区待了太久时日，队员说话的腔调，已经不觉跟当地牧民的口音相似。但是今天，呈现在我眼前的原野，却是野花寥落，牧草稀疏，目力所及之处，活像营养不良的婴儿脑袋，一些地方，甚至还裸露着小片黄色沙化地块。

戴上墨镜，钻回车里。这世界已不是那世界，正如同我已不再是朵拉。二十年不是一挥手，有多少沧海都可以变成桑田。

蒙地在大声惊叹，怎么连头牛羊都看不见？你刚才只顾瞌睡了吧？没注意路边的宣传牌子吧？为了保护三江源地区，政府早就封山禁牧了。前些年过度放牧，加上鼠害横行，导致这儿草场退化，水土流失，有两年，源头地区甚至还断了流，连鄂陵扎陵两湖水位都下降不少呢。麦田趁机卖弄起他搜罗来的书本知识。

噢，鄂陵湖，扎陵湖！这两个姐妹湖的名字，如同一个旧日情人的名字，立刻让我胸膛深处的血管里，奔窜起一股难以抑制的热流。原来，我还不能真正麻木。

食宿站依旧在老地方。院子里空空荡荡，没有来自其他任何地方的车辆。尽管眼下是一年里最好的季节，这儿仍旧不是个寻常游客青睐的地方。除了极少数前来寻求刺激的内地愤青，对这儿感兴趣的，从前，就只有淘金者。而如今，如同禁牧一样，淘金也成了禁活，成千上万淘金者云集此地的盛况，已化作一段渐行渐远的传说。

当年刚到小城，准备寻找住处安顿时，大伙先是一路打听到了这里。那时眼见这片小城唯一能够投宿的宝地，正被从两湖流域涌下来的淘金人挤得黑压压一片。一问，都是被传闻中的鼠疫给吓得逃到这里，准备天亮后再接再厉继续朝下亡命的。那时院子里横七竖八挤满了满堆着淘金器具的卡车，那场面活像地球末日前夜。大伙只得转道前往河滩。途中，又见一辆从源头地区疾驰而下的淘金车。女孩朵拉挥着手跑过去想让司机停下来，好打听一下上面的最新情况，司机连忙喊别靠近别靠近，车上有死人，七窍流血的。当时她身后的所有男人，一个个脸色、眼神全都变了。

自从过了海拔四千米以后，就在脑袋里隐隐作祟的疼痛，开始愈加明显起来，那种如同驾了云一般的感觉，也从脚底冉冉向上升腾。数出四粒红景天，两粒止痛片，两粒扑尔敏，一口气通通吞下。

蒙地状态倒比我想象的要好得多。他看上去精神不错，东张西望，四下走动，把特娜远远甩在身后。这一路，他除了打盹，就是在说话，对窗外的任何景物，都要发表一通感慨，同时期待我的肯定。我的盹醒节奏恰好和他相反，我不得不一次次强打精神配合他。回想当年，他就是少数几个高原反应症状比较轻的人之一。那时一些看上去体格健壮、每分钟心率次数偏低的，反倒反应严重，老穆就属于这种情况。老穆看上去身板足够硬朗，面色足够红润，在内地体检一切指标都好，但一到了这里，高原反应就比谁都发作得要快。在河滩扎营的头一晚，他半夜难受得睡不着，起来溜到帐篷外面透气，结果让一只比恶狼还凶猛的獒狗追得四处乱窜，大呼小叫，惊动得河对岸的藏民都拿着枪跑来，以为此地被数年难以一见的盗贼给光顾了。

可怜的老穆，让人难以忘怀的老穆，可惜的是，再也没有机会重返故地了。没有了他的高谈阔论，没有了他的嬉笑怒骂，这趟怀旧之旅，显得是那么单调乏味。老穆死于十年前，死于心脏病突发。

二十年来中途离世的，就只有老穆一个。虽然这次重返之旅，不是所有活着的人都来了，有忙着生病的，有忙着应酬的，但知道那些没来的人，还在这世界的某个角落活着，虽然未必自得其乐，很可能不过蝇营狗苟，但也足以令我释怀。能够活着，就已是人生至高无上的意义。而老穆，是多么热爱活着的一个人啊。无论当年他表现得有多么不堪，我还是为今天无法再见到他，为这世界的某一隅不再散发着他那独一无二的魅力而深感悲伤。出发前，有人曾提议去看望一下老穆的遗孀。遗什么孀，他老婆连殡仪馆最后一面都没去见，不出两年，就又嫁了人，嫁了个退下来的副市长。知情者毫无顾忌地揭着可怜的死者的隐私。老穆那家伙，哼，那会儿正在宾馆跟一个实习的女大学生鬼混，突然一口气就上不来了。那傻丫头一见情况不妙，吓得披上衣服就逃离现场。还好她良心没死透透，过了两个钟头，总算给110打了个电话。等警察再招来急救车，人早硬得跟鱼干一样了。

那时听着那些流言，我比听到老穆死的消息还难过。死后比死更可怕。那时我悲愤地想。现在，老穆的灵魂在哪儿？天堂不知道能不能进去，但也不会下地狱吧。地狱不是为他这样的可怜人准备的。但愿他就在我们的头顶，继续向我们投来关注的目光。

头顶那朵巴掌状的云不见了，变成一道两头一高一低斜斜弯弯的云，活像老穆那张总是带着几分坏笑的嘴。

假如没有老穆，哪有蒙地和我那一出生死缠绵？老穆，你这导演了一幕精彩悲剧的大师，地下若有知，一定会为看到两位主角能够活到今天而深感欣慰，一定希望，他们还能好好活下去，好好演下去，给这幕悲剧献上一个精彩的结局吧。

老穆，但愿你在另一个世界里找到快活。我望向头顶。那道云一歪嘴，一溜烟地翻过一道雪峰去了。

特娜和麦田看上去已很是不妙。一个脸色发青，紧攥着速效救心丸；一个两小时内吃了四粒止痛片，还抱着脑袋一副要死要活相。阿凯在一旁劝，不行就赶紧回西宁得了，别硬挺了，都这把年纪了，不是光凭一腔热情就能聊发少年狂的。两人听了只是面面相觑，不置可否。

我忍着头痛，走到特娜身边，表示关切。要真不行你就往下撤吧，我一个人照顾蒙地也行，你看，我这走来走去的好着呢，一点问题没有。特娜捂着胸口，一口一口捯着气说，我心脏一向不好，这会儿感觉胸闷得厉害，就像堵了床棉被。她这话着实吓了我一跳。我不记得她什么时候跟我认真谈论过她的心脏问题。我只知道，如果是一般性的心脏不好，情况还不太要紧，老队员里就有两人有心脏病，到目前为止，也没出现什么明显异常，但如果有严重心脏病的话，那麻烦可就大了。

麦田则哭丧着脸。哎，这感觉，可真不是人想象的，唉，廉颇老矣，廉颇老矣，要早几年来，肯定一点问题没有。想当年上大学时，我可是响当当的全国行业系统院校比赛五千米长跑冠军，成绩都达到了进国家队标准；前些年在街头见义勇为，一口气还能跑仨街口追小偷呢。现在倒好，一步不挪，心跳得就赛过当年头一眼看见你。那你还不赶紧抱头鼠窜？我被他唠叨得头越加的疼。唉，那你不又得说我叶公好龙了吗？怎么也得感受一下吐上一回的滋味，才算得上全方位体验一次吧。

我、蒙地、特娜、麦田、阿凯，在一个套间里安顿下来。

特娜麦田迅速在内外间床上倒下。阿凯扔下行李，背着相机就朝外走。我喊他先好好休息，别被这会儿的假象迷惑，等到了半夜，就知道高原反应的厉害了。但他头也不回，眨眼就不见了人影。

抱着脑袋刚要倒下，就听得外面有人大声宣布，今天先好好休息，明天上午朝玛曲进发。正在地下鼓捣行李的蒙地，闻声跑了出去。

争执的声浪立刻传了进来。

不是说好上咱们从前到过的卡日曲吗？怎么说变就变了？人家电视台记者时间有限，要赶着发新闻片，上玛曲路好走，时间好掌握；上卡日曲，路不好找，时间难掌握，那鬼地方，听说到现在也没修公路，总不能让人家记者拖着发不了新闻稿吧？再说，照目前官方认证，还是玛曲是正源。哼，那照你这么说，当年咱们吃那么多苦头，找的那个卡日曲，还有什么意义？那不成天大的笑话了吗？那不像一场荒诞剧了吗？嗨，你老兄真是的，怎么还老在这儿什么意义不意义的啊？都二十年了，都这把年纪了，怎么还这样，还成不了熟，还愤那么青。当年找卡日曲那行为，要我说，本来就是一出荒诞剧，都是时代流行病加青春期癔症联合作怪，大伙还没学会用娱乐精神来看待人生，结果弄得老田还不明不白地赔上了性命。如果说当年咱们头脑发昏，那是年少气盛，那是受了时代误导，那现在要再头脑发昏，恐怕老田地下都会坐起来，骂咱们不与时俱进了呢。

必须承认，有些当年文化水平不高的人，经受了时代洗礼，确确实实与往昔不可同日而语了，由黄皮寡瘦变得红光滋润，由寒酸委琐变得气宇轩昂，由出言粗俗变得巧舌善辩，也由一名差点让老田开除的捣乱者，变成如今纪念活动有力的组织者，比如说，鬼子姜。当然，现在得称呼姜董了。

姜董是做房地产生意的，姜董的房地产生意做得很大很大，不是一般的大。据熟悉他的老记者说，在当地主流媒体地产版上，时常会出现有关姜董的消息，言辞总是一贯的振聋发聩，不是宣称房地产商不是慈善家，就是声称政府出手救市违背市场规律。但我还是要承认，姜董毕竟出身寒微，悲悯芸芸苍生之心，看重曾经的兄弟情谊之心，毕竟没有完全泯灭净尽，这趟活动的主要资金，就是来自于他的慷慨手笔，自然，活动的游戏规则，也必须唯他的意志为尊。据他自己所称，他在将房地产生意做大做强之后，平时的娱乐消费方式，已大大提升了文化含量，再准确一点说，就是不再局限于挥挥高尔夫球杆之类的，最近两年，转而热衷于攀登各种高度的山峰，范围也远不止于国内。在一阵头痛接着一阵头晕的间隙里，我不禁联想起，有关姜董既热衷于这次充满怀旧情调的故地之旅，又急于尽快完成登源之行的另一个解释，显然还和他向我提起过的下一项日程安排有关：下个月，他将前往非洲，与一批地产界大佬级同好，一道去探秘乞力马扎罗雪山的奇妙景色。自然，那已纯粹是大亨级成功人士彰显不俗品位范儿的高端文化之旅，绝不是当年那种穷光蛋级亡命徒式弘扬民族精神的赌博般冒险了。

你说什么？啪——一记响亮的耳光声。我赶紧跑出去。

啪——又是一记。并非如我担心的那样，蒙地在打自己的耳光。

没等我劝解一句，蒙地就干脆利落地结束了这场争执。打完自己，他一言不发地回到屋里，在靠近门边的床上倒下。他闭着眼，躺得直挺挺的，就像是永远也不想再看见这世界，永远也不打算再起身走入这个世界。

我觑着他的脸色，大气不敢出地回到里间。特娜早把自己裹在被子里，面朝墙壁，一声声呻吟不已。

虽说眼下是这里一年中最好的季节，比起当年初到时冰雪连天的4月，氧气含量提高将近百分之三十，但我仍然感到浑身上下有说不出的难受。当年刚到这里，整整一个黄昏，我还能不停地蹦跳，说笑，而现在，我已经在想，如果不是肩负使命，真该就此打道回府了。这就是岁月的无情，那些勇往直前的好年华，已经死得皮毛不存。

我在靠墙另一边的床上躺下。床仿佛是一叶随波起伏的小舢板，人躺在上面晕晕乎乎，一会儿悠上波峰，一会儿跌入波谷。为了听清外间动静，我努力克制着，不让自己呻吟出声。

忽然间，我看见蒙地起身向外走。我连忙跳下床，追上去。

清冽的空气，清静的院子。两条拴着铁链的獒狗卧在院子门口。它们一大一小，但那透过浓密的鬣毛射出的寒光，却不分上下。

没错，当年刚到这儿时，我确实有过害怕，那是我在这高原上唯一一次害怕，即便是后来在那座废墟里，我也没那么害怕过。我想，我可不是到这里来给鼠疫当牺牲品的，我可不能死得那么难看，要死也得死得漂漂亮亮。蒙地一面头也不回地朝院子外面走，一面朝着空无一人的前方自言自语。我跟在后面脚底飘忽地走着，如同在梦中游走。

他经过那头大獒狗身边时，那黑家伙眼神竟然一变，收起寒光，低声咕噜着，用脑袋蹭了蹭他的腿，仿佛老友重逢一般。

可是有谁知道，老田的死，是难看，还是漂亮？他加快了脚步，风卷残云一般，人远远超在了声音前头。

我不顾一切地追赶着他，如同残云追风一般。

很快，我们出了小城，来到城外河边。如同当年一样，那座桥，依旧静静地卧在不太深也不太宽的河面上。碧透如镜的水面下，一粒粒卵石闪动着缤纷多变的色泽。

桥中央，站着一位当地人模样打扮的老人，神色茫然地眺望着远处，像是在等候什么人，又像是由于等候太久而忘了自己在等候什么似的。见我们走来，那浑浊的眼珠一闪，黧黑的脸上立刻亮开一排雪白的牙，直朝我们笑。蒙地却瞧也没瞧他一眼，径直下了河岸，朝河滩走去。我急忙喊，不是那儿，咱们当年扎营的地方在对岸！但他仍旧头也不回地朝河滩走去。

他来到河边，双脚毫不犹豫地踏进河里，逆流而上。我吓了一跳。融自雪山接近于零度的河水，无论在任何季节，都足以让人肢体迅速麻木、僵硬。我伸手去拉他。眼看拉住了，却不知怎么，又让他像一条无鳞湟鱼一样，轻易地滑脱开去。

呜——亲爱的天和地啊，亲爱的山和水啊——我回来了，我终于回来了，呜——那些被我丢失在这里的美好时光，我要一点不漏地全部找回来，每一天，每一夜，时时刻刻，分分秒秒，就像这从不间断的河流，我要让它们重新流淌，我要重新回到往日，呜……

蒙地一面放声痛哭，一面逆流而上。他两手在身边快速摆动得像两条鳍，有如一条真正的高原湟鱼。

正当我束手无策时，桥头老人朝我们走来。他两脚生风，眨眼已飘至我身边。

我有一个秘密，一个惊天的秘密，一直在等机会告诉应该得到它的人们。我在这里等了很多年，我差点以为，我就要带着这个秘密去进天国了。今天，我想我终于等到了能够从我这里接过它的人们。

穿过蒙地的痛哭声，穿过呼呼的风声，穿过哗哗的水流声，老人的声音像融化的冰晶，一滴一滴敲进我的耳膜。

我曾经在鄂陵湖和扎陵湖之间的一个废墟里，发现一具骸骨。那骸骨穿着一件褪了色的红外套，那外套背后模模糊糊留有氵偏旁的半个字。我想起曾经听到过的一些传说。我想，这可怜的人，一定是那帮到这里来寻找刺激的内地人的同伙。我的一个兄弟，曾经给那帮人当过向导。我那兄弟跟我说，那帮人要不是一群疯子，就是一帮越狱犯，一定是在内地走投无路了，跑到这儿来，想要寻找一条通往天堂的路。

抽噎愈紧的哭声中，寒意愈浓的风中，我汗流浃背。我一把抓住老人的袍袖。那你，把他埋了吗？

嘿嘿。老人白牙亮亮地闪着，眼珠白白地翻动着。按照我们民族的风俗，死去的人是从来不埋的，埋了的人，灵魂就不能升天了。再说要是埋了他，他的同伴不就找不到他了吗？那可怜的异乡人，我想，他一定是在等他的同伴，他一定认为，他的同伴，有一天，一定会来找他。我想，他现在一定还待在那儿，在苦苦等待。

痛哭声在耳畔越来越响，老人的每一颗白牙都在我眼前闪烁着刀锋一般的锐光。现在嘛，我终于可以把这个秘密交出去了，我终于可以轻松了。我知道，你们是来找他的，你们就是他当年的同伴，他等了你们那么久，总算没有白等。嘿嘿。白的眼和白的牙，笑着，闪着，飒飒地闪着锐光。

天空突然晦了下来。一片厚厚的乌云压在了头顶。一霎时，我什么都看不清了，只听一个瓮声瓮气的声音，发自云层深处。告诉我，你们见到这条大河东流到海了吗——东流到海了吗……

乌云眨眼又散去。再次望向身旁，发现那老人不见了！而我那只紧攥的手中，也已一无所有。

赶紧再去看河中。蒙地还在河流中央急速迈腿但却不见前行、如同原地踏步一般走着，而那灰色外套，也已然变了颜色！随着呜咽声而一耸一耸的红色后背上，呈现出半个隐约的白色的氵偏旁。我再一低头，发现自己的湖蓝色外套，也变成了红色！一个白色的隐约的氵偏旁，在胸前凸显出来！

我惊慌地朝来处张望，发现桥也不见了！河面如同涨潮，越来越宽，水也越来越深。一排浪头高高卷起，直拍到我脚下。我伸手去拉蒙地，却怎么也拉不动他。他死死地钉在河水中央，如同一根中流砥柱。

浪花一层层涌动着，翻卷着。一具白莹莹的骸骨，从浪花中浮现出来，摇摇晃晃直漂到我脚下。它一只手直挺挺地伸着，一下下触着我的腿。我急忙要逃，但它一下子就扯住了我的腿！

一道凄凉的光，从那幽黑的眼洞里闪现，一抹惨笑，浮现在那没有一丝皮肉的颊骨上。现在好了，你们终于回来了！我终于没有白白忍受这么多年的孤独。我知道，你们迟早要来，无论逃得多远，你们最终还是要回来。和我一样，你们注定属于这里，除了这里，你们别无葬身之地。只有死于此地，你们的灵魂才能够超脱被诅咒被自虐的黑暗之渊，迎向无限灿烂的光明！

骸骨的嘴洞突然大大地咧开，嘎嘎嘎，嘎嘎嘎——发出一串类似坏掉的发声玩具般的笑声。我不会让你们就这么扔下我。我等了你们那么久，咱们兄弟一场，有难同当，有福同享。咱们要一起向东流——入大海……向东流——入大海……

我放开蒙地，准备自顾逃命，但我居然无法放开他。他一条已变得僵硬的胳膊，死死地钩住了我……他的眼神凝固得如同冰晶。他化成了一座透明的冰雕，在那晶莹剔透的脸颊上，挂着两行闪闪的冰珠……

我在满头冷汗中睁开眼，疼痛朝着大脑轰然丢下一串炸弹。

一旁床上的特娜，已不再呻吟，只静静地一动不动地躺着，仿佛任何尘世的喧嚣，都触动不了她圣洁的内心，以及超凡的意志。但我的胃却不甘于宁静，它在胸腔里跃跃欲试，越来越大，大到仿佛笼罩了整个人，让我全部的肉体、意识，都成了这只胃里翻腾欲呕的内容物。

挣扎着下了地。

外间三张床上，只有一个人！阿凯不在，蒙地不在，只有麦田，面色灰败地躺在那儿，两眼直瞪着天花板，要不是嘴唇在轻轻蠕动，看上去真像个死人。哦，上帝，耶和华，耶稣基督，真主安拉，我祖佛陀，太上老君，王母娘娘，拯救拯救我吧……

我扶着墙壁，踉踉跄跄走过去，走出去，将这房间所有的呻吟和不呻吟，全都抛在身后。

一场大吐，剧疼转成了钝痛。人轻得像是随时可以飘向四面八方。

经过静谧的院子，经过那两条阴鸷的獒狗，来到外面小街边。街对面，一个站在台球桌边的当地汉子，看了我一眼半，扭过头去，跟后边的同伴咕哝着什么。

差十分钟不到八点，晚风轻拂，夕阳正浓。凭借记忆的指示，朝城外那座桥走去。

远远看见那座桥。桥中央没人！桥对面河岸边，却有一顶小小的帐篷，孤零零的，像一颗生不逢地的可疑的蘑菇。

我犹疑着走上桥头。我张望着四下，不能确定，这是否又是一个梦魇。

一阵断断续续的歌声传来。咦——噢——呜……

我一头冲进帐篷。你躲这儿干什么？躺在睡袋里的蒙地，两眼朝顶，不看我，也不回答。咦——噢——呜——他继续像一个当地人那样，拔尖了喉咙，高亢地唱着。

终于唱够之后，他面无表情、语气坚定地将一连串话语像夏日冰雹一样，响当当地砸到我脑门上。我必须按照当年来到这里的方式，让自己的灵与肉，真真实实回归这片土地。不住帐篷，那还叫什么回归？我必须待在这里，待在当年大伙的宿营地。我必须按照当年的方式，重新踏上前往源头之路，只有这样，我才能让自己的心灵获得真正的安宁。

咱们这趟活动时间有限，大家回去各自都还有许多事要忙。如果你坚持按照从前的方式走到源头，那样时间就会拖得太久，就会影响整个活动计划。再说，别人也不见得就愿意迁就咱们。我竭力按捺着火气和头痛，好声好气劝着他。

用不着谁迁就谁，让他们走他们的，我们按照自己的方式走自己的，总之，我绝对不去那个我从没到过的什么源头。蒙地回答得干脆利落。看来，他早就预备好了击溃我的有力一招。怎么，难道你不想陪我一起照原来的方式走吗？他坐起来，眼神肃杀地瞪着我。我的头疼又不可控制地加剧起来。长驱直上，数小时内直达源头，然后合影留念，宣布到此一游，哼，这绝不是我想要的方式。我要沿着我青春时代的脚步踏行过的路线，去寻找，去捡拾，去重新组合那一段在我记忆中正风化、坍塌的美好岁月。我忘不了老田，忘不了他对理想不惜代价的追求，他让我觉得，在这个世界上，我还是有知音的。我必须弄明白，他究竟是在哪里，是以哪种方式，让自己消失在了传说中。我不能像那些人一样，让老田就这么孤独地死于被遗弃之中，我得让老田的在天之灵明白，即便是在二十年，甚至更久以后，他仍然可以在最真诚、最痛楚的怀念中——永生！

一只拳头在我面前挥舞起来。老田，他是带领大伙为追求纯粹的、高尚的理想而死的，对吗？另外一只拳头也在我面前挥舞起来。对，对。我忍着疼痛和晕眩，不住地点头。

这就是时间的魔力。我正看到时间呈现出无比神奇的魔力，它让我们不知不觉间用想象的画笔，涂抹、遮盖本真记忆，直到能够安抚自己备受人世创伤的心灵。尽管出于对逝者的尊重，我不能说老田不是一位彻头彻尾正直、高尚的君子，我也很愿意看见在蒙地执拗的记忆里，老田的情操人格，从这凡俗的人间地面升起，直入那高高的道德云端，成就为一段完美、圣洁的精神哈达；但其实，最最能够打动我的一点是，我看到了死亡其实并不可怕。死亡算什么？假如能够被如此长久而充满情意地记忆着，我相信，蒙地一定愿意一千次地死去，而我，也愿意重新纠正自己对于死后意义的认知。可接踵而来一个至关重要的问题是，究竟是从什么时候起，蒙地开始被这样的记忆所支配？所谓的不知不觉，实际上是不可能的，实际上，仍然要有着某个或者某些精神痛苦裂变的时刻。是第五个年头？第十个年头？还是第十五个年头？在真实记忆和被涂抹修改的记忆之间，他经历了怎样艰难的蝉蜕？哪些日夜，哪些时刻，他让自己的心灵被痛苦的渴求血淋淋地撕剥？

疼痛张开利爪，将每一道尖钩都深深插进我的大脑，勾动着那里面最微末的神经。在这片只要依靠本能就能生存的土地上，形而上的思考，永远不合乎时宜。

可是，有一点不知道你是不是考虑到，你坚持要待在这儿，而我们的装备，跟当年相比毕竟有所不同……是大有不同，防潮垫、睡袋，哪样质量不比当年好？何况，夜里的最低温度还大大高于当年。我的上帝，你要知道。我们没有枪！虽说这里靠近定居点，但谁也不能保证夜晚绝对没有野兽。我抛出最后一记撒手锏。哼，野兽——它们不会比一些缺乏仁义道德的人类更可怕。让它们来好了，我更愿意让它们靠近我，而不是那帮一心想着发扬娱乐精神的家伙。蒙地重新躺下，闭上眼，再也不理睬我。

我只得钻出帐篷。

暮霭渐浓，荒野风紧，青黄稀疏的牧草意味深长地摇摆不定，远处连绵的雪峰渐渐失去质感。我惶惶地望着那座桥，不知是该走还是该留。

桥上，一个人朝这边走来，吹着悠扬的口哨。

大有收获！阿凯兴高采烈地冲我打招呼。这儿的晚霞真是美极了！他笑得是那么空前的青春洋溢。我感觉还不错，除了心跳有些快，别的没什么症状。真是早该来了，看来高原反应也没那么可怕嘛。

是你干的好事对不对？要不是你到这里安营扎寨拍什么风光照，蒙地怎么会想起跟到这儿来露宿？就他那样的身体，招了风寒怎么办？半夜来了狼，就靠你手中那相机当砖头？我把一肚子火气通通砸向他。冤枉啊冤枉，你怎么不问青红皂白就胡乱断案？明明是他先带着帐篷扎到这儿，我刚好在这一带拍照，碰上了他。我先是劝他回去，看看劝说无效，就只好留在这儿陪他了。阿凯被我扫了兴，本想打开数码相机液晶屏向我展示一下刚收获的美景，就此收手。

我越想越气急败坏。食宿站那头，已经有两个躺倒不起；这里，又有两个要在野外迎候夜半时分极有可能到来的种种不测。我坐在地上，抱着脑袋，感到整个人都在四分五裂。我对自己做出参加这趟怀旧之旅的决定，悔得肝肠寸断。

腰间的对讲机发出声响。考虑到手机在这里没有信号，出发前主办方弄到一批对讲机，人手一只，方便彼此联络。

是姜董。你在哪儿呢？赶紧回来吧，跟你同来的那位女士大事不好了！我一下子慌得完全忘了是谁的头在疼，连忙交代阿凯照顾好蒙地，先别向他透露这消息，随即拔腿便走。

回到住处，就见特娜床边已经围满了人。她静静地躺着，一声不出，鼻孔里插着氧气管，脸色已然变得灰紫。县医院的大夫不住地摇着头，赶快往下送，赶快往下送，再耽误可就来不及了。

看看你惹的麻烦。带这些闲人来，也不事先查好身体，看看自己到底适合不适合，这下好，让大伙跟着受牵连。你说，让谁送她下去好？姜董把我拉到一旁抱怨。

我去送吧。麦田的声音紧跟着跳了出来。他望望特娜，又望望我。反正我也很难受，此番行程到此为止，人生也算登峰造极一回，死而无憾了。

没人对此建议表示异议，连我也对他生出意外的感激，这应该算是一个最好不过的方案。

担架，氧气瓶，还没打开的行囊，送的和被送的，很快被弄上县医院救护车。我要塞给麦田一些钱，他大方地摆摆手，卡里有，足够用。

车就要启动了。麦田从车窗里探出头来，居然还有心思跟我开玩笑。抱歉，不能陪伴你踏遍青春之路了，祝你跟你那位老朋友玩得开心，平安归来，等回头返回京城，我一定找一高级馆子为你们接风。

辽阔的夜色下，开着大前灯的救护车，像一只不明命途的甲壳虫，摇摆着扭远。在一个弯道口，车子仿佛让路面上的什么东西给硌了，颠簸了一下，随即一溜烟消失无形。但我并没有就此安下心神。我似乎嗅到空中隐隐飘来一股淡淡的、像某种小型哺乳动物死去时遗下的腥臭气味，这让我久久难以回头。

我去跟姜董说，你得跟大伙郑重交代一下：我这女朋友高原反应严重的实情，一定不能对蒙地泄露半分，谁要泄露，由此引起的一切后果由他自负。姜董按我的意思，大声嘱咐了一遍在场人员，并要他们郑重转告已经躺下的其他人员。接着，他冲我大摇其头，你说，你这女朋友来算干什么的？到了西宁就胸闷，上个二楼都气短，一路上光见她吃药不见她吃饭。话头一转，挤出一脸奸笑。不是来监视你跟她先生的吧？现在好了，你跟你那老相好，可以为所欲为了。我朝地下啐了一口。放你那什么，别看你现在腰包鼓了，头衔硬了，知道包装了，可素质还是那个素质，人品还是那个人品，鬼子还是那个姜。老田要还活着，一定后悔当初没早开了你，要早开了你，就不会有因为你走捷径陷入沼泽而不得不去营救你那一出，那他也就不会失踪，说不定就顺利漂完黄河，然后再下商海劈风斩浪，现在肯定做得比你还大还成功，还能率领大家圆满完成这趟纪念活动。他现在要在这儿，还有你说话的份儿吗？

姜董让我这通疾风暴雨般的抢白噎得脸色一阵紫，一阵更紫，不由也失掉了风度，嗓门也大了起来。谁知道他老田到底是在哪儿，是怎么回事失的踪，责任别光往我头上推，其他人也都该拍拍良心问问自己！

其他一些脸也都一阵紫，一阵更紫。

偌大的房间只剩下我一人。吞了两粒扑尔敏，在门边蒙地躺过的那张床上躺下。

枕上的气味蛛网一样扑下来，沾得我满头满脸。虽然蒙地在这上面没躺多长时间，但那股久病之人特有的气味，仍然顽强地遗留下来，钻入我鼻孔。

灵敏的嗅觉没带给我什么好处。尽管亲爱的外婆已离去多年，但每次回到上海，我总能嗅出那座城市的空气里，还遗留着一丝丝一缕缕属于她的气息，这也就使得我每一次徜徉在那些似是而非甚至面目全非的街头时，心头总是充满忧伤，每一次，都总是在不忍久留与不忍离去之间撕心裂肺。

隐隐飘来几声狗吠。7月的夜晚，气温最多不过零上四五度，但为了呼吸顺畅，不敢关紧门窗。

五百公里夜路，加上许多盘山道，就算是一刻不停地开，也得天完全大亮，才能抵达西宁。来时白天，路上还开了整整十个小时。现在，特娜麦田他们，应该下了海拔四千米，感觉会好点了吧？明知自己的身体状况，事先特娜应该能够预料到如此结果，那么她来的意义究竟何在？难道仅仅是为了体验一下当年蒙地曾经体验过的感觉？那恐怕不是全部理由。虽然平日里她总是说，把蒙地交给我照顾最放心，但她内心深处，是不可能完全真的这么想的吧。再貌似忠厚的女人，也总归是女人，她怎么可能像信任亲姐妹一样信任我？何况即便是亲姐妹，也未必就能完全信任。她对我的接受，应该仅仅是与她分担麻烦的程度，一旦感觉有可能超越这个限度，无论她对蒙地还剩多少情意，无论她对他已经多么忍无可忍，应该都会激发出一股护卫私有财产般的热情吧。有这样一个男人在身边，尽管是负担，是麻烦，但是，不也是让她的生命具有高尚存在感的一种形式吗？在承受他所带来的麻烦之中，不正可以体现她的道德，她的品格，以及她的信仰的力量吗？总之，他给她带来的，不仅仅是麻烦，还有远远升华于麻烦之上的无限精神价值。

大脑转得像风车，神经疼得像在被一把大号钳子转着圈地狠狠拧。摸了摸床头柜，想再吃两粒止痛片。药瓶没摸到，水杯倒先给打翻了。

幸亏麦田跟了来，幸亏他自告奋勇，不然，还真没合适的人送她下去。难道，这仅仅是一种巧合？显然，他和特娜，应该有过一些交流，甚至，是不少的交流。特娜当然是个难得的好女人，这类型的女人，正是麦田眼下所需的。到了如今这把年纪，他一定很清楚，比起我来，特娜这类女人，显然更适合自己。都知天命之年了，还有什么人生真谛是他所不明白的？假如他经常能享受到那远比二战炮弹般的肠腿可口得多的美食，我理所当然应该感到宽慰，甚至是，欣喜。

肋骨疼，内脏什么地方也在隐隐地疼。翻个身，肆无忌惮地呻吟两声。帐篷里那两人，现在不知怎样了，不过，明天的蒙地，一定不会让我省心……快点睡过去吧，一只羊，两羊，三只羊……

数到羊群缭绕入云时，突然间，将数过的数目忘了个一干二净。蒙地那性命攸关的药，一路上都是特娜保管，每晚她拿出来，要眼睁睁看着他吃下去。现在，这药在哪儿？

一念至此，恨不得立刻跳起来，冲到河边帐篷中。摸到对讲机，开通喊了几声，却听不到任何回音。

刚欠起来一点身子，胸口立刻蹿起一股强烈的想要呕吐的感觉。重新倒回枕上。

老田啊，愿你的在天之灵保佑蒙地吧。看在他如此深情地缅怀你，如此一心一意想要寻找到你的痕迹的分儿上，好好保佑他，平安度过在这里的每一个日夜吧。我用力按压着胸口，万分真诚地祝祷着。

天亮之前睡着了五六次，疼醒了五六次，几乎每隔不上半个小时，就要睁眼看一看手机屏上的时间显示。最后，以一场敢叫日月换新天般的呕吐，迎来满天朝霞。

赶到河边，只见到一顶空荡荡的帐篷，和两只空荡荡的睡袋。将手伸进睡袋去，那里面一点温热气都没有了。

四下空气清明，草木从容，没有野兽留下的气息，没有任何打斗、践踏的痕迹。那座桥，也安然犹在。

发了好一会儿呆，才猛地又想起，刚才匆忙出来，忘了看一眼，阿凯那辆捷达还在不在。

第十三章　骸骨、老狼与盛放的青春烟火

一块肥美的羊腿热气腾腾地来到了嘴边，正要一口咬下，却扑了个空。一顿渴盼已久的美味，顿时化为泡影。

恨恨了半天，朵拉才不情愿地睁开眼。

医生坐在一旁睡得正熟。他两条胳膊紧紧抄在胸前，垂着头，两腿拱起，抵着下巴，把自己蜷缩得像个襁褓里的婴儿。

朵拉小心翼翼地站起来。就像掉到了蒺藜窝里，一阵强烈的刺麻感，沿着小腿直蹿过膝，让她差一点又栽倒在医生身上。

钻出帐篷，阳光兜头倾泻下来，晕眩骤然间放大。一阵金星乱冒，一阵黑暗扑面。捂着眼，好一会儿才敢睁开。

某种潜意识，牵扯着朵拉朝后转过身去。那座废墟，依旧真真切切、结结实实，如同一个现实版伸手可及的梦魇，矗立在眼前。

饥饿的蚂蚁，也从昏睡中醒来，在胃里疯狂地爬挠。

它生前，肯定有人住过。既然有人住过，那么，就有可能剩有残余食物。朵拉摇晃着身子，方向坚定地，朝废墟里走去。

发现两块骨头。像是腿颈骨，看大小，比羊腿骨要长点，又比牛的要短点。估计是只小牛的吧。又发现几片碎骨头片。可惜都干净得没有一丝肉。朵拉一块砖一块砖搬动着，决心要将每一块能动的砖都翻一个遍。

在一处墙角，她发现了一小块酥油。它肮脏，坚硬，活像一小块

土坯，她差一点就漏过了它。

她抓着这块珍贵的宝贝，满心欢喜。待会儿，她要把它放在医生鼻子底下，叫醒他，给他一个天大的惊喜。

酥油的年头一定不短了，闻了半天，如同闻蜡。朵拉将酥油在裤腿上胡乱蹭了两蹭，实在按捺不住，小小地咬了一口。苍天啊，感谢你赐给我食物。她满怀感激仰望天空，准备发出一声赞美。无意中，目光扫过某处，立刻，那一小口酥油还没品出滋味来，就被巨大的震撼震得一跤跌入肚中。

她张大了嘴，一声冲到嘴边的尖叫，被恐惧紧紧抵在了嗓子眼里。

一头狼，一头瘦骨嶙峋的老狼，趴在距离帐篷大约一二十米远的地方，两只凝固了一般的小眼睛，直勾勾地对着她。它肩胛骨和脊椎骨高高耸起，几乎要顶破那层疏乱削薄的皮毛。

它是刚出现的，还是刚才走出帐篷眼前发花没有注意到？朵拉已经来不及弄明白这一点了。她比一只受了惊吓的鼠兔还要快地逃回了帐篷。

医生已经醒了。见她举着那块宝贝冲到面前，一句话都没顾上问，就一把抓过去。他小心地凑上鼻子，旋即紧皱眉头。你嗅觉失灵了吗？都哈喇成这样也闻不出来。说着，他的眼睛仍旧没有从手中的酥油上移开，仿佛不能吃，就是多看两眼也是好的。

狼！狼！朵拉快要被自己的话噎昏过去。唔？医生从酥油上抬起头，怔怔地望了她一眼。哦。他重新向着酥油埋下头去。

他脸上露出坚毅的、我不下地狱谁下地狱的神情，向着酥油伸出舌尖。啊——呸呸呸呸呸！不等朵拉看清他是否舔到了酥油，就见他飞快地吐起唾沫，一扬手，将那块酥油扔出老远。这哪是酥油，这是毒油，它完全能毒死一头狼！

那一小口进了朵拉肚子里的酥油，此时方才醒过味儿来。它带着强大的动能，将她的肠胃冲击得惊涛翻滚，骇浪滔天，让她一口气吐得五脏六腑七颠八倒。自上高原以来，即便是最初那些反应强烈的日子里，她也不曾吐得如此一佛出世，二佛涅槃。不过，除了绿的黄的液体，和那一小块还没来得及融化的臭酥油，她到底也没能吐出别的东西来。

医生不停地抚着她的后背。傻孩子，就算是饿极了，也得好好闻一下再尝啊，这要中了毒怎么办？这块酥油，我觉得不光是哈喇，好像还真掺了点药，很可能，当初是想毒野兽来着的。刚刚直起腰的朵拉，立刻又干呕起来。但愿它药效已经失灵。这话也并未让她稍稍放心，她一面用袖口抹着嘴，一面忧心忡忡地想，也许，毒性会慢慢发作可也说不定。

医生挪到帐篷口，朝外面张望。

不偏不倚，那块可怕的毒油刚好落在狼鼻子前面。狼依旧保持原有姿势，一动不动。

医生走了出去。他径直朝狼走去。朵拉紧张得想喊，又不敢喊。

在离狼约两三米远的地方，医生停下来，蹲下去，与狼对视着。

它后腿上有伤！医生大声说。它饿的时间不短了！他继续大声说。它已经很老了！它快死了！他一口气下着断语。

它是跟着我们的脚印来的！医生站起来，朝远方眺望。朵拉这才留意到，在潮湿的泥地上，除了两人逶迤至此的脚印，还增添了一行歪歪斜斜的爪印。

它想让我们救它！医生直视着狼，大声下了最后一句结语。

朵拉从油布包裹里拿出小红旗，举起来，对着老狼拉了一个特写。她惊奇地看到，老狼动了。它抬起头，望着医生，那围着一圈灰白色绒毛的小眼睛，露出好似只有在狗眼里才能见到的神情。

问题是，我们自己也快饿死了。医生冲着老狼耸了耸肩，转过身，朝废墟走去。

我早翻遍了，除了那块臭酥油，别的什么也没有。这儿肯定有一个世纪没人住了。哦，对了，还有几块啃得干干净净的牛腿骨。朵拉追上医生。尽管面对的是一条又伤又老的狼，她还是不敢独自待在帐篷里。

她回头望望。老狼并没有尾随而来的意思。瞧它的眼神，似乎它早已知道，这废墟里到底存在着些什么。

医生在那几根骨头前面停下，蹲下去，小心拈起一根来，仔细察看。他的眼神蓦地变得异样，那异样足以让朵拉胸口升腾起一股比吞了块毒酥油还要可怕的感觉。

这是人骨！

朵拉差点没一屁股坐到地下。

医生扔下骨头，拉起朵拉就朝废墟外面走。

是人的小腿胫骨，上面有刀砍痕迹。旁边这几块碎片，是头盖骨的一部分。你怎么就能这么肯定，它怎么就不会是牛羊骨呢？别忘了我是学什么的。朵拉的手像挨了火烙，急忙一把甩开医生。

这儿又不是天葬台，那就是秃鹫从别处叼来的，躲开其他同类，好好享受……再不……会是凶杀？这种鬼都不来的地方，发生什么事情都有可能。医生毫不在意朵拉的表情，仍旧语气冷峻的，像一把解剖刀一般，一刀一刀分割着有关那些人骨的谜。

走出废墟，朵拉快要站立不住了。

狼改变了姿势，脑袋搭在前爪上，半闭着眼，好似进入弥留状态。

在一小片生长着新生嫩草的地方，医生停下来，弯腰揪了把草芽，塞进嘴里。朵拉看着他的嘴不停地蠕动，看着草汁将他的舌头、嘴角染成墨绿色，胃里又是一阵痉挛。看他那狠狠咀嚼的样子，她相信，假如那些无名骨上还有一丝皮肉，他也一定不会放过。阳光如此美好，他的脸却泛着青灰，一种濒死的人才会有的颜色。脸颊上原先的两团紫红，已经像被昨夜的大雨给冲刷净尽了似的，生命的热力眼见得正在他身上消退。不用说，自己的脸色跟他比，不会有什么两样。先前总装在外衣口袋里的小镜子，早不知摔哪儿去了。她已经不记得有多久，没有端详过自己的模样。

腿在不停地打颤，颤得她无论怎么努力想稳住也没用。再靠自己的两条腿，走出这片绝境，还有可能吗？在这里，和医生一起，和这残留着无名白骨的废墟一起，和这奄奄一息的老狼一起，在某个晴朗的早晨，或者某个凄寒的深夜，就此香消玉殒，随即被飞临的兀鹫啃个干净，转而也化作一具丑陋的白骨，再在一段时光流逝之后，崩化成一堆零乱的残骸？

丑陋的死亡，没有丝毫美感的死亡，不是爱情电影结尾时特写镜头里的死亡。这样的殉情完全打动不了她，她绝不允许自己就这样死去，她还必须挖空心思寻找一点求生门道。

身体依旧抖得像一根风中的狗尾巴草。朵拉紧了紧缠在脖子上的围巾，但潮湿的围巾如同一条冰凉的蛇，缠紧在脖颈上，不但没增加暖意，反倒让人更加难受。

她索性解下围巾。原本色泽鲜艳的天蓝色围巾，已经蒙上一层脏兮兮的灰，但那富有穿透力的色彩，在一片白茫茫中，依旧显得醒目。这条围巾，是二十岁生日时外婆送的礼物。以前，她从未喜欢过蓝色这种颜色，但在打开这条围巾的包装的刹那，她发现，自己一下子就无可救药地喜欢上了这种颜色，这种清冷深邃、蕴涵无限可能的颜色。

看着手中的围巾，她忽然灵机一动：应该把这围巾绑到废墟高处，当做求救信号，好让远方有可能经过的人们看见。而身边这顶帐篷，远远望去，跟一个肮脏的雪堆没什么两样，没人会多看第二眼。

无论希望有多渺茫，总该做最后一次努力。她给自己鼓着气，着手去实施计划。

战战兢兢绕开那些骸骨，找到一堵吊着半扇窗子的矮墙，搬了几块砖，踩上去，将围巾尽可能高地拴到窗棂上。下来时，一阵突如其来的失衡，让她一脚踩空，摔倒在瓦砾堆上。

我这是怎么回事，怎么总是飘飘忽忽的，总是跟踩了棉花似的？医生跑来扶起她，她疑惑地自问着。我的天，你在发烧！我实在是太大意了！医生摸了摸她的额头，大惊失色。

医生将她扶回帐篷，拿回晾在太阳底下的睡袋，垫在地上，让她躺下。睡袋仍然很潮，但躺在上面，总比坐在硬邦邦的冻土地上感觉要强一些。都怪我，只顾想着找吃的，一点没想到别的，难怪你的嗅觉味觉都失灵了呢。医生不住地自责。

发烧，肺炎，肺水肿，死亡。无须多大想象力，朵拉就一眼看到了这一并不漫长演变过程的终局。与狼，与其它什么野兽，甚至与心怀叵测的人，还可以搏斗，与这致命的高原病，她该怎么搏斗？

想要哭泣的感觉比恐惧感来得还要快。但一想到哭会消耗体力，一消耗体力，就会降低抵抗力，所以朵拉决定，不能哭，只小声哼哼了几声。

药箱！我的药箱呢？医生这一问，把她正刚要冒出来的两滴眼泪又给吓了回去。昨天途中走到后来，医生把她的背囊也抢了过去。她看他实在吃力，一定要抢回一样来，医生只好将分量最轻的药箱给了她。夜路中，究竟是在摔了哪一跤后，将药箱给摔没的呢？她脑子里一片泥泞。

医生去翻自己的背包，口袋。翻完一遍，意识到自己的动作纯属多余后，挪过来，坐在她身边，抓住她的手，眼睛再也不肯离开她的脸。

她这时才感到，喉咙里像是有团烈火在呼呼朝外冒。她气喘得一口比一口烫。好好睡会儿吧，什么也别想了。医生抚摸着她的脸颊，轻声说。她听出他这声音有多无力，多悲伤，她听明白，除了这无用的安慰之外，他是再也没有任何办法，解救她于危难。她看到他眼里流露出屈辱的神色，仿佛意识到，自己正扮演着一个往她身上扔第一锹土的角色。他的手移到她的眼睛上，轻轻抚着她的眼皮，好似不想让她再眼睁睁地看着，自己的屈辱如此赤裸裸地袒露在她眼前。

不，我不想睡，别让我睡。让我再看点什么，再想点什么吧。她晃开脑袋，尽力撑着眼皮，一眨不眨地盯着医生。她害怕自己只要稍稍闭那么一下眼皮，就再也没有机会睁开眼来。自从走上这片高原，经历过了那么多艰难日夜，她从未像此刻这样，感到自己垮得如此彻底，一直跌入人世的尘埃最低处。此刻她才意识到，外面那头老狼，究竟是何路神圣。它是死神派来的使者，一旦她闭上眼，它就会立刻带她起步登程，前往一个长夜无日的世界。

医生的手移开去，再没靠近她的眼睛。他的眼睛，同样也一眨不眨地盯着她，就像是第一次见到她，除了惊讶于她的存在，对她还一无所知那样。

许久，医生动了一下身子，想要抽开手，再去身上什么地方摸索一下，但朵拉紧紧抓着他的手。不，别放开我。她用大睁的眼睛说。她抓得是那么紧，就像是一个要拖着救援者一起下沉的溺水者。

直到她还能看得清医生之前，医生再没动一下。

朵拉觉得自己像是块被架在炭火上炙烤的肉。动了动眼皮，还能睁开，立刻，眼珠就像是在朝外冒火。耳朵、鼻孔、发根、全身每一处毛孔，都像在呼呼冒火。

医生坐在帐篷口，正高高卷起衣袖，检查胳膊上的伤。发现她醒来，连忙从身旁抓起一只灰褐色毛茸茸的东西，朝她晃了晃。运气不错，逮了个鼠兔，还找到两块牛粪饼，待会儿咱们可以吃烧烤了！

朵拉没接话。她现在最迫切也是唯一的感觉，已经不再是饥饿。

她舔了舔干坼的嘴唇。趁着还有光线，给我拍条片子，我要留遗言。她的舌尖尝到了咸腥的滋味。

医生扶她半坐起来，用手为她抹去唇上的血。他的手指像枯枝一样划过她的嘴唇，他早就没有手帕可用了。

医生举起摄影机，朵拉努力让自己坐得端正。

我，朵拉，年纪轻轻，韶华正好，尚未婚嫁，眼看就要死去，心有万般不甘。我不是胆小鬼，可也算不上是女英雄，早知有今日，当初就会好好考虑，是不是还要参加这趟冒险。本来，我是多么想经历漫长的传奇般的人生，直活到白发苍苍，步履蹒跚，然后把一生的故事告诉那时的小孩子，让他们知道，在上一个世纪，曾经有个女孩，她是多么胆大妄为，她是多么不可思议。她的聪明和勇气，让她战胜了多少艰难险阻，她的青春风华，又曾让多少英雄竞折腰。她的故事让多少人听了要潸然泪下，又让多少人听了会悔恨自己此生虚度。

摄影机哗哗响着，朵拉一句一喘地说着。她的眼睛渐渐湿润。她感觉自己就像是在听着另外一个女孩作着这么一段感天动地的演说；她恍惚觉得自己是一名观众，正对着镜头所摄画面，为所听所看而柔肠百断。泪雾完全蒙上了她的双眼。她预备着在说完最后一句话、一个字之后，闭上眼，慢慢倒下，只在嘴角露出一抹似有若无的微笑，任凭耳畔传来呼天抢地。

我曾经希望，有一年，有朝一日，有一个男人，会从茫茫人海中朝我走来，对我说，我曾认识你，永远记得你。那时候，你还很年轻，人人都说你美，现在，我来是特为告诉你，对我来说，我觉得你比年轻的时候更美，与你那时的面貌相比，我更爱你现在备受摧残的面容。可惜的是，现在，这种可能，正在令人悲伤地、无法阻挡地离我远去。我那备受摧残的面容，再也不会有机会，呈现在谁的眼前……

朵拉气息越来越微弱，想象力却如同一个回光返照者那样，在脑海中绽开得前所未有的绚烂。

去年初夏，在毕业考试结束后那些无所事事的日子里，她买到了刚刚上市的《情人》。刚读了第一页第一段，她就无法自拔地迷恋上了那些句子，以及那些句子所营造出的画面。她开始想象，有朝一日，自己成为一个饱经风霜、容颜憔悴的老妇，站在黄昏时分的门前，望着一个同样沧桑历尽的身影，蹒跚地、毫不犹豫地朝自己走来……她为那样的场景感动得泪湿书页，为那假想中的自己大有可能经历不凡的一生而颤抖得难以卒读。但她却怎么也没能想到，仅仅时隔不久，当那些句子才不过刚刚从自己眼前滑过，自己还能一个不漏地记得那些既简洁又回肠荡气的字眼，当自己的面容才刚刚开始经受岁月的第一场摧残时，人生大幕，就要向自己訇然落下，那一幕动人的终场戏，将成为再也无法完成的演出。

她精疲力竭。她闭上嘴，尽量让自己显得神态从容，然后，抬起手，驱散眼前的薄雾，静静地望着镜头，如同那是一面镜子，一面能够以最大的耐心和宽容，接受她、欣赏她的镜子。

从小，对着镜子搔首弄姿，自言自语，是她最喜欢玩的一套把戏。外婆那面椭圆形红木落地穿衣镜，假如有回放功能，那一定会有着令她自己都瞠目结舌的效果。她曾经独自面对那穿衣镜，一件件脱掉衣服，直到脱得只剩最里面的内衣，然后扭来扭去，以极为挑剔的眼光，审视自己全身的线条。那时她不过十三四岁，就想象着应该拥有怎样的线条，会让男人在拥抱自己的时候，得到最美妙的感受。你是如此迷人，如此出众，你将成为一个非凡的女人，拥有一个非凡的人生。这是她在整整一个少女时代里，最喜欢面对穿衣镜说的窃窃私语。她始终相信，如此说上无数遍，就能感动苍天，那美好愿望就一定会实现。如今，那面外婆陪嫁的穿衣镜，早已被二姨妈卖得不知去向。现在天天面对它的，天晓得，又会是谁。收藏了无数个女人秘密的穿衣镜，在外婆的家族里，流传了至少有四代之久。它究竟见识过多少个妖娆妩媚的身段？又聆听过多少回春晨秋夜的私语？假如它能重放它所记录的画面，那才该是怎样一部赚人热泪的传奇！

有一天，我会从茫茫人海中向你走来，会对你说，我曾认识你，永远记得你，但比起你年轻貌美的模样，我更爱你如今备受摧残的面容。你不要悲伤，你一定不会死，你还得等着看到我也变得苍老不堪，备受摧残。

医生放下摄影机，望着她的目光，一点点变得晶莹闪亮。

时间像拍打着帐篷的风，呼哒哒地过去，又呼哒哒地过去。朵拉觉得自己眼看就要撑不住了。这会儿要有个人把咱俩都拍下来，一定是够难看的。她勉强挤出一丝笑，身体便软软地朝下倒去。

她实在是不忍心让医生太难过。

医生扑过来，抱住她。他抱得小心翼翼，仿佛她是个一不留神就会粉身碎骨的瓷花瓶。

抱紧点。她用着在过去那些日日夜夜里，从未对他用过的温柔语气，恳求他，那语气如同说请爱我一样。医生没有照办，仍旧轻轻地、保持着一点距离地抱着她，好让自己能够清清楚楚地看着她的脸。

她看到他眼里涌出两束前所未有的深情，还有两行前所未有的泪水。

她不再能看到他的眼睛了。他的嘴唇与她的只相隔一片最细小的新生草芽之遥。

他用尽全身力气，就像末日当头降下一样抱紧她。她听到自己的肋骨在咯咯作响。他的嘴唇和她的嘴唇重重撞击到一起。他们的牙齿磕到了对方的嘴唇。他们尝到了彼此的鲜血的滋味。

他们用力吸吮着对方，从沾染鲜血的口唇，直到热血奔涌的整个生命。他们就像两块炙热得令人皮开肉绽的红炭，毁灭着对方，也毁灭着自己。

此后朵拉如果有幸走出这绝境，活到白发苍苍，阅尽人世，越过滚滚红尘怆然回首，想起这一刻，这一瞬，她将从不怀疑，这一刻，这一瞬，他们真的深深相爱，直爱得千山鸟飞绝，万径人踪灭。

鲜血的滋味渐渐消退。她被轻轻放平。她仍旧闭着眼，但她能感到，医生的目光仍然牢牢粘在自己脸上。他似乎在犹豫着，该拿她怎么办。他轻轻碰了下她的额头，又触了下她的脸颊，像是确定她会不会碎似的。他站了起来，走了出去，过了会儿，又走了回来，在她身边蹲下。她感到自己的外衣被解开，内衣下摆被从腰间拉出。她仍旧闭着眼，不做任何反应，也不想做任何反应。在这片所有生命都不比一段隐约的传说更富有生命力的大地上，她短暂的生命行将凋谢，她还有什么理由，不让自己在这最后时刻，像一朵烟花一样砰然盛开呢？

腰间被一点冰凉的东西一蜇，再一蜇，随后，又是一蜇，随后，一大团冰凉、柔软的东西落在她腰上，朝着四周铺展开去。别紧张，这是给你物理降温。再这样烧下去，你很快就会没命的。医生用力揉搓着她的身体。

一块柔软的布块，裹着一团冰块，像一条蛇，在腰间、胸口蜿蜒游走。她听到自己的身体在吱吱作响，就像滴了冰水的红炭。过了会儿，她感觉呼吸稍稍顺畅了些。揉搓逐渐向上延伸。冰蛇在她的乳房下面绕来绕去，信子几次就要舔到她的乳峰，但又迅速缩了回去。当冰蛇再次滑到她的乳房下面时，突然间，如有神助之力驱使一般，她一把抓住那只引导着冰蛇的手，按到乳房上。这动作来得猝不及防，那只手刹那间竟有种不知所措之感。

在此后二十年一次又一次的回忆里，朵拉始终记得，在那个残砖颓瓦与无名白骨搭就的情爱城堡里，在那个此生再也没有一张柔软的床榻能够比拟的冰寒坚硬的废墟里，她那小小的乳房，在那些既疯狂又温柔的抚摸下，急速膨大着。那些已粗粝如锉刀的手指，那些曾摆弄过骸骨的手指，火辣地撩动着她那青春的肉体，令她神魂颠倒，不知生死。她还越来越接近于肯定地记得，那些手指开始向下滑去。她的小腹涌起一股热流，无法遏制地向下奔涌……她看到大地葱茏，春风徐来，遍地茂盛的野花，将自己托起在彩云之端……

而注定要被她遗忘的事实是，那只手仅仅只在她的乳峰上停留了刚刚欲要拢起手指那么一霎，就坚决地抽了出来。如同打了个嗝般的短暂停顿之后，裹着冰块的布团，继续在她身上小心地揉搓，徐缓如常。

还有一点弄不清楚是否会被她遗忘的事实是，两滴好似委屈的泪，从她紧闭的眼皮下面渗出，两口温软的舔舐，落在了她睫毛上。

我的小姑娘，我可爱的小姑娘，我可怜的小姑娘，你还很年轻，你还不明白生活到底是怎么回事。生活不是戏剧、电影、小说，你的生命注定不会在一个戏剧性的高潮之后落幕。明天，后天，我们一定还会活下去，生活一定还会继续。接下来我们会分别，天各一方，各自去走命运安排好的路，各自去经历一段毫不相干的生活。我们将会平静下来，努力忘掉今天，也忘掉对方，然后，再在某个无人可以预料的时刻，开始思念往日，思念故人，越来越急切地思念，就像一头穿过漫长冬季奔向春天的黄羊一样，渴望那令人惊喜的重逢。十年——不，十年太短——二十年吧，二十年的分隔，应该足够令人开始怀旧。我可以想象那种心情：假如我还能健康如常地活在二十年后的某段时光里，我一定会深深地怀念这个春天里发生的一切，怀念那个独一无二的小姑娘，渴望和她重逢……

二十年，你是说，再过二十年吗？眼泪不听使唤地又涌出来。朵拉为竟然还要经过漫长得几乎等同于自己这一生的等待和思念，而无比悲痛。她觉得自己根本熬不到那个时刻，穿不过那面厚厚的时光之墙，就会因为心碎而死去。一想到此，她的心此刻就开始崩裂碎去。

很快，她就忘了自己是躺在地上还是飘在天上。很快，她就看到了二十年以后的自己。那时她满头灰白，满面沧桑，独自坐在一个阒无人迹的院子里，手里抓着半块坚如磐石的月饼。四周花红柳绿，高墙铁网，一只鸟儿也飞不进来……

醒醒，醒醒，快享受一顿丰盛的晚餐！

望着晚霞中浮现的那张布满血痂和蜕皮的脸，朵拉迷糊了好一会儿，才弄明白，时光还不曾带着她穿越那面厚达二十年的铜墙铁壁。

一块黑糊糊的东西塞到鼻子底下。她机械地张开嘴，弄不清是一块肉还是别的什么玩意儿。现在，医生就是给她一块毒药，她也会张开嘴来。嚼了几下嚼不动，只能死命朝下咽，咽得她差点给噎住。一捧用手心暖化的混浊的冰水，让那坚硬的玩意儿，像一只张开爪子攀着食管不情不愿下去的小动物，刺刺扎扎磕磕绊绊跌落进胃里。

吞下两块，胃里有了点存在感，朵拉方才确信，自己还活着，还待在漫长的二十年时光隧道这一头。再去看医生的手，没了，一只小小的鼠兔，能有多少肉？一条后腿还给了狼。医生话音没落，朵拉的胃就兜底一抖，同时，一股浓烈的腥臊气从口鼻直冲而出。深呼吸，赶快深呼吸！千万别吐，那可都是宝贵的蛋白质啊！医生一把捂紧她的嘴。

这玩意儿可是有可能携带鼠疫的啊。朵拉突然想到了这一点，也想起了刚到玛多小城时见识过的场面。不过她没有将这想法说出来。现在，比起不吃一定会饿死，吃了有可能染病死，当然还是选择哪怕有最微弱的活下去的可能为上。想必医生也是这么想的吧。

她打了两个嗝，医生连忙又去抚她的胸口。给你讲个故事吧，是真事。这一招很灵，她的注意力被转移，胃不情不愿地老实下来。

从小时起，听故事的好奇心，就能让她迅速抛开一切，进入忘我境界。最为壮观的一次，是跑过两条弄堂，去听邻居哥哥讲“绿色的眼睛”，把外婆关照她照看的一锅肉汤烧得滴水不见，锅底通红，接着又燃着了灶边积存的油垢，直至惊动了消防车。当听到消防车呼啸而至的声音时，她还在缠着邻居哥哥，要人家接着讲“一双绣花鞋”。

那还是我当知青的时候。我们插队那地方，是个大山区，村子位于一个小山谷，四面都是原始密林。我曾听当地人说，山上有个神秘的山洞，里面住着个白发妖精，凡是进去看稀奇的，没一个能活着出来。我那时年轻气盛，胆大包天，决心非得找机会上山去看一看，破一破这个迷信传言不可。挑了个好天气，我独自上了山。

夕阳斜晖投在医生的眼睛里，让那里面闪动着妖魅的光。

费了好大力气，找了一整天，转到快傍晚，才找到当地人说的那个山洞。洞口很小，得把腰弯得头快贴到膝盖才能进去。里面黑得伸手不见五指，手电只能照到面前一两米远的地方。四壁又潮又滑，脚下黏得像洒了油。不时有黑糊糊的东西从头顶、身边嗖嗖飞过，有两次还直撞到我脸上。我那时其实已经有点害怕了。回头望望，外面天色已近黄昏，但是好奇心让我不甘心就这么毫无结果地结束探索。我壮着胆，摸索着，继续一步一刺溜地向前走。

朵拉不知不觉坐直身子，紧紧盯着医生。他那充满暗示性的表情和缓慢而充满张力的声音，轻而易举地将她带进叙述场景，让她感觉自己仿佛正跟他一起，一步一刺溜地走在那个神秘的山洞里。

正走着，脚下猛地一滑，身子一歪，眼看就要摔倒，这时——医生陡然提高声音，做出夸张的表情，就像那讲“绿色的眼睛”的邻居哥哥，做出过的那般夸张情状——身后突然伸过来一只手，一把抓住了我！

朵拉一把抓住医生的手臂。医生哎哟了一声，但在这一声之后，他没再顾上理会那被朵拉碰痛的伤口。叙述带来的快感，让他几乎忘乎所以。

我胆战心惊地回过头去，心里一面飞快地想象着各种可能。医生慢得极为夸张地朝朵拉一点一点转过脸，眼睛瞪得眼珠四周露白。他不是妖精，也没有什么白发……

是一具骷髅，对吗？朵拉大嚷一声，仿佛要借由这一声迸发，将医生营造的那只在四周慢慢撑大、充满恐惧气体的气球一下子捅破。聪明——没错，确实是一具——骷髅！医生面部紧绷的肌肉放松下来，眼珠四周的露白收了回去，妖魅的光重新在眼睛里闪动起来。他语气曼妙得如同咏叹，仿佛正在形容的是一位俊美少年。

朵拉打量着医生脸上每一道最细微的线条。那些线条既熟悉又陌生，它们让他似近又远，似是又非。它们让她感到，自己在与这个男人越来越接近、所知越来越多的同时，对他身上的某些部分，又越来越不解。

那具骷髅，卡在一个能让它不至于倒下去的壁角里，头歪着，一只手向前伸出，搭在突起的一块钟乳石上。就是这只向前伸出的手，钩住了我的衣服，让我没有摔倒。我拿手电照了照四周，看到在他旁边地下，还趴着两具骷髅。我立刻就明白了，这地下的两人，是后来进洞给吓死的。医生脸上露出迷醉的神态，完全沉浸在自己营造的一方洞天里。

朵拉松开医生的手臂，下意识朝腰间去摸，摸了几下都没摸着那柄袖珍小刀。大概也是昨天夜雨里让自己给摔没的吧。她只得暗暗在心里祷告：万能的诸神啊，请告诉我，在这个家伙的脑袋里，究竟都装了些什么要命的玩意儿？

在这具骷髅旁的石壁上，我看到一行歪歪扭扭的暗红色大字：这就是轻信者的下场！张东，我知道今生我再也等不到你了，但我相信，今生来世你都忘不了我！

妖魅的光不见了。医生的脸隐进一片暗影。外面，夕阳下，老狼的轮廓却正格外鲜明，霞光将它原本惨淡的皮毛晕染得斑斓流金，生命的活力，仿佛正一滴滴重新注入它体内。

朵拉盯着暗影里那张脸，有些疑心，所听到的这个故事是否真实，但她无心再作求证。她已经强烈地感到，在医生身上，具有一种可怕的、异乎常人的能力，这就是说，只要他愿意相信某种东西是真实的，他就能够让自己做到完全相信。当然，这故事也许是真的，只不过，它真实得太巧合了。它不因真实而恐怖，只因太巧合而恐怖。

你根本猜不到，我后来是怎么走出那个洞穴的。渐渐暗淡下去的霞光里，医生充满暗示性的声音，像一对大而隐的翅膀，在空中呼扇着，搅动着四周的气流。不知怎的，我的手电忽然不亮了。医生的眼睛闪出两道荧光。那骷髅迈开腿，带你走出洞穴！朵拉尖声地、几乎是恶狠狠地说。那怎么可能！医生不满地瞥她一眼。是一只蝙蝠！它一直朝外飞，领着我，走出了那个洞穴。那蝙蝠可真大，展开的翅膀几乎擦着两边石壁……

朵拉就觉眼前猛的一黑。一个大大的黑影，犹如从医生的故事里飞出来的巨型蝙蝠，展开魔鬼斗篷般的两翼，从帐篷外面呼扇而过，差点将夕阳扇落。等到黑影挟着风声，又一次呼扇而过时，她才看清，那不是故事里的蝙蝠，而是一只现实里的秃鹫，正在外面一圈圈超低空盘旋。它挟带起的阵阵旋风，卷起一股股雪粉，直扑进帐篷，扑上她和医生的脸。

它在等狼死！医生说。它在等我们死！朵拉说。

夕阳中，那头老狼眼珠动了一下，接着，又动了一下。朵拉确信无误，自己是真的看清了，老狼的两只眼珠在动，不是自己眼神发晕。

但她还是狠掐了一下自己的虎口。随后，她就看见这头整整一天没有动弹过的老狼，披着一身金光闪闪的皮毛，摇摇晃晃颤颤巍巍，准备要站起来！

秃鹫舞动着巨大的翅膀，再次呼扇而过。那冷血的小眼，那如钩的利喙，全都透出一股不顾一切、有前无后的疯狂劲头。

在这片荒凉冰寒的大地上，一切生着的生命都在饥饿中，无论飞的，还是爬的、走的；一切死去或即将死去的生命，都有义务为尚有求生之欲的生命，提供继续生存的机会。饥饿，逼得这头秃鹫准备孤注一掷。

秃鹫盘旋得一次比一次低，它的翅翼几次贴着老狼头顶扫过。

医生盯着半空，一面朝帐篷口挪动，一面从腰间拔出匕首。他将大半个身子探出了帐篷。朵拉紧紧拽住他的后衣襟。

就在秃鹫又一次俯冲下来，张开如同屠夫悬挂肉块的弯钩般的爪子，企图去抓起老狼时，老狼突然站直身子，伸长脖颈，昂首向着正变得殷红滴血的落日，发出一声长长的、凄厉得几乎要撕裂那羸弱的胸腔的号叫。这号叫足有令死人惊醒拔足狂奔的力量。朵拉仿佛听到，背后废墟里那几根骸骨，也在簌簌作响。

秃鹫掉头向高处爬升。但它显然还不甘心就此一个回合便轻易放弃，让空号几日的肚腹一无所获。它做了一个小的盘旋，紧接着来了一个更为强有力的俯冲，直扑帐篷而来。

医生猛地一挥胳膊，像印第安人投掷飞镖一样，朝秃鹫投出匕首，一面迅速回身将朵拉扑倒。

随着一串远去的怪叫和几片翎毛的飘落，秃鹫丢下了一顿渴望已久的美餐。

晚霞重新旖旎地笼罩大地。朵拉看到老狼久久伫立着，凝望着秃鹫逃去的方向，像是在回味什么，聆听什么。

由于一条后腿受伤，它的站姿已经不那么完美，身子向一边歪斜着，但那眼中的神色却分明在告诉人，它曾是多么英武健壮，它曾是多么无可匹敌；那时，年轻的母狼们争相向它献媚，方圆数百公里的雪原，是它纵横驰骋的自由家园。现在，它老了，受了致命的伤，不再能猎杀，不再能长途跋涉，除了一点落日将尽前的回光返照，和对昔日雄风以及无数盛宴伤感的回忆，它再也不可能向这成就它一生荣耀的大地呈现更多的活力。但即便如此，在听凭属于它的传奇渐渐消失之际，它也要力图坚守最后的尊严，

老狼转动了一下脑袋，又望向另外一个方向。片刻之后，它居然朝着帐篷这边转过头来，朝着医生和朵拉，眨动了一下眼睛。

朵拉推了推挡在前面的医生。嘿，蛇要报答农夫了。

那把唯一的武器，掉落在距老狼更近的地面上，在晚霞里，闪着渴血的寒光。

但是，濒死的老狼，并没有进一步印证朵拉的预言。看了她和医生一眼之后，它偏过头和身体，朝着某个心目中认定的方向，蹒跚地迈出了一步！

它拖着受伤的后腿，一瘸一拐地走着。它走上两步，就停下来，回头朝帐篷方向望一眼，然后转过去，再继续向前走。

它知道一条生路！它要带我们走出这儿！一直默默观望的医生，突然兴奋地站起来。朵拉伸手要去摸他的头。我没发烧，我很清醒。走，快跟它走，这是我们最后的机会。医生两把抓过两人的背包，甩到肩上，又一把拉起她。

以后许多年过去，朵拉越来越难以相信，这是否是一场真实的行走。有时她更倾向于认为，这只是自己在高烧不退中萌生的一幕幻觉。但是她又无法彻底否定这幕场景，不然的话，那又该是哪位神祇，哪位先知，指引她和医生走出那片离化为白骨只有一步之遥的绝境？对此，二十年后她曾在她认为蒙地最为稳定最为清醒的时候问过他，还记得那头老狼吗？他异样地看着她，什么狼？她又问，还记得那个废墟吗，他又是用那种白日见鬼般的神情看着她，什么废墟？

似乎只有对与老田有关的情节、场景，二十年之后的蒙地，才愿意记得如他自己所想的那般清晰。

在二十年后得到蒙地那些不解的反诘后，朵拉再没向他提起过一

句有关废墟、有关老狼的话。她不愿再刺激他那脆弱得一击即溃的神经，更不愿再刺激自己也同样吹弹可破的神经。从此，她只要求自己完全彻底地相信，那座废墟，那头神奇的老狼，千真万确，曾经存在过。

那座废墟，那座收藏她人生中第一场也是最后一场情爱的城堡，她怎么能够失去？假如失去了它，她那日益陷于尘世孤寂的心，又将如何安放？

按照朵拉日后记忆中几近梦幻般的场景，那头苟延残喘的老狼，一瘸一拐的，带领他们直走到峰峦隐约，星月当空。

途中，她一次次摔倒，医生也一次次摔倒，好几次，老狼也趴了下来，像是再也不打算起身。一次又一次，朵拉只听得阒寂的洪荒中，只有人和狼的喘息，在相互催逼。

你说，它会不会是想诱敌深入？途中，在无限趋近于失守的意识中，朵拉的脑海里，垂死挣扎般跳出一种意识。医生没有回答，只有老狼，停顿了一下脚步，回头绿莹莹地望了她一眼，让她再也不敢发出第二声。

又一次，老狼停了下来。这一次，它是长时间停了下来。

定睛看去，前方视野里，模模糊糊现出一辆卡车的轮廓。不错，是卡车，不过，是一辆淘金人的卡车。可以看出，车厢里高高堆着许多七翘八岔的家什，那是淘金人卡车特有的模样。

老狼趴下了。这一次，它的肚皮完全贴紧了地面，头也完全平伏在了前爪上。这一次，它死死地钉牢在地面上，看上去，就是有整整一队秃鹫飞来，它也不打算动弹分毫了。

很快，传来一阵不同声部的大呼小叫。老天啊，咱们的眼睛今天是怎么了，怎么又看见两个不要命的内地兄弟？进来，进来！快快进来！

不等车上人下来，医生就抱起朵拉，钻进驾驶室。

双排座驾驶室里有两个淘金人，一个抱着杆长枪，一个一手抓着半张锅盔在啃。拿锅盔那人，将手中锅盔一掰两半递给医生一块，医生立刻再去掰下一半塞给朵拉。尊敬的兄弟，请尽快将我们送回玛多城去，这个小姑娘在发烧，很危险。医生来不及咬上一口锅盔，就急切地请求。嘿，这匹铁马，你还是问问它能不能动吧，它要是愿意动的话，我们就不会天黑得像锅底一样还停在这个鬼地方啦。拿枪的拍了拍方向盘，耸着肩。啊，什么，这，这是个小姑娘？拿枪的突然伸过黧黑的脸来，白牙一闪一闪地看了看朵拉，半天合不上嘴。啃锅盔的也瞪直了眼珠子，停下了咀嚼。我的老天，看来这两天里我不明白的事情，真是发生得太多太多了——哦，我们这匹铁马，它没有油啦，油都给了另外两个你们的兄弟啦——他们穿的衣服和你们一样，我想你们应该是兄弟吧。

从淘金人的叙述中，朵拉和医生得知，原来，久等不来援兵的鬼子姜他们，不得不弃车沿着车辙往回走，走了整整一天，又回到公路边。他们在公路边等了一夜又一天，总算等到老天开了眼，让他们碰到了这两兄弟的车。两兄弟来自邻近一个县。这两兄弟胆子足够大，前一阵鼠疫传闻把其他淘金人都给吓跑了，就他俩坚持不走，结果给捞到一小口袋可观的收获，这才乐颠颠地朝下撤。

两兄弟帮鬼子姜他们拖出了东风卡车，但在拖车过程中，不小心碰破了东风的油箱，油几乎漏光了。两兄弟帮鬼子姜补好油箱，把自己车上的油都给了他们，让他们抓紧时间返回玛多城，再弄到足够的汽油，送来给他们。

医生反复询问，确定这两名淘金人所见，只能是鬼子姜和另外一名和他一起运送食品的队员，而不是任何其他人。

淘金人叙述过程中，朵拉一直在用尽全力嚼一小块锅盔，直嚼得半张脸疼得都快掉下来，也咽不下去。嘴里、嗓子眼里一片烈火燎原，分泌不出一滴唾液。事实上，她根本就没有食欲，只是意识告诫她，必须朝肚子里填点食物。拿枪的淘金人见状，从一个肮脏的小布袋里摸出两粒盐巴，递给她，再递给她一只酒瓶。咸咸的滋味在舌尖上融化开来，如同一股久违的甜蜜，舌根立刻渗出一点潮液。再灌一小口青稞酒，那团在口腔里翻滚了半天的饼子终于润软了一些，沿着食管一顿两噎地掉落下去。

医生简略叙述了他和朵拉走到这里来的经过。两兄弟一声不吭地听着，没有发出疑问，没有发出惊叹，直到医生话音落定，才打开车门。你们两个，躺下好好休息吧，我们出去，到车厢里去，我们两个，不怕冷嘛。

医生拦不住那两兄弟。二人下了车，却没有爬上车厢，而是朝卧在远处的老狼走去。别伤害它！医生喊着。已经在座位上倒下的朵拉，听这么一喊，也重新支撑着爬起来，伏到车窗口。

黛青色丝绒一般温润的微光里，那头老狼，像一幅剪影，牢牢地粘贴在无边的夜的大地上。医生朝它扔出一小块饼，它仍旧尊严地不动一动。

两兄弟在老狼面前站定。拿枪的用枪托碰了碰它的脑袋，另一个在它脑袋正前方蹲了下去。

医生打开车门，也跳了下去。

朵拉趴在车窗边，望着那三个男人和那头老狼。他们站着，蹲着，趴着。空寥的、没有参照物的夜的原野，衬托得他们失去了三维空间感，像一幅木刻版画。

星月寒辉，照着人，照着狼，照着无情有情的高原，照着所有生死于兹的生灵。

呜嗷——医生突然仰面朝天，发出一声凄厉的、狼一般的呼啸，两位淘金兄弟紧随其后，也发出了同样的呼啸。

星月之下，三个男人一遍又一遍发出呼啸。此起彼伏的声音让朵拉觉得，活像是整整一个狼的家族，在此麇集，哀号。

天蒙蒙亮时，医生抱着朵拉上了鬼子姜的车，朝县城驶去。那时她已陷入昏睡或是昏迷，对于老狼的结局一无所知。

那两个热心肠的淘金兄弟，带着一袋金灿灿的收获外加一张狼皮，心满意足地踏上了回乡路。

两天后，躺在西宁医院里的朵拉，从医生那里听说，所有人都平安回到了县城，除了老田。

一切都是跟老田一路的、队里一名最不起眼的叫老鼠的队员，在电话里告诉医生的。

老鼠说，他和老田几个，半途遇上了老穆一伙。老田坚持要大家都跟老穆走，别再跟着他来回折腾消耗了。老田说，现在另外那支在这里什么地方行走着的队伍，对他们这支队伍的声名构成巨大的威胁，大家必须抓紧时间向下漂，保持住领先势头，他则一定要保全自己全程漂流的纪录，当然，还得去接应那两个还在原地等待他的人。老鼠说，不是大家非要扔下老田，确实是谁也劝不动他，他铁了心要坚持自己独自往回走的。老鼠说，老田一边说一边还拿枪比画着，说谁不听他的就立刻崩了谁。

老鼠是老田最好的朋友，一向少言寡语，眼睛动得比嘴多，天生一副擅长保守秘密相，老鼠这外号，不是白叫的，他的话，应该有可信度。

朵拉忘不了医生向她转述这些时，那种绝望得泛出青光的眼神。即便是在废墟里，她高烧不退，最为濒危的时刻，也不曾见过他有过这般眼神。他向医院大夫要求，要立刻离开医院，回到源头地区，加入寻找老田的行列。大夫说，你自己就是医生，你应该明白，如果中断治疗，会有什么后果，你不想冒胳膊可能残疾的风险吧？

那时，医生手臂上的伤口已经深度感染，出现蜂窝组织炎症状，正和患上肺炎的朵拉一起，接受输液治疗。

最终，两人谁都没能重返源头地区。

等到那年平原大地秋风吹起时，这支在源头地区失去了队长，又在中途激流峡谷间失去了三名队员的探险队伍，终于完成了全程漂流，抵达入海口。

那时，带着满脸干锈和眼角过早出现的细纹，朵拉独自站在黄河入海处的滩涂上，看着风吹芦苇苍凉地摆荡，看着浑黄的河水停止了一切翻滚、鸣叫、呜咽，缓缓地汇入灰蓝色的大海，想起这一年的春天所发生的点点滴滴，恍若回望前生。

再也不会有下一个春天了，属于我的春天，永远结束了。她将那些发自肺腑深处的低语，和着足足有半年时间盘在头上没有解开的长发一起，抛向闻得到淡淡海腥味的风中。

朵拉和医生的分别，是在高原的春夏模糊相交之际。

那时医生臂上的伤情初有好转，就急着返回北京，去办理留学申请手续。随着老田的音信杳然，他对那支曾被老田统领的队伍失去了最后一丝热情。他把自己的命运从那艘前无古人的冒险之船上，彻底解脱了下来。

临分别前，朵拉和医生并肩站在病房走廊尽头，望着窗外满眼生分的绿意，感受着仿若江南四月天般的煦风带给他们胸中并不和煦的意绪，她听见他用像一把起落之间不见一丝血痕的手术刀般的声音说，有一天，我一定还会回到那里，不过在这之前，我要先学会忘记，把一切都忘记得干干净净……然后，她感到自己的肩膀哆嗦了一下。再然后，她侧过头，久久地望着那只搭在自己肩上，已经重新恢复光洁细腻的手。

十年太短，不够思念往日；三十年又太长，我们可能会完全认不出对方。二十年刚刚好，不太长也不太短；我想，那时你应该风韵犹存，我也不至于面目全非。到那时我们再相见，希望我还会对你说，噢，我的小姑娘，你看起来一点没变，而你也会有再一次拥抱我的热情……

好的，我会去那里等你，去那座生养了你的城市等你。那座城市，你将注定抛弃二十年，随后，又会如同想起我一样，再次没命地思念起，放不下……思念起，放不下……

如同一股拼尽积蓄已久的力量、冲破头顶那层薄冰的潜流一样，朵拉让自己的心绪，在朝日煦风下潺潺作响，一往无前。

在一些人们竭力想要暂时忘记那个春天惨痛血痕的日子里，唯有老田，人们还远不那么有勇气敢于忘记，或者说，老田，还绝不允许自己就此从人们的生活里消失。留守在高原地带搜寻老田的队员，直到秋天船入大海，仍未获知有关他的任何确凿音信。渴望成就一番传奇的老田，从此真的进入了一段传奇。人们会不时想起他，作出这样那样的猜测，让他在口头流传中永葆青春，十年，十五年，二十年……

第十四章　永生的废墟

尽管我是多么不愿重蹈我亲爱外婆的覆辙，到晚年患上老年痴呆症，但是一想到这场灾难性的故地重游之行，我就宁愿让自己的记忆，从眼前起就彻底毁灭。

得知蒙地失踪，姜董立即决定，由一名老队员，就是曾被大伙称作老鼠的那人，开车带上我，负责寻找，他则带领其他人员按计划继续前往玛曲源头。我对这样安排十分不满。我认为，应该调动更多的车力人力寻找蒙地。但我也很清楚，这主意姜董肯定不会接受。我早就看出来，他和其他一些为数不少的人，一路上早已对蒙地极为不耐，恨不得他越快消失越好。

车轮一转动，老鼠的舌头随之也发动起来。

其实，我跟大伙早看出来了，蒙地精神状况是有点问题，就你以为还瞒得住。现在你看看，你给自己找了多大麻烦。我不接他话，只问，当年他跟老田途中巧遇老穆他们，所有人，都没有选择继续跟着老田返回约定会合地点，而是一窝蜂追随老穆而去，对这种集体背叛，这么些年来，没有一个人，心里有过哪怕一丁点愧疚吗？老鼠也不接我话，只一味眨着小眼。直到车开出县城，不见了那些低矮的建筑，不见了那些翻飞的五色经幡之后，他才仿佛感觉到了安全一般，先长抽了一口气，再长嘘了一口气。我啊，跟老田是中学同学，下乡插队在一起，回城时他又把他的名额硬是先让给了我，我们俩的感情，不是一般的深。我可以告诉你，当时我是反复劝老田来着，让他别那么死心眼儿非要再往回走。我说，咱们好朋友一场，我不再跟你往回走，这不是要背叛你，实在是我的体力也不行了。我上有老，下有小，跟你不同，我的命不是我一个人的。你非要往回走，我只能希望佛祖保佑你平安到达那儿，找到那两人，一起往下撤，大家在玛多小城大团圆大会合，接着同心协力向下漂。我说，我很清楚，你这也不是仅仅为了保持一寸不漏漂流的纪录，因为那儿也没船了，可是，有一点，我真的很怀疑：那两人，到底还会不会傻守在那儿。

窗外青黄参差，我的内心一片枯焦，犹如过火的草原。

车开出县城已经很远，原野上仍旧见不到一顶帐篷，见不到一头牛羊，听不到一声高亢悠长的牧歌，看不到一位荷枪策马的黝黑汉子。禁牧行动确实名不虚传，尼玛大叔们纵情驰骋的年代，已经消逝得不存一丝余音。

我的心焦黑如炭。

临离开小城前，老鼠灌了两口青稞酒，此刻聒噪得打不住舌头。

呃——老田当时回答我说，老穆那老小子，可真不是玩意儿，带着人走就走吧，还不把医生跟那小丫头拉了一起走，要不就扔条船在那儿也好。现在可好，那俩傻瓜真要早在那儿傻等，你说我要不去找他们，我良心能安吗？就算到了那里没船，没法下水漂，但我至少让医生看到，我是守信义的，讲情谊的，我是抱着要坚决完成一寸不漏漂流的理想返回去的。他医生哪里会猜到我半途就碰到了老穆，知道老穆已经把船都带走了呢？甭管怎么说，我得去找他们，救他们，救那两个死心眼儿的书呆子，不去找他们，天理不容我！

吹上脸的风算不得太冷，但我却有种再度置身冰湖的感觉。

我琢磨着老鼠的话，不能确定他酒后所说的这些，是否真的就是真相。但我不相信又能怎样？假如当日当时，我跟蒙地乖乖随着老穆当了水上漂，那我今天坐在老鼠车中，不就完全不可能听到这些了吗？

天蓝得像湖水泻上了头顶，远处连绵不断的雪峰，仿佛是阻挡在人间深渊前的最后一排银甲武士。这片不动声色、不问生命来去的高原啊，究竟有多少难以追究明细的情仇爱恨，曾化解于你那广袤苍凉又敦厚仁慈的胸怀？

一个小小的灰褐色影子，从车前遽然蹿过。车身颠簸了一下。我朝后窗望去，一只七窍流血的鼠兔，躺在公路中央。

像是被一记有力的重拳击中了心窝口，那剧痛总要延迟一些才会到来，我突然用力拍打了一下前排椅背。你的意思是说，是我跟蒙地杀了老田？

老鼠一脚踩下刹车，我差点没从后排飞到前排挡风玻璃上。老鼠端坐着，摘下墨镜，望着外面的天空，慢吞吞地说，谁说老田就不在人间了？谁敢保证，老田他，不会还在这儿好好活着呢？

天上的云，从容地聚散着。慢慢地，一朵云浓了，慢慢地，一朵云淡了，慢慢地，一朵云来了，慢慢地，一朵云去了。

娶个当地姑娘，生一大堆孩子，天好了纵马驰骋，天不好就待在帐篷里喝酒吃肉，什么名利官位，统统见鬼，除了看老天爷脸色，谁的脸色都不用看。我想老田一个人走到半路，累得再也走不动时，一定会这么想。他心里一定早对扮演什么民族脊梁、精神领袖厌烦透了，等他一个人时，他就把这点越想越明白了。他再也不想拿自己的命当儿戏，让大众看一出不花钱的好戏了。他就想在这片世外桃源一般的高原上，找个地方静静地躲起来，摆脱掉下面那些乌烟瘴气，开始一种崭新的人生。也许他正好碰见一顶帐篷，那里面有个美丽的姑娘在向他招手，他走进去，就再也不打算离开……

从齿轮厂工人摇身变为慈善家协会秘书长的老鼠，再次让我领略了远比当年能说会道的本事。

在老鼠愈益缥缈的声音里，我恍惚产生了一种意识：这片广袤的土地是一处化外之界，自己不再是一具有形的肉体。所有的思想从此灰飞烟灭，所有的欲望从此销匿无形，自己只是一颗微小到肉眼看不见的尘埃，任凭三生风吹过，只在此间自在飘移，不问所来，不问所去，无所谓生，无所谓灭……

当我的头脑重新变得清醒时，就见眼前正呈现着一大片星星点点的水泊。它们晶光耀目，活像散落一地的珠玑。

我贪婪地张大眼望着。我还是头一次见识这般美景。当年，所有这些小水泊，不是处于上冻期，就是处于沼泽期，带给我们的除了麻烦，就是危险。

想起当年在这里听到的故事。牧民的牦牛不小心陷进沼泽，为了不让它们在沼泽里活活饿死或者憋死，遭受更多痛苦，牧民通常会冲它们的脑门开上一枪。死去的牦牛很快成为鹰鹫的美食，在春天到来之际，化为青青草原上一具醒目的路标。正想着，就见前方一小汪水泊里，浮着一具牦牛骨架。上半身白莹莹地露着，两排弯拱状的肋骨，像龇向青天的獠牙。

老田他，不会也是陷入沼泽出不来了吧？我瞟了眼后视镜，感觉出，老鼠的心思仿佛正和我相似。

拐了个弯，一条湛蓝中夹着翠绿的水带，赫然从远方跳出来。翻过一道矮坡，水面变得迎面泼洒来一般豁然开阔，一眼望不到彼岸。朵朵白云贴伏在蓝绿交织如同锦缎的湖水怀抱里，摇曳生姿。投进这样一条神仙湖去，感觉一定非常美妙！如同当年第一眼望到鄂陵湖一样，我又情不自禁冒出这同样的念头。

某种心照不宣的想法，驱使老鼠将车开下公路，在一串串小水泊之间弯来绕去，朝湖边驶去。

跟老田告别那天夜里，雨下得很大很大，他才走了一口烟的工夫，我再回头，就一点也看不见人影了。其实，我那会儿心里是很想回头去追他来着，毕竟，他是我最好的大哥。车子把不稳方向似的左右摇晃。那天晚上，要不是雨下得那么大，路那么难走，我一定不会让他一个人拐回去的，我一定会追上他，跟他一起往回走。后视镜里，老鼠眼神又在迷离，仿佛又灌了两口酒似的。

是我们大家杀害了他！我们人人都有份！我们每个人都是凶手！老鼠两手突然一松，放开方向盘，用力击向车顶。车向一侧大大倾斜了一下。后视镜里老鼠的脸，因为激动而变了形，像一个被碾压过的鼠兔脸。

别把蒙地扯进去，他从没伤害过任何人！我立刻反击过去。

老鼠用一种狂暴的眼神瞪着后视镜。我的眼神也丝毫没有退缩。我看不到自己的脸，但我相信，它不会和一只被碾压过的鼠兔脸有什么两样。

直到有了某种新发现，我和老鼠之间的紧张气氛才有所缓解。

我们在草地上发现了一些车辙印，那些辙印一直通向湖岸方向。老鼠下去查看后说，那应该是捷达的辙印，碾压过的草痕还很新鲜。我和他一致认为，此地有第二辆捷达经过的可能性，就如同黄河水向西流一样。

依照高原通行法则，看似不远的距离，实则难以估量的遥远。日影偏西时分，视野中如愿以偿地出现了一幢红砖房。

蔚蓝色的湖岸边，小小的红砖房，没有一片崩塌，像一个完美得永不苍老的童话。

哦，孤独的鄂陵湖水文站守站人，你还好吗？还能记得我吗？

当年，大伙寻找源头途中，路过鄂陵湖水文站，那个守站人，那个从未去过自己祖籍地的上海工程师的后代，留给我的印象，如同他那碗翠绿的洋葱苗一样鲜明。我记得我将那些用了三四个月时间才辛苦长成的洋葱苗贪婪地一扫而光后，向他表示歉意，他说，他不喜欢洋葱苗的味儿，他养它只是为了看。我说，那我不是把你一个冬天的风景全给吃光了吗？他说，不，没关系，反正冬天眼看就要过去了，草原很快就会绿了，我也很快就能回玛多了，不用再靠看它打发日子了。那像高原版无锡泥塑大阿福一样的守站人说，一般都是等到洋葱头瘪了，葱苗再也不长了，那就是他回玛多的时候到了，到那时，他的心情就会像草原上遍地开放的花儿一样美好，相信生活里的一切都会好起来，相信自己一定会找到媳妇。守站人还说，在玛多小城，他有一处很大的宅院，四间砖房，就他一个人住。爸妈已经退休回原籍去了，跟他的爷爷奶奶还有姑姑姑父一大家子人，挤在两小间鼠兔洞一般的北房里。守站人最后语气肯定地说，他绝不会回那个跟他一点关系都没有的什么祖籍地，永远也不，那是别人的家乡，不是他的，他就是再孤独，也要死在这里，死在这片他出生、成长的土地上。

至今我都无法忘记，我和蒙地行走在那个大雨瓢泼饥寒交迫的暗夜中时，对这幢小小的红砖房的向往，曾经给自己陷于绝望的心，带来了怎样不可估量的热力。

辙印终止在砖房门前。辙印的句号，是那辆灰色的捷达。

车中无人。房门落锁。举目远眺，不见只人片影。

老鼠觑着我，口气有些期期艾艾。这车的油可是有限，再在这附近找找还行，但不能漫山遍野漫无边际地找；再等等也行，不过也不能等太久，咱们带的食品只够咱俩吃一天的。咳了一声又说，最重要的是，他不想错失重登源头的良机，这机会，他这辈子大概不会再有了。他这最后的话立刻打动了我。你说的极是，我已经很感谢你能把我送到这儿，而不是搁半道了。既然蒙地的车在这里，就说明他们不会走得太远，你把吃的给我多留下点，我就在这儿守株待兔，你呢，赶紧追大队人马去。

老鼠立刻热心地帮我去捅那把挂在门上的老式铁锁，好让我进去休息，我拉都拉不住。不过，他刚一动手，我们就发现，锁根本是虚搭着的。好，这下我更放心了，说明蒙地他们是在这儿的主人带领下离开的，天黑以前肯定会回来。我这话让老鼠吃了最后的定心丸，说他登完源头之后保证会再拐回这里来瞧瞧，以防万一我困守此地走不成。随后，慷慨地扔下全部食品，颠颠地沿着来时的辙印跑了。

进到这座两开间的小屋。

屋里的布置，和记忆中的一模一样。外间墙上，仍旧挂着连体橡胶衣裤，水文测量仪，一张渔网，一串风干鱼。炉灶也还在老位置，摸摸炉膛，犹有余温。

在屋里东瞅西摸，企图找到一点有意思、能循得一点什么线索的东西。

进到里间，在单人床的枕旁，发现一个笔记本。迟疑了仅仅有那么一眨眼的工夫，就拿到手，翻了开来。里面千篇一律记着湖水水位测量数据，唯有在今天的日期下面，多添了一行字：来了两个内地客，那个古怪的老男人，总是打听过去的事。那些秘密，是该说出来了吧？

原样放好笔记本，回到外屋。

扫过湖面的风，从门缝中挤入，发出细锐的哨音：秘密，哦秘密——秘密，哦秘密……

朝窗外望，就见碧水与白云依然恋恋不舍，金盔银甲的武士一如既往矗守在远方。如果抽掉款摆轻舞的疏草与碎花，这片天与地，何尝有一丝年代感？

老田他，还会从什么地方冒出来吧？望得快要呆过去了，冷不防蹦出这么个念头。几乎与此同时，就见老田，真的从湖畔地平线某处冒出来，朝这里走来！

身影极其缓慢地大起来。鲜红色的人形，跳动在一片蓝与绿的背景上，触目得像一滴渐渐涌过来的血。肩上，还是那杆猎枪！

我飞快地打开房门。

既然没有任何确凿证据，证明老田不在人世，那就是说，同样无法否认他尚在人世的可能，那也就是说，这个时候，这个地方，他在我眼前出现，完全有着可能。

直到来人在我面前站定，我才极不情愿地摆脱了幻觉。除了手中那杆枪，来人和老田丝毫不像。

你是来找那两人的吧？来人开口就是这么一句。我刚点了下头，他就说，跟我走吧，那两人走不动了，得开车去拉他们回来。

来人拿车钥匙打开捷达的门，我二话没说，跟着他就上了车。

这水文站就你一人？我上下打量对方。对方点点头。你在这儿待多久了？快十年了。以前这儿的人呢？没有立刻回答，却先瞟了我一眼，你问他干吗？我见过他。我本意是想说，我认识他，但话一出口，就变了点意思。对方收回落在我脸上的目光，盯着前方，过了好一会儿，才拉着一副欲擒故纵般的腔调。他嘛——早死了……

我的心仿佛被一只脚后跟一下子踩进了沼泽。他是怎么死的？我发问的速度极快，几乎就是不假思索，就像我与那死者之间有着什么秘密。

水文站继任者目不斜视，牢牢地把着方向盘，轻描淡写的口气里透着几许玩世不恭。他自己——结果了自己。

我瞟了眼那人横在脚下的枪。停了一眨眼工夫，我又瞟了一眼。我几乎控制不住自己的眼神，总是不断地朝那杆枪瞟。

我们有一阵不再说话，但我能感到，身旁这个男人和我一样，心里有一种不可告人的东西在发酵。

你这枪真漂亮，我看看行吗？话音未落，我就一把抓过了枪。枪一到手，我便屏住了呼吸，抱紧了它，仿佛准备和对方展开生死决斗似的。

这就是我贸然坐在副驾座上的原因。如果不是因为这杆枪，我绝对不会坐在一个陌生男人身旁。

不出我所料，枪托上刻有一个T字！尽管它已变得有些模糊，但那笔画还是一道不缺。那是当年我亲眼看着老田刻上去的。记得当时他刻完，还笑嘻嘻地对我说，小姑娘，将来我要建个漂流纪念馆，这可是要成为文物的。

你也认识这枪的主人？我只是盯着、抚摸着那个T字，没有作答。我知道，我已经不需要再说什么问什么了，身旁这个人，会告诉我他知道的一切。他已经很清楚，我所来目的，和他今天遇到的那两个男人中的老男人，所来目的完全一样。身旁这个男人，他已收藏太久的秘密，只为等待这一天，这一刻，这两人。

很快，我不仅听到了一切，甚至看到了一切，体察到了一切：每一个细节，每一幅画面，每一次那传说中永垂不朽只为那条大河而生的男人胸臆间心念的流转。

当年，那条悬挂在废墟高处的蓝色围巾，没有白白飞扬。它引来了老田，也引来了那位从未回过自己祖籍地的水文站守站人。

那天，遭大雨痛浇了一夜的老田，鬼使神差地也走到了废墟附近。远远地，他就看见了那条颇为醒目的围巾。他对那围巾当然留有印象。他满怀惊喜，抱着油布紧裹的猎枪，拖着疲软如泥的双腿，一歪一趺的，朝废墟走去。

当看到废墟里只有那顶空荡荡的帐篷时，他重重地倒下了，再也没有了向任何方向前进的意念。

跟老鼠他们分手时，由于匆忙，忘了信号枪的事，信号枪被老鼠带走了。现在，他身边只有一杆猎枪，枪膛里还有三颗子弹，不过看样子，他已经用不着拿它去和什么野兽搏斗了。

他周身忽冷忽热，鼻子开始堵塞，呼吸越来越困难。不用测他也明白：自己在发着高烧；不用任何神明昭示他也明白，自己只剩一条路：死路。

一个白天过去了，一个夜晚过去了，又一个白天开始了。春意隐现的高原，一些新生的嫩草，正争先恐后地日长夜高，脱去赤红，变为葱绿，抢夺着这片土地上美好而短暂的融冻时光。然而老田却看不到这些了。昏沉中，他一会儿感觉自己是漂浮在一道正带走生命之躯的逝水之河中，一会儿又感觉自己正回到生养他的故乡家园，坚实地躺在那片早已是春风吹过初夏降临的中原热土上。

这样的结局，是这场冒险活动开始之初，他所完全没有想到的。当然，事前他曾想到过死亡。在一场漫长的、以血肉之躯与滔滔大河的搏斗中，不遭遇死亡的威胁，是不可思议的。尽管他无限热爱生命，对生命还有许许多多美好甚至堪称宏伟的设想，但他同时也想过，在与这条闻名遐迩的大河的遭遇中，自己有可能的献身方式，那就只能是一种：以搏斗者的姿态，于惊涛骇浪中拥抱它，融入它。假如死亡不可避免，他一定要死得无比壮烈，让世人震撼，让声名流芳。

呼吸陷于极度困难。他感觉自己像是坠入了一片覆盖着厚厚冰层的冰河之下。他竭力想要冒出头来，好好再吸上一口气，再感受一下那个滋养过、拥抱过他的世界。但那坚实的冰层死死压在头顶，让他无论怎样就是浮不上去。他用尽最后一滴力气，竭力调动着感官，去嗅那透过冰层微细的孔隙，隐隐传来的初春味道……

那刚刚过去的一场大雨，昭示着姗姗迟来的高原春天，即将全面铺开。很快，原野冰消雪融，河流春潮滚滚，艰难的拖曳，转眼就会变成飞流险滩的真正搏击；充满视觉冲击力的画面，将会不断出现在媒体镜头前面。关注这场冒险活动的民众，很快就会看到一幅又一幅惊心动魄的景象，听到一个又一个激动人心的消息。拉加峡，野狐峡，松巴峡，那些曾经只是标注在地图上的一个个枯燥抽象的地名，将会因为血肉之躯的一次次精彩演出，从此生动立体地烙印在大众心目当中。冰雪高原的日日夜夜，这漫长的、艰辛的、熬得人要油干灯枯的序幕，即将被抛在身后。可惜的是，自己偏偏在这序幕就要接近尾声的时候，倒下了，再也无法轰轰烈烈演下去了。呵，仿佛只是一转眼，那些人间喧嚣就成过去，此刻，只剩这杆猎枪，还在忠实地陪伴自己……

他想抓紧枪，但僵硬的手指不听使唤，那枪，仿佛正一点点从手中滑脱开去。

老田，无论他曾多么渴望听到那咆哮的大河之声，现在，就只有一阵阵来自作毛那角山麓方向依然不肯被刚刚蓓蕾初绽的春天就此驱走的寒风，无限眷恋地拂着他的额头，他的眼皮，告诉他，他这一生里，属于惊涛骇浪的机会，正无可抗拒地逝去，他身下这片大地，将会成为他这来自遥远内地的异乡人最后的、最可依赖的胸膛。

哦，作毛那角山啊，英雄格萨尔的诞生之地啊，在寻找卡日曲的途中，我曾真诚地向你祷告，请你保佑我，让我一路所向披靡，战无不胜，最终也成为一个史诗般的英雄人物。可为什么，我的祷告就没能打动你呢？不，我不该怨你，你是神圣的——那我又该怨谁？怨那帮兄弟？怨我自己？我那些兄弟们啊，我是多么爱他们，相信他们也应该会爱我……英雄的格萨尔王啊，我不是害怕死亡，我从不害怕死亡，但这不是我想要的死亡，这不是壮烈的死亡，这不是不可避免的死亡。这样不明不白地死去，我的灵魂会三生不安……我，一个其实再平凡不过的小人物，热爱生活，热爱生命，也还愿意相信理想，可为什么，得到的却总是背叛？哦，背叛，这个可怕的词，这个肮脏的词——可是，就是背叛！这就像一个朝三暮四的女人，你辛辛苦苦为她付出，向她献出所能做到的一切，可到头来发觉，你从不知道她到底想要些什么……敬爱的格萨尔王啊，现在，我正在死去，我不想再回避什么，不想再欺骗自己——背叛，该死的背叛，这个我最最讨厌的词，我确确实实不止一次地闻到了它的气味，那就像是一股死尸的气味……虽然，我是多么不想怨恨，但我仍然无法摆脱怨恨……多变的高原啊，你再变幻莫测，也比不过人心的变幻……

一只鼠兔，从老田身体附近一个地洞中蹿出，经过他脸颊旁边时停了一下，瞪圆了小黑豆一般滑稽的眼睛，好奇地瞅了瞅他，接着，继续向着前程匆匆奔跑。老田感觉到了这毛茸茸小生命的存在，他甚至感觉到了它注视他的目光带给他脸颊那一缕温情的瘙痒。此刻，他的感官比以往任何时候都要灵敏，它们正迸发出如同蜡烛熄灭前那最后一朵高高跳跃起来的光芒。

嘿，小家伙，你要去哪儿？别这么急着赶路啊，还是停下脚步来，好好看一看四周，好好看一看天地，哪怕在你的一生里，只有这么一次停顿——什么也别想，什么也不做，从容享受一刻美好的生命吧！

老田竭力想再睁开眼，再好好看一眼这涌动着初春气息的世界，看一眼那向着无限可能奔跑的毛茸茸的小生命，但眼皮已然沉如顽石。

以后，还会有谁想起我？想起我的人，又会怎么议论我，评价我？十年过去，二十年过去……最后一个还能记得我的人，会是谁？

他恍惚看到故乡街道上，那两排茂盛的马樱花树，一朵朵粉红色小花正在枝头竞相开放，他曾经的亲密爱人，正站在树下，幽幽地望着他。老田，没想到，你能做出这样的壮举，成为这么有影响的英雄人物。看来，我以前真的是小看了你。你不是只会待在那个小文化馆里，当一辈子窝囊废的。现在，我想重新认识你，不知道你还会不会给我机会……

他感到有人在抚摸自己的额头，在握自己的手。他模糊地意识到，那不是自己曾经的亲密爱人，也不会是那些各自想拳经的弟兄们中的某一个。

他恍惚听见一个声音。你怎么一个人在这儿？你的同伴们呢？

他想回应一句什么，但旋即觉得，回不回应已经毫无意义了，他只是困难地从鼻孔里呼出最后一丝气，那听起来很像一声“哼”。

他感到对方在动他怀里的什么东西——枪，他最后的、最忠实的伙伴——他比他大睁双眼看着这个世界时，还要清楚地看到了这一点。

他突然间有了说话的力气。开枪。他努力将这两个字说得清晰可闻。

随后，他比他能够大睁双眼看着这个世界时，还要无比清楚地看到，对方拿过那杆枪，朝后退了几步，朝着湛蓝得如同万丈深渊般的天空，放了一枪。又一枪。再一枪。

他欣慰地听到，他的枪丝毫没有受到雨淋影响，发出的声音无比响亮，华美，令河流山川发出巨大共鸣，如同唱起一首壮丽的赞歌。随后，他看到天空顷刻间变得暗沉，犹如一块柔软的深色丝绒，在眼前抖落开来，铺展开去。

声响散尽，一朵巨大的烟花，在这暗的、柔软的天幕上砰然盛开，万点璀璨。他朝着这璀璨的纵深处走去。一朵又一朵烟花，像欢迎英雄凯旋归来的鲜花一样，在他面前尽情绽放，层开无谢……

从水文站继任者的叙述中我还看到，当年，那位前任守站人放完枪中的子弹后，就去拆下帐篷，覆盖在老田身上，然后一路流着泪往回走。

回到水文站，那守站人找出一把镐，扛上，返身再朝废墟处行去。

晴好的天气，守站人对这一带地形也十分熟悉，但不知怎么搞的，走了很久，却无论如何也找不到仅仅在比一只黄羊从眼前跑过的时间长不了多少之前见过的那座废墟了。他努力搜寻自己刚刚留下的脚印，但它们一个一个都没有了，消失得如同被大地吸进去了一般。他望望天，天没有变，他看看地，地似乎还是那个样。他只能有一种自己的心神被改变了的感觉。这改变了的心神让他感觉到，他仿佛正行走在另一个时空和天地间。

那天直到黄昏，那守站人也没能找到那座废墟。接下来的三天里，他每天白天都带着指南针，出去寻找那个废墟，每次都选定一个不同方位。但他为此所做的一切努力，最后都只证明，不过是一场徒劳接着又一场徒劳。

水文站继任者说，直到又过去一些年，他随上级领导来这里检查工作，结识了他那位前任，才有机会成为知道这故事或者说这秘密的第二个人。那时他的前任已经不很年轻，已经谢了顶，仍然还没能成家。已经不很年轻还谢了顶的前任守站人，对未来注定的继任者反反复复说，你说，那一切要不是真的，那我手里怎么会有这杆枪？我怎么也不能忘记，我从那人怀里拿起这杆枪时，他那最后一个眼神。那一切都是真的，不可能是我的想象。这枪也是真枪，我还确确实实用它放过三枪，很响，真的，很响，不信，哪天我再放一枪给你听听。

再过去一些年，已经很不年轻的水文站前任守站人，早已习惯与孤独为伴、离开孤独便再无第二位朋友的守站人，已经再也不像一尊可爱的泥塑大阿福的守站人，在返回县城休假的某个夜晚，用那把刻着T字的猎枪，静静地，响亮地，送自己到了另外一个世界。那是他见到那个永不再现的废墟之后的第十个春天。

那后来——这么多年来，我也一直在找那座废墟，但是无论如何，都找不到。不乏聪明的水文站继任者，一下子就明白，我想要问的是什么。

以前，在没见到你们之前，光听我那位前任讲，我还不太敢相信，他说的那些都是真的。就算有这杆枪，也不能真正说明什么，对不对？有时我也想，这会不会是他一个人在这里待久了，太孤独了，神经有些不太正常了，胡想出来的故事，然后，自已又把这胡想当了真；再不然，我想，他就是看到了海市蜃楼。不过，我在这儿待了这么多年，可就一次也没看到海市蜃楼。听说，这里一般也不常见到海市蜃楼，有的老人一辈子只见过一回，有的人一辈子也没见过一回。继任者语气坚定地又补上一句，不管怎么说，反正鬼我是不信的，能够一个人守在这里的，都不信鬼！

鬼，我也没见过，但那废墟，是真的！我抱紧枪，说出的每一个字都像出膛的子弹一样砰砰作响。那个废墟，千真万确存在过！那个废墟，我亲眼看见过，在里面待过！

继任者脸朝向我，眼瞪得黑快要从白里掉出来。你说的和那个年纪大的男人说的一样，那人听了这故事后也说，那废墟千真万确存在过，他亲眼看见过，在里面待过。继任者紫黑的嘴唇，眼见得变得灰败。

车终于停下来。

昏黄的天色像溢出岸际的湖水一样漫漶在大地之上。蒙地神情恍惚地伫立在疏草丛中，目光飘零地望着远方。风将他灰白的头发吹得比目光还要飘零，他看上去就像是一片夹在一部叫做往事的书中被遗忘的枯叶。

没有什么废墟，我早知道，没有那个废墟；在这个世界里，我们根本找不到那个废墟；那个废墟，它在另外一个世界；另外那个世界，谁也不知道它丢失在了哪里……

我站在蒙地身后，不出声息地听着他的自言自语。他的声音犹如一串暗力强大的旋涡，要将靠近他的一切有机和无机物体，通通吸入一个乱礁林立的深河之底。

坐在一旁的阿凯告诉我，原本他是想开着车，让水文站守站人领着路转一转就算了，但蒙地坚持要下车走，说要找回当年那种跋涉的感觉，怎么劝也不行，没办法，只能听凭他的意愿。

我上前挽起蒙地的胳膊。他顺从得像个牵线木偶一样，跟着我走向车子。

根本就没有那个废墟，嘿嘿，对吧？蒙地突然甩掉我，跨前一步站定，将脸正对向我，将那只有在那些白森森的牛头骨上才能见到的眼神射向我。我避开他的视线，挽起他，继续走向车子。

我们踏上了归途。

蒙地显然已经极度透支，一上车，就将头倚在我肩上，不再出声。夜色已近苍茫。我望着窗外，心里像是在做着殊死抵抗似的，一遍遍对自己说，那废墟，一定是有的，对我来说，它不可能没有，它就在我身边这个世界里，无论过去现在还是将来，它会一直在那里，无论今生今世，我们是否能够再次找到它。

将守站人送回水文站，告别鄂陵湖，绕过星星点点的小水泊，车子上了公路。

天色已铁青。又是一轮圆月，又是不见一粒星斗。那种不辨向前还是向后的失衡感，再次控制了意识。只有去望那幽蓝的湖水，感觉它是在渐渐地小下去，才能确定，是在远离了，但是，不能肯定，究竟是朝哪个方向远离。

蒙地沉沉地倚着我的肩，手搭着我的手，沉睡得犹如一片坚冰不化的湖面。我望着前排阿凯的背影，几次想要喊停，又几次压下了冲动。忽然，极为舍不得离开这里，只想和身边这个风华散尽的男人，一道留在这不辨前生还是今世的原野上，留在这隐约涂抹着久远以前狂飙一般扫过的青春血痕的夜色里，好好侧耳倾听一下，所有在这片土地上永恒存留下来的生命，发出的那像春天蓬勃生长的草节所发出的一样，无边洪荒也难以淹没的哔剥心声。

覆在我手上的手突地抽搐了一下。

我是凶手！是我杀死了老田！自己却还苟活到今天！昏暗中，蒙地坐直了身子，含混地嚷着，朝着四下挥舞起手臂。假如我能跟着老穆他们一起走，那半路遇见老田，他就不一定非得坚持返回去，也就不会独自一个人陷入绝境。老田，你告诉我，我到底是在哪里做错了？最后时刻，你心里究竟是怎么想的？声音变得尖利刺耳，如同两片铁器相互刮擦。

别想那么多了，别责怪自己了。既然是冒险，就注定会有危险发生，注定会有不可预见的结果要面对。老田自己一定也明白这一点。这就是人生——命运并不总是能够按照我们最美好的愿望、最坚强的意志被掌握。我们不可能在同一时刻做出两种选择。我们不可能将一只脚同时插进向东流和向西流的两条河中，我们不可能行走在既向东流同时又向西流的一条河中……我捂着疼痛的眼角，竭力用正越来越接近于失守的逻辑劝解着。

你给我闭嘴，别拿那些混账逻辑来扰乱我的心性！蒙地的鼻子直抵到我眼前，喊叫声几欲揭顶。把车开回去！我不能把老田一个人丢在这儿！他的灵魂在诅咒我！我听到了！听到了!! 听到了!!!

没等我放下捂着眼角的手，他就猛地向前一扑，大半个身子探过椅背，去抢阿凯手中的方向盘。我双手抓住蒙地的衣服后襟，拼了命地朝后拽他，但他就像一头即将被送上屠宰机的公牛，瞬间爆发出一股能够踏平整个屠宰场的力量。他和阿凯撕扯着，扭打着，让我完全看不清哪个头是谁的头。

车身几乎侧立起来。我后脑重重地磕到车后帮上，手中只抓着一片衣襟残片。

车身剧烈地颠簸了一下。我终于经历了我曾亲眼所见，却不曾有机会亲身体验，在那被巨浪颠翻的小小橡皮船上的感受。

明月旋转着陨入大地，青草与泥土的芬芳扑鼻而来……我比被巨浪推涌还要迅速地，穿过了一个幽黑的时光隧道，看见一条蓝色的围巾，在那座废墟上空高高飘扬……

我揉了揉遮在眼皮上的一层黏糊糊的液体，模糊地看见，视野里不远处，一处地势稍高的缓坡上，屹立着一面石碑——一面堪称巍峨雄壮的石碑。由于我姿势的原因，那石碑以一种泰山压顶般的气势，斜斜地倾向我，像是随时可以坍倒下来，将我拍成齑粉。

大地在下，明月在上。青白的月光明晃晃地照着石碑。我完完全全看清了那上面的三个大字，那就像凝固的三摊血迹。

更远一些的地方，停着一些车。稀疏的草丛中，凸起着几顶蘑菇似的布篷。

好了好了，醒了醒了。头顶响起七嘴八舌的声音。一些平板的脸，剪影一般在眼前晃动。我努力辨认，却没有发现一个想要看到的。我试着转动头颈，要往另一侧再看一下，但刚稍稍一动，就立刻引起一阵不知置身几度空间的晕眩。我只能继续让一侧脸紧贴着寒意浸润的大地，一动不动地望着那三个干涸的血一般的大字。

黄河源。

终于听到一个急于想要听到的声音。

这不是真的源头……这是个假碑……我得去找老田带我们上的那个源头，找我们立的那块碑，还有那只我这一生中见过的最大的牛头，那儿才是真正的源头……这儿不是真的……你们谁也别想骗我……假碑搞得再大也是假的，越假就越大，越大就越假……

我喊了一声阿凯，没有应答；我挣扎着又提高声音喊了一声，仍旧没有应答。

只有那个熟悉的声音，兀自在越大越假越假越大地喋喋不休，语速越来越快，犹如一个高速旋转的旋涡，要将一切它能够拽扯得到的生命，通通卷入一个乱礁林立的深河之底。

尾声　亲爱的，让我们就这样至爱不渝

结束了这场灾难之旅，我和麦田之间那些剪不断理还乱的情意，也就成为了一团难以理清头绪于是干脆丢进箱屉深处的旧毛线。我们通过两次电话，见过两次面，所有时间加起来，他所说的，都没有从前他一分钟里说得多。他变得沉默寡言，惜字如金，能点头颔首的，绝不轻启唇齿。那不知疲倦地戏弄任何事物，将一切话题全都涂抹上黑色幽默的劲头，那如同一粒蒸不烂、煮不熟、捶不扁、炒不爆、响当当的铜豌豆般的模样，仿佛全不过是一道缥缈已远的前世影像。最后一次离开他那里前，我望着他那由于久未染色已然从发根处露出一层斑白的头发，说，头发有空还是再染染的好。他坐在几盘我从饭店买了带去、已热气全无的菜饭前，纹丝不动，不做反应。我说，你要不愿上美发店，那要不有空我替你染染？他仍然垂首沉思，无动于衷，仿佛正面对一个亘古难解的命题。

阿凯是同车三人中最后一个恢复的。他看起来恢复得很好，没有留下一点明显疤痕，但自从我为他送去祝贺出院的鲜花后，他就再也没在我面前出现过。

他把我忘了，毫不含糊地忘了。阿姨，您这花很美，可是，您这花一定是送错人了，我根本不认识您啊。那时他望着我，面带微笑，彬彬有礼，如同刚从英国回来时，我第一次见到的那般模样。

每当蒙地问起时，我只说，阿凯还在缓慢恢复中。当这种说法开始显得可疑时，我就改口说，他去国外了，他想趁着年轻，精力旺盛，在这世界上好好游历一番，多看看万物风情，多记录些人间百态，为人到中年之际能够学会更深地参悟生命大义做些积累。这时，蒙地就会若有所思地沉吟，唔，他做得对，可惜我老了，精力大不如前了，不然的话……

而可怜的特娜，却不仅仅满足于在我和蒙地的心中，或许还有别的什么人心中，扎下根。

蒙地坚持，自己必须和特娜须臾不分离。我没能给她一个基督徒式的葬礼，她的灵魂在谴责我，我能听到。从今以后我要日日夜夜陪着她，为自己的良心多少求得一点安宁。当我看到蒙地抱紧特娜安息的那只小盒子，让喃喃自语和眼泪一起一滴滴掉在包裹在盒子外面的绸布上时，我就明白，圣洁、善良得如同圣母般的特娜，将永远置身于我和蒙地之间，倾听着我们的一言一语，关注着我们的一举一动，见证着我和蒙地的传奇一天天演绎下去，直到人生大幕从我们头顶訇然降落。

曾经丰满高大的特娜，曾经终日操劳的特娜，终于在蒙地那间厢房里，在靠墙夹角一只书架上的一小格里，静静地歇息下来。

就像一辆按照一个不明所以然的指示牌，开上一条不明所以然之路，而油料也已很难允许它再重新寻觅方向的车子，我的人生，从此无可逆转地改变了轨迹。

我带着油油搬进了蒙家大院，填补了特娜留下的空缺。蒙地像一株急速膨胀的“太岁”，一夜之间充满了我的全部生活，不留一丝缝隙。我开始整日为他操心。吃药，停药；沉郁，狂躁。这两种状态就像是一把不定时开合的铁钳，将我紧紧钳制在那座青灰色小院和精神病院之间。

女友们很久得不着我的音信，有好心的便发短信问，是不是又恋爱了？又重色忘友了吧？

油油迅速适应了新生活。对它来说，入住蒙家大院的日子，每一天，每一刻，都是狂欢。它显然早就对饱食终日无所事事的蜗居生涯感到了厌倦，久远以前游荡于市井街巷间的可贵猫生岁月，正散发出远比真实经验美好得多的玫瑰色意境，唤醒着它血液里那股天生的野性之火。虽然，作为一只猫儿来讲，它的岁数已接近于暮年，甚至折算下来，可算是人类的耄耋之岁，但它迸发出的追寻逝去已久的青春和自由的热情，却丝毫不亚于一只刚刚向着猫生发出第一声叫春的小公猫。它开始以实际行动表示，必须抓紧一切机会，把被那庸俗的、所谓人称的幸福剥夺大半生的自由给夺回来。它总是趁我焦头烂额不备之际，从房门、窗缝里溜出来，在院子里跑来蹿去，扑蝶捉鸟，蹬架上树。很快，它又将活动范围扩大到了屋瓦之外。它那被压制已久的天性如同一串春雷，在它体内爆发得足以倒转乾坤。它不再满足于吃我为它准备的进口猫粮，任何长了翅膀长了腿，能够在它眼前活动起来的物体，都成了它锻炼、恢复天性的标靶。有两次，它甚至叼回餐余的半只硕鼠，献到我脚下，以向我展示它的超猫活力。我相信，假如不是外婆早早给它做了绝育手术，它一定还会为我带回一位大腹便便的如夫人。

我和蒙地也有一些难得的宁静时光。那时油油或许蜷缩在我为它准备的柔软的绒布小窝里，或许大剌剌地伸腿展腰俯卧于阳光之下的某片屋瓦之上，发出一串串无人能解其详的呼噜语。那时我通常是陪着蒙地坐在他那间小厢房里，透过窗子，一同望着院中那株以一种罕有的姿态坚定挺立的杏树出神。风吹进窗，吹上他的和我的脸，吹进小屋深处，掠过一排排书柜，在某个角落处稍作盘桓，轻轻留下一记抚摸，打出一声呼哨，仿佛是向某个不同寻常的灵魂致以无限深情的敬意，再溜出高高的、狭小的后窗。

每当那棵杏树开始在我眼前渐渐化为扎着一条柔美小丝巾的脖颈时，这种宁静通常就会被打破。一些我早已耳熟能详的人生乐章，就会在蒙地的喋喋不休中再次奏响。

他说，在一道插队的知青里，特娜干起活来，就是跟一般男同学比，也毫不逊色。他说，她总是干完了自己的，再偷偷帮他一把。他说，她那时一个人能担一百多斤重的粪桶，走在窄得跟一片韭菜叶一样的田埂上，一滴都不朝外洒；他说，同样分量的粪桶，自己挑到地头，非得洒一大半不可。他说，那时他们搭伙吃饭，她总说自己不爱吃荤菜，总要把自己那份荤菜分给他一半，还会把家里寄来的奶粉、腌肉什么的，也悄悄分给他一半。他说，本来她有机会早早回城，但是她对他说，只要你还在这里，我就不走。这样，她就在那个小山沟又整整多待了两年。他说，如果不是她留下来跟他朝夕相伴，那么后来他得了胃穿孔没人及时发现，及时送去救治，他就肯定会把命送在那个小山沟，当然也就根本别想再有机会认识在那片白茫茫高原之上，所有曾与他共度生死的兄弟。嗯，还有你了。有时，蒙地会于眼神飘移之中，头也不回地这么添上一句。

这种人生乐章演奏的尾声，一律是以一种祥林嫂般风格的回旋重奏句式结束。我想来想去，觉得特娜她跟我在一起，真是个天大的悲剧，假如不是跟我在一起，她这辈子，命应该会更好——她面相应该是个有福的人啊——最起码，她会有个孩子，最起码，不会有心脏病。我根本不知道，她的心脏病会有那么厉害，她从来也没告诉过我，她有那么厉害的心脏病……

坐在蒙地一遍遍的诉说里，日复一日望着那棵杏树，我常会觉得，背后有一个丰满健硕的身躯，正手持一柄亮得能照见人影的菜刀，就像那柄能在特娜的脖子上留下一道丑陋疤痕印的菜刀，越来越近地靠近我，近得我能听到一声声喘息，后背能感到一阵阵嗖嗖寒意，脖颈也越来越变得僵挺。

某些时候，当自己的舌头也感到节奏过于单调乏味了时，蒙地也会换个话题。那时他通常会一脸懵懂地望着我，我是不是做过一个梦，梦见自己去了一个奇怪的地方，看见一些奇怪的人，一些奇怪的事？再不然就是，我迟早得再去一趟那里，我得再好好走一走，看一看，那地方，是不是真的存在！最要命的则是，老田，你策划了这么一场致命的游戏，目的是什么？难道就是想让我后半生从此不得安宁吗？你要还是个男人，就应该站出来，不要玩捉迷藏，不要躲在暗处窥视我，监视我。要知道，你这么做很阴险！很不够朋友！通常到了这时，蒙地就会变得声嘶力竭，手舞足蹈，活像一头面对上下翻飞的红布的狂牛。而这时，我就不得不紧紧抱住他，避免他抓住什么摔什么，或者将自己摔向四面八方。我身上因此留下不少青紫瘢痕，有时甚至需要编造个借口躲起来几天，不上公开场合露面。

每当蒙地结束一番大闹，倒在我怀里，大汗淋漓，气喘吁吁时，望着他脸上那每一道褶皱的皮肤，每一块松弛的肌肉，每一处凹陷，每一处凸起，抚摸着那如同百年蒿草般的头发，我就会油然自问：这个男人，是在什么时候，什么地方，以怎样的方式，进入了我的生命？他将真的与我从此不再分离，直到海枯石烂？

往往这时，我就会想起那一口变了质的酥油，那余味顿时仿佛缭绕于口，缠绵于胸。

不时，在某场大闹的最后，不用我再多费心机，蒙地就会突然收拾起千疮百孔的神情，瞪着那对呈现出一种成色不好的琥珀色的眼珠，用一种冷若冰河的眼神盯着我，用一种雪霰劈头砸下般的语气说，我该回医院了，送我走！

周而复始，这成了一个规律。这让我不得不相信，蒙地他其实十分清醒，他始终知道自己需要什么，该怎样去做。他早早就为我的后半生，做好了精心安排。他要在唯一一个知情者的注视下，让自己的道德演出，有始有终，完美谢幕。

我终于明白，那座废墟，其实根本不用去寻找；那座废墟，它从来就不曾离开过我们。我终于相信，会有一种感情，比爱情更伟大，直教人生死相许。

从此我在我不知何时何处何样终结的人生里，开始懂得了，一头狼、一只黄羊、一只鼠兔或者干脆一只猫儿狗儿，为何面对忧伤、悲痛，两眼干十，从不流泪。我时常告诉自己，只有像一只真正的动物那样，我才能将一切忧伤和悲痛视为生命与生俱来的馈赠，心怀感恩，从容存活大地，归于大地。

在某次蒙地长久停留在医院里的期间，某一天，我提着一罐牛尾汤，慌慌张张走在去送给他的途中，目光偶尔从街旁已然变得金黄凋零的银杏树叶上扫过，毫无预料的，蓦然想起一个日子：噢，他的五十六岁生日，可是早过了！

油油出逃的次数越来越频繁，比起在我眼前出现的时间，消失的时间越来越长久，而每次回来拿脑袋蹭我的腿，也都不是给我带来什么好消息。一次，它带着一只流血的耳朵回来；又一次，它带着一只流血的耳朵和一条流血的后腿同时回来；最后一次，它是带着已经完全看不出本色的肮脏毛皮，伤痕累累得如同一根冰糖葫芦似的尾巴，还有一条瘸了的前腿回来的。这一次，我以为，它很难再彻底康复了，因为，它实在是一只老猫了，就连兽医都说，它的腿骨修复能力很差了，就算是最好的愈合结果，它也不可能像从前那样奔跑跳跃，能在院子里一口气走上一整圈，就算是烧了高香了。我想，这小子，终于可以老老实实待在蒙家大院，这个它最后的家园，在我的陪伴下，安老终年了吧。不料，一个月过去，我刚一拆掉它前腿上的绷带，它就奋力一跃，飞快地上了那棵杏树，三下两下蹿到我够不着的高处。我急得在底下大喊，臭小子，你他猫了个咪的，快给我滚下来，别忘了自己有多大岁数……但它对我的吆喝、警告、恳求甚至作揖，一概置若罔闻和罔见，只是站在一根高高的枝杈上，竖着两只各豁了一道口子的耳朵，举起那条刚刚勉强愈合、做手术时剃秃了一大片毛的前腿，望着不远处的瓦屋顶，跃跃欲试地估量着自己的能耐。当我搬来梯子，再去仰望时，那不知好歹的家伙，已经不见了踪影，只有一块摔成几瓣的屋瓦，躺在房檐底下。

从此，我再没见过曾带给外婆和我无限温暖与安慰的油油，只是偶尔在梦里，它会带着烁烁的眼神，闪亮的皮毛，如同一只正当年华、向着漫长猫生发出第一声叫春的小公猫那样，高高地竖着尾巴，威风凛凛地向我奔来。

2010年秋写毕于北京

后记

海 芊

相信每个人在其一生里，都会渴望遭逢一段传奇，只为那转瞬即逝犹如电光石火般的光芒，能照亮庸常漫长的人生，抚慰一颗辗转于尘世蝇营狗苟中的心灵。

一个无缘传奇的生命，该有多么不堪忍受。而那曾经历经传奇的生命，在属于身体的传奇结束之后，又怎甘让传奇仅仅停留于往日，终结于往日？

因此，当身体所经历的传奇结束之日，那属于心灵属于想象的传奇，便开始了此后漫长的、漫无边际的生长。日月晨昏，四季更迭，虚实真幻之间，已难分边界，生命所竭尽的种种可能，仿佛都只为延续那一场高原风霜，那一场青春沧桑。

也只有作为一名文学意义上的写作者而存在时，才有机会明白，其实，文学之途上的跋涉，要远艰难于曾经的现实中的跋涉。你究竟能走多远，你究竟能登多高，你是否能挺得过去，你是否还有可能抵达那仿似永无尽头的目的地。正如当时当境真实场景中的跋涉途中，曾时时自问过的一样，此种心灵的拷问，从未能够在我文学跋涉之途中的任何一个阶段停止。

时至今日，我只知，我还远未抵达目的地，我还在途中，还有太多的人性风景，在等待我去观照，摹写。

无论过往抑或今日，我对观照人性的多重可能，都始终具有浓厚兴趣，对于探究生命存在的所谓意义，也都满怀丝毫不减的热情。多活一天，离死近一天，少活一天，离死同样也近一天，这是儿时从父亲那里听来的一句话。据他说，这是他在自己的儿时，从地上偶拾到的一张纸条上看来的，从此，他将它铭记于心。那时闻听此言给自己年幼心灵所带来的震撼，同今日此时回味起来的感触相比，不逊分毫。在大虚无中，蕴涵着难以言表的深深豁达，这便是那句话所带给我的延续至今的生命观。

无所谓终极意义，只在乎生命存在的每一天，呈现的每一刻，相信于日出日落间的每一个昼与夜，都是生命所能赐予我们的最好的馈赠。能体味无上苍凉，方体味无上至爱。

正因此，那于人性中所呈现的种种可能，便足令我持一颗悲悯之心，去审视，去深思。生命既无所谓终极意义，人性善与非善便也难言泾渭。幕起幕落间，众生不过身不由己，匆匆过场。男人，女人，生与死，除此而外，我们还能指望看到别的什么主题，能比此更为永恒？

生命如风，如雁过晴空，唯有那拖曳身后的传说，让我们永生。

图书在版编目（CIP）数据

漂流时代的爱情/阎海苹著. -北京：作家出版社，2011.1

ISBN 978-7-5063-5639-8

Ⅰ.①漂… Ⅱ.①阎… Ⅲ.①长篇小说-中国-当代 Ⅳ.①I247.5

中国版本图书馆 CIP 数据核字（2010）第 222395 号

漂流时代的爱情

作　　者： 阎海苹

责任编辑： 安　然　郭　敏

装帧设计： 张晓光

出版发行： 作家出版社

社址： 北京农展馆南里 10 号　　**邮码：** 100125

电话传真： 86-10-65930756（出版发行部）

86-10-65004079（总编室）

86-10-65015116（邮购部）

E-mail： zuojia@zuojia.net.cn

http://www.zuojia.net.cn

印刷： 紫恒印装有限公司

成品尺寸： 142×210

字数： 250 千

印张： 8.875

版次： 2011 年 1 月第 1 版

印次： 2011 年 1 月第 1 次印刷

ISBN 978-7-5063-5639-8

定价： 26.00 元
